Saskia Noort (1967) is schrijfster en columniste. Haar werk verschijnt in vijftien landen. Noorts boeken worden bewerkt voor zowel het toneel als het witte doek. Eerder werden *Terug naar de kust* en *De eetclub* succesvol verfilmd. Haar meest recente thriller is *Koorts*.

'*De verbouwing* is een uitstekend boek van eigen bodem dat zich kan meten met het beste dat de buitenlandse auteurs hier op de markt brengen.' – 5 sterren in *Algemeen Dagblad*

'Saskia Noort is de *grande dame* van de Nederlandse vrouwenthriller. Noort weet de tijdgeest te vangen: overvloed, maar ook het onvermogen tot het aangaan van bevredigende relaties. Die visie geeft haar boeken iets bijzonders.'
– *Trouw*

'Met vaardige hand stuurt Noort de plot naar een mooie climax, zonder daarbij het doorzonkarakter van het verhaal los te laten.' – *VN's Detective & Thrillergids*

Van Saskia Noort verscheen eveneens bij uitgeverij Anthos

Terug naar de kust
Aan de goede kant van 30
De eetclub
Nieuwe buren
40. Over lijf en leven van een beginnende veertiger
Babykoorts
Afgunst & Een goed huwelijk. Twee spannende verhalen
Koorts

Saskia Noort

De verbouwing

Anthos | Amsterdam

MIX
Papier van verantwoorde herkomst
FSC® C110751
FSC www.fsc.org

Eerste druk 2009
Vijfentwintigste druk 2012

www.saskianoort.nl
www.literairethrillers.nl

ISBN 978 90 414 1979 8

Omslagontwerp Marry van Baar
Origineel ontwerp filmposter Gijs Kuijper
Omslagillustratie © Frits Berends
Illustraties binnenzijde omslag © Dinand van der Wal (voorin: tweede rij links/achterin: midden), © NyklyN (overige illustraties)
Foto auteur © Rayzor Sharp (Misja en Dario)

Verspreiding voor België:
Veen Bosch & Keuning uitgevers n.v., Antwerpen

I don't care if it hurts
I want to have control
I want a perfect body
I want a perfect soul

I want you to notice
When I'm not around
You're so fucking special
I wish I was special

'Creep', Radiohead/Pablo Honey, 1992
(lyrics Thom Yorke)

Voor mijn kinderen, mijn grootste trots

I

Ik weet niet wat erger is, in je eentje eten in een restaurant vol stellen, of samen maar dan stilzwijgend. Vroeger keek ik vol afgrijzen naar hen, de mannen en vrouwen die elkaar niets meer te vertellen hadden. Hoe ze zich, de ogen van elkaar afgewend, door de maaltijd heen werkten, met de fles wijn als reddingsboei. Dat aura van verveling en wanhoop. Twee mensen gevangen in traditie, comfort en rituelen. Waarom zouden ze nog bij elkaar blijven, als de liefde en de interesse voor elkaar zo overduidelijk waren verdwenen? Ik kon ze er zo uitpikken, de uitgeblusten. Ik zag de dodelijke, geërgerde blikken, het ontwijken van iedere aanraking, ik hoorde ze spreken over elkaar in de derde persoon, elkaar in de rede vallen en publiekelijk vernederen. Daar ben ik trots op, dat ik de pijn en verlangens van andere mensen feilloos herken. Ik zie ze hunkeren, lijden en stralen. Hun onzekerheid en geheimen zijn niet afgeschermd voor mij, hoezeer ze ook hun best doen. Ik weet het vaak eerder dan ze het zelf weten.

En nu zit ik hier, in het restaurant waar we wekelijks eten, en ontwijk ik de blikken van mijn man Rogier en onze zoon Thom. Ik weet dat Rogiers bovenlip glimt van het angstzweet, dat zijn handen licht trillen als hij het glas champagne naar zijn mond brengt, dat zijn ogen heen en weer schieten en dat hij onder tafel zijn ene voet om zijn andere been heeft geschroefd. Zijn uitstraling is besmettelijk. Ook mijn schouders kruipen omhoog, richting mijn oren, en ik haal nog slechts oppervlakkig adem. Nerveus klem ik mijn vingers om mijn glas champagne en ik hoor mezelf doen wat al die desperate, nerveuze vrouwen van mijn leeftijd doen als ze weten dat hun huwelijk onder hoogspanning staat: ik rebbel aan één stuk door over hoe heerlijk we toch bij elkaar zitten, wat een fantastische dag het was, hoe enig het is dat al onze vrienden er waren en dat ik zo blij ben dat Thom mee is, dat ik zo trots op hem ben, zo in pak, dank je lieverd, dat je dat voor je moeder hebt aangetrokken, waarop hij nog verder onderuitzakt en er slechts één woord aan wijdt: boeieh!

Ach Rogier, zeg ik, wat een zalige champagne, als het niet zo slecht voor me was dronk ik dit de hele dag, heb jij je een beetje vermaakt vandaag? En ik weet allang dat hij zich helemaal niet heeft vermaakt, dat het voor hem een confronterende dag was tussen al die voormalige collega's die hem voorzichtig uit de weg gingen en kennissen die zich zorgen om hem maakten en dat vooral tegen mij uitten. Hij slaat zijn glas achterover en schenkt meteen weer bij. We toosten, opnieuw, op deze succesvolle dag, een dag om op te toosten, de dag waarop ik mijn eigen kliniek heb geopend. Wie had dat ooit gedacht, hè schat, twintig jaar geleden? Hij in ieder geval niet. Nee, hij zeker niet.

Stilte. Iedereen lijkt op ons te letten. Ik voel de blikken prikken in mijn rug. Ik ben iemand in dit verdomde gat. De mensen komen naar me toe, altijd, overal. In de supermarkt, hier in ons vaste restaurant, op de sportschool, zelfs op vakantie in Toscane of Verbier. Of er iets te doen is aan die fronsrimpel, de hangende borsten, de buik die is uitgelubberd na de bevalling, de kin die elk jaar verder wijkt, de oren die haaks op het hoofd staan, de neus/mondgroef die hen doet denken aan het afgetobde gezicht van hun moeder, de sporen van verdriet na een rouwperiode of echtscheiding. Of ik de sprankeling van jeugd en geluk weer in hun ogen kan toveren. En ik kan het, al zal ik daar in het bos, de supermarkt of op de pistes van Verbier nooit te diep op ingaan. Vanaf vandaag kan ik hun mijn kaartje geven.

Dr. Mathilde van Asselt-Fortuin
Plastisch chirurg
Privékliniek Duinhoeve

De mensen komen graag bij me. Ze sturen me châteauneuf-du-pape, rozen, blikken kaviaar, La Prairie-pakketten en Donna Karan-jurkjes als dank voor het teruggeven van hun jeugd, het herstellen van een hazenlip bij hun dochter, het verwijderen van een tatoeage of een ontsierende moedervlek vol zwarte haren. Ze zijn me dankbaar en als ze eenmaal geweest zijn voor een kleine ingreep, willen ze er nog meer. Maar wat de meesten het allerliefst willen, is mij op mijn bek zien gaan. Privé, bij voorkeur. Want het moet onmogelijk zijn om als vrouw een bloeiend bedrijf te runnen, een getalenteerd specialist te zijn en daarnaast nog een goede moeder en echtgenote. Men vindt het dan ook zielig voor Rogier en Thom. Als ik een man was geweest, zouden ze bewonderend naar me kijken en mijn vrouw complimenteren met mijn succes, maar Rogier wordt nooit amicaal op de schouder geslagen en gefeliciteerd met het succes van zijn vrouw. Men heeft met hem te doen. Hij is een man zonder ballen. Die kloten, die bezit ik. En een vrouw met kloten dient gecastreerd te worden.

Zo kijken ze naar ons. Daar aan de bar voorspellen ze met rode konen de teloorgang van mijn gezin. Rogier en ik zonder woorden, met een puber die overduidelijk minachting en verveling uitstraalt. Ik maan hem rechtop te gaan zitten en ook wat groente te eten. Maar groente vindt Thom nergens voor nodig en smerig bovendien. Later, na school, wil hij bij McDonald's gaan werken of bij de landmacht, vechten in Afghanistan. Jaren hebben we geïnvesteerd in zijn ontwikkeling. Hem op de beste school gedaan, vanaf zijn vierde op hockey, vioolles, daarna cello, de hele winter skiles, 's zomers op zeilkamp, hij heeft alles aangereikt gekregen en nu wil hij uitsluitend naar hardcore luisteren en verbergt hij zijn gezicht in een Feyenoord-sjaal. Zijn prachtige kastanjebruine krullen heeft hij af laten scheren en hij rookt Javaanse Jongens. Volgens Rogier is dat allemaal volstrekt normaal. De jongen zet zich af tegen alles wat wij vertegenwoordigen en dat gaat vanzelf over. Ik moet hem met rust laten, zegt Rogier, maar daar ben ik niet goed in, met rust laten. Als ik daar goed in was, had ik het niet zover geschopt. Ik geloof erin dat je je eigen leven vormgeeft. Dat je alles kunt bereiken als je je er maar voor inzet. Ikzelf ben daar het levende bewijs van.

Rogier schuift zijn bord van zich af. Hij heeft nauwelijks drie happen van zijn sliptongetjes gegeten. Zijn rechterhand fladdert door zijn dunne, grijzende haren. 'Gaat 't niet?' vraag ik, zo meelevend mogelijk.

Thom zucht.

'Pa, wat zit je je weer mega aan te stellen.'

Ik haal diep adem en leg mijn hand op de klamme hand van Rogier. Hij trekt hem terug en schudt zijn hoofd. Even durf ik in zijn ogen te kijken. Ogen vol angst. Redeloze, allesvernietigende angst. Het ergert me zo hevig dat ik mijn blik snel afwend. De man met wie ik zestien jaar getrouwd ben, mijn man, die alles heeft wat een man zich kan wensen, is in de afgelopen twee jaar veranderd in een wrak. Een bevende, neurotische schim van zichzelf. Overspannen en depressief. Jarenlang hard werken eist zijn tol, concludeerde hij. Hij is tenslotte psychiater. Daarom hoeft hij ook niet in therapie, vindt hij zelf. Nog steeds denkt hij dat hij zichzelf kan genezen. Door grondig zelfonderzoek. Door met zijn handen te werken, in plaats van met zijn hoofd. Tot nu toe heeft dat zelfonderzoek nog weinig opgeleverd.

En ik dan? wil ik hem soms toeschreeuwen. Ik heb toch ook jarenlang keihard gewerkt? En een zoon opgevoed en verzorgd? Ik ben toch degene die alles op de schouders draagt? Ik ben bezig met mijn eigen bedrijf, ons huis ligt in puin vanwege de verbouwing, ik heb mijn beide ouders verloren in nog geen halfjaar tijd! Hoe denk je dat ik dat allemaal moet volhouden?

Men raadt me aan vooral mijn eigen leven te blijven leiden. Af en toe een moment voor mezelf te nemen. Er lekker even tussenuit met een goede vriendin. Ik moet ervoor zorgen dat Rogiers depressie niet ook de mijne wordt.

De mensen weten niet waar ze het over hebben. Ik heb personeel dat betaald en aan het werk gehouden moet worden. Ons huis is een ruïne, daar zal toch ook echt iemand bovenop moeten zitten, anders komt het nooit af. Een zoon die schreeuwt om structuur en een man die huilend door het huis dwaalt. Goede vriendinnen heb ik niet, een fijne familie evenmin en er even tussenuit, hoe dan? Laat ik

Thom achter bij een bevend hoopje vader?

'Het is belangrijk dat jij niet ook instort. Dat zie je vaak bij depressies, dat ook de partner op een gegeven moment depressief wordt...'

Ik heb hem gezegd dat dat nooit zal gebeuren. Als ik daar gevoelig voor was, dan was ik het allang. Ik kan alles aan. Dat is mijn geluk, maar soms ook mijn grote pech.

Maar goed, hier zitten we dus aan de champagne. Rogier wil weg, het zweet breekt hem uit. Thom grijpt de gelegenheid aan om zijn koptelefoon op te zetten en zijn jas aan te trekken. Het is míjn grote dag.

'Ga maar,' zeg ik. 'Ik blijf.'

'Ja hoor, in je eentje?' Thom rolt met zijn ogen en zoekt steun bij zijn vader.

'Er is nog champagne. Ik heb wat te vieren. Desnoods in mijn eentje.'

'Til, kom nou mee, dan drinken we thuis nog wat... Ik kan er nu niet tegen, al die mensen, die drukte hier. Dat is me nog net even te veel. Ik heb de hele middag naast je gestaan op de receptie, maar nu ben ik op. Kom gezellig mee, nog even samen, in alle rust...'

Het idee alleen al. Met hem in die koude, tochtige, stoffige bouwval praten over hoe zwaar het voor hém was vandaag. Dan liever alleen, desnoods hier aan de bar. Dan kijken de mensen maar.

2

Ik bestel een gin-tonic en neem plaats op een barkruk. Ik word gefeliciteerd. Ze hebben het interview in de plaatselijke krant gelezen. Knap hoor, wat ik heb neergezet. En helemaal van deze tijd. Is niet meer weg te denken, toch? Een aangeschoten vrouw met een woeste bos rode krullen mengt zich in het gesprek en noemt mijn beroep fascistoïde. 'Een schande is het!' roept ze. Dat al die beeldige jonge meiden niet meer tevreden zijn met hun uiterlijk. Dat ze op hun zestiende hun neus laten doen en op hun achttiende hun borsten. Ik vraag haar of zij als jong meisje tevreden was met haar uiterlijk. Ikzelf was het in ieder geval niet. Ontevreden zijn met je uiterlijk hoort bij het jong-zijn, dat gold vroeger en dat geldt nu. Daarom opereer ik ook geen mensen onder de eenentwintig.

De vrouw begint over schaamlipcorrecties en zegt te vrezen dat we straks allemaal met een designervagina rondlopen. Dat uiterlijk belangrijker wordt dan seksueel genot. Ik vertel haar dat plastische chirurgie meer is dan vagina's pimpen en borsten pompen, zoals zij het uitdrukt. Die moedervlek op haar wang bijvoorbeeld, springt nogal in het oog. Zou ze daar niet vanaf willen als dat mogelijk was zonder litteken? 'Nooit,' zegt ze. 'Die moedervlek hoort bij me. Ik bén die moedervlek!'

Ik zie aan de rode vlekken die zich over haar hals verspreiden dat ik een gevoelige snaar geraakt heb. Heerlijk vind ik dat. Het maakt me ijzig kalm.

'En als die moedervlek ineens verandert in een kwaadaardig melanoom, en die kans is best groot naarmate je ouder wordt en je gezicht vaak in aanraking is gekomen met uv-straling, zeker bij roodharigen, hoort hij dan nog steeds bij je?'

Ik geef haar een week, dan hangt ze aan de lijn. Ze zal tegen de receptioniste zeggen dat ze een zeer goede vriendin van me is en dat ik haar heb aangeraden zo snel mogelijk te komen. En als ze op consult komt, zal ze tegen het eind vragen of het niet mogelijk is, nu ze er toch ligt, iets aan die hangende oogleden te doen. Alleen omdat ze er last van heeft, hoor, niet uit cosmetisch oogpunt. En dan pas zal ik haar wijzen op de ingevallen kringen onder haar ogen en de hangende mondhoeken. Als ze er toch ligt... Met een paar prikjes restylane is het voor twee jaar weg.

Allemaal gaan ze voor de bijl. Ook de anti's. En is het ook niet uiterst democratisch, dat tegenwoordig iedereen mooi kan zijn? Het tegendeel van fascistoïde?

Ik krijg nog een gin en tonic in mijn hand gedrukt van de barkeeper die wijst naar een man aan het andere eind van de bar, die ik ken van de tennisbaan, maar wiens naam ik steevast vergeet. Hij is groot en ongezond dik. Zijn gezicht is, net zoals alle andere gezichten hier aan de bar, gezwollen en sponzig van de drank. Ik zet het glas gin weg en vraag een rietje voor mijn flesje tonic. Vier glazen alcohol is mijn limiet, en ik drink uitsluitend op zaterdagavond, wanneer ik de volgende dag vrij heb. Zoals morgen. Geen weekenddienst. Dat behoort voorgoed tot het verleden. Nooit meer panische patiënten met brandwonden in hun gezicht, omdat ze zo nodig hun sigaret met het gas van het fornuis moesten aansteken.

De man van de tennisbaan heft proostend zijn bierglas naar me op en wurmt zich tussen de mensen door naar me toe. De felheid in zijn ogen vertelt me dat hij een barconsult wil. Zo noemen wij specialisten het als iemand je in de kroeg, op een feestje of in de supermarkt aanspreekt met een prangende vraag over zijn of haar gezondheid. Als hij naast me staat, tikt hij met zijn glas tegen het mijne en begint over het paastoernooi dat eraan zit te komen. Of Duinhoeve niet zou willen sponsoren. Ik vertel hem dat ik dat misschien wel wil, maar dat het vanavond niet het juiste moment is om hierover te praten. Ik geef hem mijn kaartje en zeg hem dat hij mijn secretaresse maar moet bellen. Maar dat wil hij niet, hij wil mij spreken en niet alleen over dat paastoernooi. Zijn vrouw wil namelijk, nou ja, ze wil de boel een beetje laten ophijsen, want je weet wel, na drie kinderen is er weinig meer van over. Ik glimlach begrijpend en verhul mijn minachting door te zwijgen en te knikken, tenslotte praat ik met een potentiële klant. Ik dien alle verzoeken en vragen te respecteren en niet te veroordelen, maar vadsige lelijkerds die mij komen vertellen wat er allemaal aan hun vrouw moet gebeuren, die haat ik.

'Ze kan wel een beetje van jou gebruiken,' zeg ik als hij is uitgezwetst en ik laat mijn ogen over zijn borsten glijden. Hij kijkt naar beneden en dan naar mij, en begint bulderend te lachen.

'Daar kan ik ook wat aan doen, hoor. Lipo en een buikwandcorrectie. Als jij dan eens wat meer gaat bewegen en minder drinken, zal je vrouw ook heel blij zijn.'

'Ik wist het,' zegt hij lachend. 'Jij bent een cool wijf. Hou ik van. Waar is die man van je?'

De vraag. De eeuwige vraag die altijd aan de vrouw wordt gesteld en nooit aan de man. Mannen horen hier, vrouwen niet, tenzij ze met hun man zijn, of leuk op stap met vriendinnen. Ik ga nooit leuk op stap met vriendinnen, want ik heb ze niet. Geen tijd voor en ik ben er niet goed in. Ik stoot andere vrouwen af. Ze vinden me te direct, te koud misschien en te ambitieus. Dat had ik als kind al. Ik wilde leren, goede cijfers halen, ik vond school oprecht leuk en daar maak je geen vrienden mee. Als puber kreeg ik meer en meer een hekel aan mijn eigen soort. Het tutten, het zwelgen, het roddelen en het janken, walgelijk vond ik het. Hoe meisjes zichzelf als voetveeg voor de jongens wierpen en onmiddellijk alles wat belangrijk voor ze was lieten varen, ik kon me daar geen voorstelling van maken. Ik wilde slagen, arts worden, specialist, en dan wonen in zo'n villa als waar ik iedere ochtend langsfietste op weg naar school.

Nooit zou ik een vrouw worden als mijn moeder: gevangen in een bloedeloos huwelijk, maar wel de vrouw van een specialist. Die status was voor haar zo belangrijk dat ze er een leven zonder liefde en intimiteit voor over had. Op haar sterfbed nog probeerde ze me wijs te maken dat ze alles had gedaan voor mij, dat haar liefde voor mij haar bij mijn vader had gehouden.

Ik haatte haar als puber, juist omdat ze niet opstapte. Wel snikkend staan afwassen, avond na avond, huilend de ontbijttafel dekken als mijn vader weer eens een nacht niet was thuisgekomen, maar nooit met de vuist op tafel slaan. Ik droomde ervan dat ik op een dag thuis zou komen en zij stralend bij de deur stond, onze koffers gepakt. 'We gaan,' zou ze zeggen en ze zou weer lachen, zoals ik haar weleens op oude foto's had zien doen.

En zie mij nu. Hoe is het in godsnaam zover gekomen? Hier zit ik, alleen aan een bar, bang om naar huis te gaan op de dag dat ik eigenlijk zou moeten feesten en genieten van mijn succes. Ik weet wat ik thuis zal aantreffen. Rogier dronken in de ruimte die voor keuken door moet gaan, stikkend in de verwijten. Ik ben getrouwd met mijn moeder, en ik ben mijn vader geworden. Nu pas begrijp ik zijn vluchtgedrag.

3

Het is beter het café te verlaten. De mensen zijn laveloos. Rood aangelopen vrouwen van mijn leeftijd die een poging doen salsa te dansen, mannen die hen bij de heupen grijpen, het is pijnlijk om te zien. Middelbaren die zich angstvallig vastklampen aan hun laatste fitte jaren. Het betaalt mijn hypotheek, maar je zult mij zo niet aantreffen, hangend om de hals van een plaatselijke middenstander, hopend dat hij me een onzedelijk voorstel zal doen. Daar hoef ik het niet van te hebben. Ik weet wat ik waard ben.

Op weg naar mijn fiets springen ineens de tranen in mijn ogen. Waardeloos voel ik me.

'Terug naar de puinhoop,' hamert het in mijn hoofd. Via een ladder naar de slaapkamer, in het stof mijn tanden poetsen. Hopen dat Rogier al slaapt.

Wat ik geleerd heb de afgelopen jaren, is nergens op in te gaan wanneer hij dronken is. Met vriendelijke afstand naar boven vluchten, me op geen enkele manier laten prikkelen tot ruzie. Dat heeft er inmiddels toe geleid dat we nauwelijks een echt gesprek voeren, want hij is iedere avond dronken. Ik merk het aan zijn monologen. Over hoe afschuwelijk ik geworden ben en hoezeer hij daaronder lijdt. Dat hetzelfde andersom geldt, zeg ik niet meer. Het heeft geen zin. De volgende ochtend is hij alles vergeten en moet hij alle zeilen bijzetten om zijn kater te verwerken. Mijn man is verdwenen. Verpulverd, gesmolten, verdampt.

Ik veeg de tranen weg met de mouw van mijn jas en kijk om me heen. Het is niet de bedoeling dat iemand mij ziet janken als een schoolmeid. Dit is een dorp. Een dorp vol mensen die je vierentwintig uur per dag in de gaten houden. Alles wordt gezien.

Een grote, donkere BMW rijdt langzaam voorbij en ik zie hoe de bestuurder zich naar het raam buigt en me aanstaart. Shit. Het raampje glijdt naar beneden.

'Heb je hulp nodig, pop?' roept een mannenstem. Ik negeer hem en tast in mijn jaszakken, op zoek naar mijn fietssleutel. De auto stopt en rijdt terug. Ik graai in mijn tas, zo'n rottas waarin je nooit iets vindt en al helemaal niet wanneer je haast hebt. Achter me hoor ik hoe de auto halt houdt en het portier open- en weer dichtslaat. Wie is dit, verdomme, en waar bemoeit hij zich mee?

'Sleutel kwijt?' vraagt hij en ik antwoord dat ik hem wel vind, dat hij zeker in mijn tas zit, dank je wel.

Ik ken die stem ergens van en dat maakt me nog nerveuzer. Rasperig, met een licht Amsterdams accent. Het zou een klant van me kunnen zijn. Ik heb veel klanten met een Amsterdamse tongval.

'Dat jij hier gewoon op het fietsje rondrijdt...' zegt de man en nu staat hij pal achter me. Ik moet me wel omdraaien.

Hij torent boven me uit. Draagt een lange donkere jas met een aanstellerige donkerbruine bontkraag, waaruit zijn hoofd piept. Alsof hij in Gstaad loopt. Hij staat zo dicht bij me dat ik hem kan ruiken. Sigaren, sterke drank en een muskusachtig, kruidig parfum. Ik ken hem ergens van. De priemende donkere ogen, het litteken over zijn linkerwang...

Het is geen klant.

'Waarom zou ik niet op mijn fiets rondrijden?' antwoord ik en ik blijf met mijn hand in mijn tas woelen.

'Nou, je bent nu toch beroemd?'

Ik blijf in mijn tas staren. Misschien is mijn mascara uitgelopen.

'Dat valt wel mee,' zeg ik, neurotisch door zoekend. Ik ben gewend dat volslagen vreemden me aanspreken alsof ze me al jaren kennen.

'Hij zit er al gewoon in, hoor,' zegt de man en ik kijk naar mijn fiets. Mijn hele sleutelbos bungelt aan het slot.

'Het is maar goed dat er in dit dorp geen criminelen rondlopen,' grinnikt hij. 'Luister. Zet 'm lekker op slot en kom mee nog een borrel drinken. Je ziet eruit alsof je daar wel aan toe bent.'

'Nee, dank je,' zeg ik en ik stap op mijn fiets.

'Ach, kom, doe eens gek, Mathilde. Hé, het is zaterdagavond. En jij loopt te janken! Het leven is maar kort hoor, Jezus, je moet genieten. *It's work hard, play hard*, weet je.'

Hij kent mij. Ik hem ook, maar waarvan? Kennelijk van iets dat ik me liever niet meer herinner.

'Andere keer,' roep ik en ik fiets weg. Mijn hart bonst in mijn keel. Snel kijk ik om en ik zie hoe hij me grijnzend nakijkt.

'Je herkent me echt niet meer, hè?' roept hij me na, en zwaait. Dat hij mijn tranen heeft gezien, daar baal ik van. Nooit wil ik mijn zwakte aan anderen tonen, want ze grijpen me.

Halverwege de Zwanenlaan gaat mijn mobiel. Ik weet al wie het is.

'Mathilde?' Hij klinkt dronken. 'Waar ben je in hemelsnaam?'

'Op weg naar huis, maak je geen zorgen,' antwoord ik.

'Ik ben helemaal… ik voel me zo beroerd, Til…'

Ik hoor hoe hij zijn neus ophaalt en diep zucht.

'Waarom ga je dan niet lekker naar bed?' vraag ik. De weerstand in me doemt op als dichte mist.

'Ik dacht met jou nog wat te drinken. Ik heb op je gewacht. Is dat zo gek? Ik ben je man, Til!'

'Lieverd, ik kom er nu aan.'

'En ik word gek, Til, ik voel me zo rot, alsof er een klem op mijn hart zit… Waar ben je?'

'Op de fiets op de Zwanenlaan,' zeg ik kregelig.

'Kom gauw…'

Ik hang op en ben buiten adem. Niet van het fietsen. Van hem. Ik stop, stap af, gooi mijn fiets tegen een boom en scheld. 'Godverdomme!'

Hoe kan ik boos op hem zijn? Hij lijdt. Hij kan er niets aan doen. Hij is ziek. Hoe is het mogelijk dat ik alles kan repareren aan het lichaam van de mens, maar niet aan zijn geest? Hij heeft me nodig en ik wil alleen maar wegrennen. Waarom kan ik het niet opbrengen hard door te trappen en hem in mijn armen te nemen? Waarom kan ik hem niet geven wat hij wil?

Ik kijk over de weilanden, naar de flarden nevel die erboven hangen. Boven me schijnt een heldere volle maan. Ik wil leven, denk ik. Rogiers ziekte drukt me dood. Heel langzaam, millimeter voor millimeter. Vandaag heb ik mijn eigen kliniek geopend. Een mijlpaal. Alles is precies zoals ik het wil. Sobere, moderne ruimtes, zen-interieur, alles om de cliënt zich geborgen en vertrouwd te laten voelen. De modernste medische apparatuur, zodat de mensen voor werkelijk alles bij mij terecht kunnen, zonder ellenlange wachtlijsten en met uitstekende nazorg. Privacy gegarandeerd. Je zult nooit een andere cliënt tegenkomen. Ik heb keihard gewerkt om dit tot stand te brengen en ik wil daarbij stilstaan. Ervan genieten. Kijk om je heen en zie wat je hebt opgebouwd. Maar ik zie het niet. Er hangt een steen om mijn nek die me dat onmogelijk maakt.

Ik wil niet naar huis. Ik kan het niet opbrengen de puinhoop binnen te stappen en mijn hart open te stellen. Bij de gedachte alleen al blokkeert mijn ademhaling. En daarom keer ik om en loop de andere kant op, naar het licht en de warmte, al is die warmte surrogaat. Ik laat het los, het dwangmatige plichtsbesef en de angst voor mijn zogenoemde imago.

Als ik het café binnenstap, doe ik alsof ik mijn sjaal vergeten ben. De mensen moeten niet denken dat ik voor hen terugkom. Dan kan ik rechtsomkeert maken als het me niet aanstaat, en blijven plakken als het gezellig blijkt. Ik sms dezelfde smoes aan Rogier en zet dan mijn mobiel uit.

4

'Ra Ra Rasputin...' In jaren niet gehoord, Boney M. Vrouwen omhelzen elkaar en zingen uit volle borst mee. De moed zinkt me onmiddellijk in de schoenen. Hier wil ik niet bij horen. Dit is niet mijn wereld. Dit is de wereld van de mensen die zich laten gaan, die hun zwaktes niet in de hand hebben. Ik moet ervoor waken dat het weer op barconsulten uitdraait. Ik loop door naar achteren en vraag aan de barkeeper of hij misschien mijn paarse sjaal gevonden heeft. Hij belooft te gaan kijken, maar eerst moet ik iets van hem drinken. Ik bestel een gin-tonic en nestel me weer veilig op de barkruk, ver weg van de hossende menigte.

De vragen in mijn hoofd verstommen niet in deze carnavaleske sfeer. Wat moet ik doen met mijn huwelijk? Waar is de liefde gebleven? En wat als ik vertrek, heb ik dan Rogiers definitieve teloorgang op mijn geweten? Beschadig ik dan mijn zoon voor de rest van zijn leven? Hoe is het zover gekomen? Waarom krijg ik de relatie waar anderen altijd een voorbeeld aan hebben genomen, niet meer goed? De mensen om me heen moesten eens weten en ons onvermogen, onze totale mislukking eens zien.

Mijn sjaal is niet gevonden, zegt de barkeeper. Maar het kan zijn dat iemand hem per ongeluk heeft meegenomen en morgen weer terugbrengt, zegt hij.

'Jammer,' antwoord ik en ik neem een flinke slok. Ik wil ophouden met denken.

'Zo mevrouw de chirurg, toch maar een borreltje?' De man met het litteken kijkt me spottend aan.

'Ik was mijn sjaal vergeten,' zeg ik. Ik kijk lang in zijn priemende ogen en dan komt heel langzaam de herkenning. Die stralende stoute blik, de verleidelijke lach.

'Je gaat me niet vertellen dat je niet meer weet wie ik ben,' zegt hij. Hij bestelt een biertje en neemt plaats op de kruk naast me. Ik blijf hem aanstaren terwijl alles weer bovenkomt. De zomer van mijn eindexamen. Waterskiën en barbecueën. De Vinkeveense Plassen.

'Johan?' zeg ik en ik begin te lachen.

Johan. Van school gestuurd wegens het dealen in nederwiet. Na mijn eindexamen hebben we drie weken iets met elkaar gehad en ik was verliefder op hem dan ik wilde toegeven. Maar ik ging studeren en voor types als Johan was geen plaats in mijn leven.

'Jezus. Johan! Nee, ik herkende je niet met je lange haar! Mijn god! Wat leuk!'

'Hè hè!' zegt hij lachend. Hij slaat zijn brede armen om me heen en drukt me stevig tegen zijn borst. 'Mathilde. Mathilde de Stuud. Tjonge, hoe lang geleden is het...'

'Vijfentwintig jaar denk ik...' zeg ik.

'En geen spat veranderd. Nog steeds even mooi,' zegt hij en hij geeft me een handkus. Daarna pakt hij me bij mijn schouders en staart me glunderend aan. Gulzige ogen. 'Tjonge, wat vind ik het leuk dat het zo goed met je gaat.' Hij neemt mijn gezicht tussen zijn grote handen en drukt een stevige zoen op mijn mond. Mijn lippen tintelen ervan.

'Kom, wat wil je drinken?'

'Ik heb nog, dank je.'

'Ach kom, niet zeuren. Dit is een unieke avond. *Fuck de duck*.'

Hij wenkt de ober en bestelt.

'Jezus, pop, er komen een hoop herinneringen boven, zeg. Pfff, ik vond jou leuk, weet je dat?'

Ik glimlach. Hij maakt me verlegen, net als vroeger. En heel in de verte voel ik ook dezelfde weeïge angst als toen.

'En, gaat het weer een beetje?'

'Het gaat prima met me, dank je wel.'

'Ik kon het ook niet helpen, hoor, maar ik zag dat je stond te janken daarbuiten en dat vind ik niks voor jou, janken.'

'Ik huilde ook niet. Het was de kou,' zeg ik met iets te veel nadruk.

Hij knijpt even in mijn been. Ik draai me naar hem toe en glimlach op mijn allerbeminnelijkst.

'Jij bent toch zo'n koele kikker, zo iemand die *totally in control* is?'

'Waarom denken jullie mannen dat altijd van een vrouw die werkt voor de kost? Dat vraag ik me nou af.'

Zijn blik glijdt omlaag, langs mijn lichaam naar mijn voeten en weer omhoog.

'Nou, dat heeft niet alleen met je werk te maken hoor, kijk eens hoe je eruitziet. Dat haar zo strak naar achteren... die lijkwade die je aan hebt...'

Lijkwade. Zo noemt hij mijn Demeulemeester-jurk die ik speciaal voor de opening heb gekocht.

'Terwijl je zo mooi bent. En wild, meen ik me te herinneren...'

Ik bloos.

'Niet zo wild als jij was...' antwoord ik. Ik zie mezelf weer zitten, op zijn bedompte kamer, naakt, met een joint in mijn hand. Zo vrij. Zo heerlijk onverantwoordelijk. Mijn ouders verkeerden in totale shock toen ze erachter kwamen dat ik iets had met 'schorriemorrie' zoals zij dat uitdrukten. Hun gymnasiummeisje, volgende in de lijn van medisch specialisten, gaf haar lichaam aan een schooier, een rioolrat, een jongen die gedoemd was putjesschepper te worden. En dat was voor mij reden genoeg om het door te zetten.

'Mannetje, kindje, bedrijfje?' vraagt hij en neemt een grote slok van zijn bier.

'Ja, alle drie. En jij?'

'Geen vrouwtje. Geen kindjes. Wel een bedrijfje.'

Hij brengt zijn gezicht heel dicht bij het mijne. Ik kan zijn poriën tellen. Het is de gin die me zo onverschillig maakt.

'En waar is het mannetje?' vraagt hij en mijn lach verdwijnt.

'Thuis,' zeg ik.

'Gezellig, zo net na de opening van je kliniek. Is hij trots op je?'

'Ze zeggen van wel.'

'Oei, dat kwam er zuur uit. Laat ik het anders zeggen, ben jij trots op hem? Is hij de juiste keuze gebleken?'

Ik staar naar mijn glas, dat alweer leeg is. Ik wil niet met Johan over mijn echtgenoot praten. Hij bestelt nog een rondje. Ik wapper halfslachtig met mijn hand om aan te geven dat ik genoeg gehad heb.

'Zeur niet,' zegt Johan. 'Het is feest! Je bent ondernemer sinds vandaag. Vrijheid, blijheid!'

We proosten. Ik vraag naar zijn leven.

'Ik ben nu aannemer. Eigen toko, alles in het nette. En een beetje beleggen in onroerend goed. Ik blijk zowaar zakelijk instinct te hebben.'

'Pfff, aannemer... Ik heb niet zulke hele goede ervaringen met aannemers. Ik zit midden in een eeuwigdurende verbouwing. Ik leef al bijna een jaar in een zandbak met een dak van oranje plastic. Ik klim via een ladder naar mijn slaapkamer en kook op een gastoestel. Maar mooi dat het schijnt te worden!'

'Nou, da's dus duidelijk een klojo, die aannemer. Ik bouw complete nieuwe huizen van de grond af aan, binnen het halfjaar. Waar is het misgegaan, waarom moet je zo lang wachten?'

Ik haal mijn schouders op en staar in mijn glas. Pers het schijfje citroen uit tussen mijn vingers en lik ze af. Ik ben dronken en ik voel me heerlijk licht.

'Het begon ermee dat Rogier, mijn man, overspannen werd. Hij zat thuis en wilde wat doen met zijn handen. Iets bouwen. Wegraken uit zijn hoofd en iets fysieks doen. Terug naar zijn mannelijkheid. Stenen sjouwen, graven, zagen en timmeren. De natuurlijke materialen voelen en zijn liefde erin stoppen.'

Ik giechel terwijl ik het vertel.

'En toen zei jij: schatje, wat een goed idee, sloop ons huis maar om mee te beginnen.'

'Zoiets ja. Ach, er moest ook van alles gebeuren... We wilden al jaren een nieuwe vloer en zo'n loftachtige benedenverdieping.'

Hij kijkt me aan en schudt zijn hoofd. 'O ja, en ik ga morgen effe mijn buurvrouw een facelift geven. Wil ze al jaren.

Moet toch niet moeilijk zijn. Jezus mens, waar zit je verstand?'

'Het is niet zo dat ik hem een moker heb gegeven en heb gezegd: hier sloop de hele boel maar. Hij had een echte aannemer geregeld, een man die hij had ontmoet op cursus. Hij zou alleen maar meewerken.'

'Wat voor cursus?'

Ik schiet in de lach. Het klinkt als een klucht. Het is een klucht.

'"De Terugkeer van de Koning". Zo heet die cursus. Bedoeld voor mannen die het contact met hun mannelijkheid zijn kwijtgeraakt.'

'Je bedoelt voor mannen die impotent zijn geworden?'

'Nee! Het is gewoon een cursus voor mannen die aan hun identiteit willen werken. Maar dat maakt niet uit, hij ontmoette daar dus Hylke Havermans, een holistische aannemer, en met hem samen is hij aan de verbouwing begonnen.'

'Jouw man is dus in de war en zoekt samen met die Hylke zijn kloten in het slopen van jouw huis. En die hebben ze kennelijk nog steeds niet gevonden. En ondertussen woon jij in een puinhoop met jullie kind, of kinderen...'

'We hebben een zoon. Thom. Zestien is hij. Maar Thom woont in het bijhuis, dus hij heeft er niet zoveel last van.'

'Nee hoor, een puber heeft er helemaal geen last van als zijn huis in puin ligt, zijn vader zijn kloten kwijt is en zijn moeder half Nederland voorziet van plastic tieten. Tjongejongejonge. Je hebt het goed uit de hand laten lopen, meid.'

Zijn conclusie raakt me en ontketent de golf van zelfmedelijden waar ik altijd zo bang voor ben, de reden waarom ik nooit dronken wil worden. Mijn keel begint pijnlijk te kloppen.

Hij haalt een zwartleren mapje uit de binnenzak van zijn

jas, pakt zijn kaartje eruit en geeft het aan me.

'Voor als je wat nodig hebt. Ik stap er zo in, in die verbouwing van je, morgen desnoods en dan garandeer ik je dat het binnen een maand geregeld is. Maar je kunt me ook bellen voor andere dingen.'

Ik schiet in de lach en we kijken elkaar lang aan. Hij is nog steeds op een rauwe manier aantrekkelijk, een woeste man. De tintelingen in mijn onderbuik herinneren me eraan hoe lang ik al geen seks meer gehad heb. Zeker drie maanden. Mijn lichaam schreeuwt erom. Een streling, een zoen. Opdat mijn bloed weer stromen gaat. Alleen al bij de gedachte bloei ik op. Maar die verlangens gaan niet uit naar Rogier, helaas. Zijn ziekte heeft hem gedegradeerd van minnaar tot kind en dat is desastreus voor ons liefdesleven.

'Volgens mij moet ik naar huis,' zeg ik zacht en ik wankel licht als ik van de kruk opsta. Ik stop Johans kaartje in mijn tas.

'Ik breng je thuis, kom op. Die fiets flikkeren we wel achterin.'

Ik schud mijn hoofd. Hoe aangeschoten ik ook ben, ik weet heus wel dat ik hier niet kan vertrekken met een vreemde man achter me aan. Ze houden me al de hele avond in de gaten.

'Ik bel wel een taxi,' zeg ik en ik leg geld op de bar om af te rekenen. Johan pakt het en stopt het terug in mijn hand.

'Zo ga ik niet met vrouwen om,' zegt hij. 'Zelfs niet met steenrijke vrouwen.' Ik grinnik. Hij moest eens weten.

'Dan heb je pech,' zeg ik. 'Want ik ga zo niet met mannen om.'

Ik wenk de barkeeper en druk het geld in zijn hand.

'Ik wil je niet beledigen, maar het is beter als ik hier alleen naar buiten loop.'

Hij grijnst. Zijn tanden zijn zo wit dat ik vermoed dat hij

ze bleekt. Hij staat op en schikt zijn jasje. Met zijn dure pak en gesteven overhemd, zijn gebleekte tanden en gebruinde kop ziet hij eruit als een straatvechter.

'Pop, bel me als je wat nodig hebt. Doe je dat?'

Ik knik en hij trekt me naar zich toe.

'Het was me een genoegen, pop,' fluistert hij in mijn oor.

Buiten, bij de boom waartegen mijn fiets staat, staat een grote donkerblauwe BMW met de achterklep al open.

'Mevrouw Van Asselt-Fortuin?' vraagt de rijzige chauffeur. Ik kan alleen maar verbaasd grinniken. De chauffeur pakt mijn fiets op en legt hem in één beweging achterin. Ik plof neer op de zwartleren bank, pak Johans kaartje uit mijn tas en doe iets wat je nooit moet doen als je te veel gedronken hebt. Ik toets zijn mobiele nummer in en stuur hem een sms.

Goed geregeld. Dank je wel. Het was heel leuk om je weer eens te zien. XM

5

Verdriet is mijn vijand. Ik laat het niet toe. Daar ben ik ontzettend goed in geworden. Als ik het voel opkomen, druk ik mijn nagels in mijn handpalmen en concentreer me op mijn buikademhaling. Ik snuif een paar keer en knipper mijn tranen weg. Blijft het knagen, dan ga ik iets doen. Hardlopen of in de tuin werken. Iets wat me dermate uitput dat er voor verdriet geen plaats meer is.

Er is één ding dat ik niet moet doen wil ik de controle behouden en dat is drinken. Ik slaap twee, drie uur als een blok en word daarna wakker, hyper en klam van het zweet. Maar dat is niet het ergste. Het ergste is de staat van labiliteit waarin ik de komende vierentwintig uur zal verkeren. Alle gevoelens die ik normaal gesproken perfect in de hand weet te houden, overspoelen me nu als een tsunami. De zelfverachting, de angst, de onrust, de eenzaamheid. Ik ben een waardeloze moeder. Een zo mogelijk nog waardelozere echtgenote. Ik bezoedel mijn vak met deze trillende klamme handen en vergiftig mijn middelbare lijf. Ik hunker naar liefde en vind tegelijkertijd dat ik het niet waard ben. Ik wil vrijen of in ieder geval aangeraakt worden, maar ik word ook misselijk van de gedachte eraan.

Er zit niets anders op dan op te staan, mijn trainingspak aan te trekken en in het bos mijn katerpsychose eruit te rennen.

Rogier lost dat anders op, maar hij is dan ook gespecialiseerd in de roes. Hij drinkt twee liter rode wijn op Seroxat, neemt voor het slapen een Xanax en een temazepammetje en wordt zodoende pas rond elven wakker met behulp van twee dubbele espresso's en een Cohiba Longfiller. Tegen die tijd heb ik al vijf kilometer gelopen, mijn sit-ups gedaan, me gedoucht en gescrubd, mijn haren geföhnd, me aangekleed, boodschappen gedaan, ontbeten met Thom en *de Volkskrant* uitgespeld.

Ook deze ochtend gaan we zwijgend aan elkaar voorbij. Stil sluipen we door de puinhopen naar het espressoapparaat in de geïmproviseerde keuken en bladeren we door kranten en tijdschriften aan de formica tafel. Ik ben gestopt met stof afnemen en een doekje over de tafel te halen. Zelfs met de suiker in het suikerpotje te doen, het brood in een mandje, de koekjes in de trommel. Koken heeft geen zin op een armetierige gasbrander, was vouwen en strijken ook niet in deze stoffige bende. De werkster weigert te komen.

'Bel me maar wanneer het huis klaar is,' zei ze drie maanden geleden.

Het huis is nog verder verwijderd van klaar dan toen. Afgelopen week hebben Hylke en Rogier besloten toch maar de prachtige beuken vloer eruit te slopen, omdat Hylke vermoedt dat er een giftige schimmel in onze kruipruimte schuilt die ons 'huismilieu' aantast. Volgens hem verklaart het Rogiers depressies en vermoeidheid. Kennelijk ben ik bestand tegen deze zwaar vervuilde lucht, want ik heb nooit ergens last van. Nu zitten we dus met onze stoelen in het zand en als we omhoog kijken, zien we tussen de oude planken de hemel. Twee slaapkamers zijn met plastic afgetimmerd, zodat we wel droog kunnen slapen. Een paar elektrische kacheltjes verwarmen ons, hoewel Hylke dit milieutechnisch niet vindt kunnen.

Vanochtend worden we voor de stilte behoed door Hylkes overdreven vrolijke entree. 'Goedemorgen jongelui!' roept hij en hij stapt door het zand alsof het de normaalste zaak van de wereld is om in het zand te leven.

Hylke ruikt altijd naar soep. Waarschijnlijk komt dat doordat hij iedere dag dezelfde beige wollen trui draagt, waarin hij bouwt, tekent en kookt en alle geuren zich opslaan.

Rogier staat op en er breekt een lach door op zijn gezicht. Hij wordt werkelijk blij van Hylkes verschijning en dat verbaast me steeds weer. Wat heeft deze man in hem losgemaakt dat hij zijn vak eraan wil geven, dat hij er plezier aan beleeft in zo'n klerezooi te leven? Zo ongeduldig en snel geïrriteerd als hij naar mij is, zo goed geluimd en flexibel is hij voor Hylke. Alsof de dalai lama *himself* ons huis betreedt, en zo begroeten ze elkaar ook, met de handen tegen elkaar en een lichte buiging.

Hylke legt zijn map vol papieren op tafel en gaat zitten, terwijl hij doorbazelt over het natte weer, en ik, ik maak de verse muntthee waarvan hij wekelijks liters tot zich neemt en twee stevige espresso's voor mij en Rogier. De papieren worden over tafel uitgespreid en Hylke en Rogier storten zich erop als twee leergierige kinderen. Ik ga erbij staan, starend naar de zoveelste tekening van hoe ons huis ooit zal worden, en probeer me te concentreren op wat hij zegt, maar zodra Hylke zijn mond opendoet treedt er in mijn hersenen een acute blokkade op en vult iedere vezel in mijn lichaam zich met wantrouwen. Waarom ben ik ooit meegegaan in dit verhaal? Waarom heb ik mijn fijne, oude huis laten onttakelen door deze kwezel oftewel 'huizenarts', zoals hij zichzelf noemt? Om Rogier gelukkig te maken. De blik die ik in zijn ogen zag toen hij vertelde over Hylke, de arts die zijn leven radicaal had omgegooid, herkende ik. Even toonde hij zich weer de bezielde, gepassioneerde man op wie ik ooit, eeuwen geleden, verliefd ben geworden.

'Ik wil uit mijn hoofd, Til,' zei hij toen. 'Met mijn handen in de aarde, terug naar mijn lichaam. Ik wil mijn kracht weer voelen.' En dat wilde ik ook voor hem, niets liever dan dat.

Dat gelukkig maken van Rogier heeft me tot nu toe 275.000 euro gekost aan bouwtekeningen, constructieberekeningen, vergunning-aanvragen, sloopkosten, milieuvriendelijke materialen, containerhuur en holistische bouwvakkers, en nog staan we op zand. En dan reken ik de cursussen en therapieën niet mee die hij sinds zijn grote depressie/burnout/overspannenheid of hoe je het noemen wilt, heeft gevolgd. Werken doet hij niet meer. Eerst was hij ziek, daarna nam hij een jaar onbetaald verlof en nu is hij uit de maatschap gezet en wil hij zich, net als Hylke, helemaal storten op de holistische bouw. Volgens hen beiden 'de toekomst van het bouwen'. Als voormalig arts en specialist vinden ze zichzelf uitermate geschikt. In hun vak hebben ze geleerd helder, analytisch te denken en te luisteren naar hun patiënten en dat komt hun als holistische bouwcoaches heel goed van pas. Het is voor hen te hopen dat eventuele toekomstige klanten niet komen kijken naar de modderpoel waarin wij nu al maanden bivakkeren, wachtend op de in Noorwegen bestelde natuurvriendelijke houten kozijnen, in Canada op maat gemaakte dakplaten met zonnepanelen en de uit één Amerikaanse eik gezaagde vloerdelen.

'De weg is even interessant en inspirerend als het doel,' is Hylkes motto en daar zijn wij mooi klaar mee.

'Vind je ook niet, Til?' vraagt Rogier en ik schrik op uit mijn katerige overpeinzingen. De mannen kijken me vragend aan. 'Ik begrijp het niet helemaal. Leg het nog een keer uit,' zeg ik en ik neem een grote slok van mijn lauw geworden espresso in de hoop dat de cafeïne me bij de les houdt. Aan Hylkes mond ontsnapt een misprijzende zucht.

'Het grondwaterpeil stijgt in deze omgeving als een gek door de klimaatverandering. Daarom is je kruipruimte zo nat en schimmelig. Nog een paar jaar en de rioolbuizen drijven hier door de straat. Eigenlijk zou je je huis minimaal een halve meter omhoog moeten tillen om vochtvrij te kunnen wonen. Het beste zou zijn om weer ouderwets op een terp te gaan wonen. Maar dat is wat te ingrijpend. Dan zou het huis plat moeten. Een andere optie is de boel op palen te zetten.'

Hij gaat staan en wijst met zijn hand naar zijn heup. 'Dan komt de vloer ongeveer op deze hoogte. Van buiten hoef je dat niet te zien, we laten de muren zo staan en behandelen ze met vochtwerende isoleerstuc op basis van leem. Het plafond brengen we een meter omhoog en je dak ook.'

'En dat is niet ingrijpend?' vraag ik.

'Jawel, maar voor deze optie hoeven we de boel niet plat te gooien. We zijn al een eind op streek, alles is besteld en ingemeten... Op deze manier kunnen we op de oude voet verder en toch voorkomen dat je huis over een paar jaar onder water staat.'

Ik kijk in zijn bleekblauwe ogen. Een ooglidcorrectie zou hem goed doen. En die moedervlek op zijn linkerslaap moet weg. Ik vermoed dat de baard een wijkende kin verbergt.

'Denken jullie niet dat het tijd wordt er een paar professionals bij te halen?' vraag ik, waarop een beklemmend stilzwijgen volgt.

'Ik geef toe,' zegt Hylke na een tijdje, 'dat we er voor de constructie een architect bij moeten halen. Dat is een simpele rekensom. Kost je twee weken en om en nabij de achtduizend euro aan tekeningen. Wijziging bouwvergunning, ik denk een paar honderd euro en maximaal zes weken. Maar ondertussen kunnen we alvast beginnen, het werk is allemaal binnen, in eerste instantie…'

'En als we het niet doen?' vraag ik.

'Dan graven we de kruipruimte uit, isoleren we hem met dezelfde vochtwerende leemstuc en bouwbiologische isolatie. Maar over een paar jaar komt het water omhoog, daar kun je gif op innemen. Daar gaat je mooie eiken vloer…'

'Hoe zeker is dat? Ik zie niemand anders hier in de straat een terp bouwen of zijn vloeren en plafonds omhoog brengen. En bovendien als het water echt komt, kunnen we dan niet beter de boel snel afbouwen, verpatsen en het hogerop zoeken?'

'Til, moet dat nou op zo'n toon?' vraagt Rogier. Het zweet staat op zijn bovenlip. Het wordt hoog tijd voor zijn holistisch volstrekt onverantwoorde oxazepammetje.

'Rogier, ik ben er gewoon klaar mee. Ik kan niet langer leven zo,' zeg ik en ik wijs om me heen. 'We zijn zwaar over het budget en nog niet eens op de helft. Het zou allemaal al lang en breed klaar zijn rond de openingsdatum van mijn kliniek. Sterker nog, jullie zouden in eerste instantie hier en daar wat kleine ingrepen verrichten!'

Mijn bloeddruk stijgt, de bloedvaten in mijn hoofd vernauwen zich. Ik bijt op mijn lip en slik de woede weg. Moe ben ik. Doodmoe.

Rogier grijpt naar zijn doosje sigaren en pakt er een uit. Zijn handen vertonen een lichte tremor. Ook hij is aan het eind van zijn Latijn.

'Hylke, ik wil een second opinion,' zeg ik. Beiden kijken me geschokt aan. Hylke schraapt zijn keel.

'Daar heb je natuurlijk het recht toe... maar de meeste aannemers werken anders dan ik. Zij zullen wat we hier aan het doen zijn al snel afkeuren.'

'Wij leven met ons gezin nu al ruim driekwart jaar in het zand en het stof. We zijn geen meter opgeschoten. Het is genoeg zo. Er moet een einde aan komen en snel ook. Ik heb genoeg vertrouwen in jullie gehad, maar ik denk dat deze verbouwing jullie boven het hoofd groeit.'

'En jij denkt dat een andere aannemer het zo een-tweedrie oplost?'

Ik kijk naar Rogier, die zijn lippen om de sigaar vouwt en krachtig zuigt. De man tegen wie ik ooit op keek, die ik bewonderde en aanbad vanwege zijn daadkracht en doortastend optreden. De grote psychiater met het briljante brein op wie ik zo verliefd werd. Hij neemt de sigaar uit de mond en puft wolkjes dikke, witte rook uit. Een arrogante blik glijdt over zijn gelaat als hij terugkijkt.

'Til, hou op met die powertrip. We zijn je personeel niet. Hylke en ik hebben het goed in de knuisten. We hogen de boel op, we zijn nu toch bezig. We willen dit goed afmaken en het lijkt me niet zinvol er een derde bij te halen die nog meer twijfels zaait. Heb je dan echt geen vertrouwen meer in mij?'

Daar is die vraag weer, de afschuwelijke vraag waarmee hij me de macht geeft hem volledig te breken, ervan uitgaande dat ik dat nooit zal doen. Nee Rogier, ik heb geen vertrouwen meer in je. Je bent een geestelijk wrak en ik vrees iedere dag die ik met je samen ben. Ik weet dat Thom, ik en Hylke de enige dunne draadjes zijn die je nog met het normale leven verbinden.

'Natuurlijk heb ik vertrouwen in je, Rogier, maar...'

'Laat ons dit afmaken. Misschien moeten we anders een huisje in de buurt huren, waar jij en Thom tijdelijk gaan wonen. Dan hebben Hylke en ik de vrije hand en hebben jullie rust.'

Een huisje huren. Als er al iets beschikbaar is, kost het me zeker tweeduizend euro per maand. Bovendien, als wij uit dit huis vertrekken, weet ik zeker dat het nooit meer af komt.

Ik sta op.

'Er wordt niks opgehoogd,' sis ik. 'Maak het af zoals afgesproken. Ik ben naar de kliniek.'

6

De mensen denken dat wie geen twijfel toont, ook geen twijfel kent. Dat gaat voor mij niet op. Kordaat zijn en knopen doorhakken is pure beroepsdeformatie. In de jaren die achter me liggen heb ik geleerd nooit een glimpje weifelachtigheid te laten doorschemeren. Maar vanbinnen, diep vanbinnen vechten twijfels om voorrang. Ik probeer er geen gehoor aan te geven, door knopen door te hakken voordat de twijfels komen, maar ze halen me altijd in, al is het jaren later. Ik negeer ze en dat lukt aardig bij daglicht, als er gewerkt, gerend en gezwoegd kan worden. Tot de stilte van de nacht komt. Dan dringen ze zich op als oude bekenden die ik probeer te ontwijken. Of op zondag als er van me verwacht wordt dat ik thuis ben, dat ik moeder en echtgenote speel van een stelletje volslagen vreemden.

Ooit kende ik ze goed. Thom als kleine jongen, aanhankelijk en open, een druktemaker op een gezellige, energieke manier. Eén blik op hem en ik wist wat hij voelde. Ik rook het als hij ziek werd, nog voordat de symptomen zich openbaarden, ik hoorde aan zijn huilen of hij pijn had, honger of gewoon behoefte aan een beetje aandacht. Het was zo makkelijk toen om een goede moeder te zijn, begripvol, geduldig, verzorgend. Een dankbare taak. Twee mollige armpjes om mijn nek. De belofte dat hij later, als hij groot was, met mij zou trouwen. Meer dan het braden van een kip was daar niet voor nodig. Ik hield zoveel van hem dat ik dacht er geen tweede bij te kunnen hebben. Nooit zou ik voor een volgend kind zoveel liefde kunnen opbrengen. Nu wordt me dat verweten, uitgerekend door hem zelf.

'Jij, jij bent gewoon te egoïstisch voor twee kinderen. Een stelletje narcisten, dat zijn jullie.'

Hij is een meter vijfentachtig en ruikt allang niet meer naar lammetjespap en Liga. Hij zit alleen maar op zijn kamer met zijn uitbottende onhandige lijf, omringd door apparatuur waarvan wij niet weten hoe die werkt. We horen hem razend klikken op de controller van zijn Xbox, of springen op gedreun dat hij hardcore noemt. Vrienden heeft hij niet, of ze komen niet. Hij schaamt zich voor mij en zijn vader die hij 'ouwe gek' noemt, en het huis dat hij heeft omgedoopt tot 'de plaggenhut'. Leraren maken zich zorgen. Niet over zijn cijfers, want die zijn prima. Ze krijgen geen grip op hem. Hij leeft in zijn eigen wereld. Hij lijkt ongelukkig, zeggen ze. Misschien moet hij in therapie. Wat een giller. Zijn eigen vader is psychiater. En ook ongelukkig. Dus één ding weten we zeker in dit gezin: geluk vind je niet in psychoanalyse.

Wanneer is het ons ontglipt? Want zo gaat het, het ontglipt je terwijl je even niet oplet en vervolgens spendeer je de rest van je leven aan het zoeken naar een antwoord op die vraag. Wanneer? Toen Rogier overspannen werd? Toen ik fulltime ging werken? Was het een het gevolg van het ander of andersom? Is het omdat de liefde verdween en plaatsmaakte voor het respectvol tolereren van elkaar? En waarom verdween de liefde? Is die wel verdwenen? Zo niet, waar vinden we haar dan weer? En zou het helpen? Zou Thom er een gelukkige puber door worden, Rogier uit zijn depressie klimmen, ik van mijn slapeloze nachten en de druk op mijn borst af zijn? Hoe komt het dat ik hunker naar liefde en ik die toch niet meer wil van Rogier? Ik kan hem ook niets meer geven. Als ik naar hem kijk, naar zijn angstige, opgejaagde ogen, zijn misprijzende mond, het aura van wantrouwen en woede dat hem omringt, voel ik alleen maar boosheid. Ik zou hem toe willen schreeuwen: wat wil je van mij, slappeling? Ik heb je alles al gegeven. Wat wil je in godsnaam nog meer? Wees een man!

De dag dat hij de koffiekamer inliep van de VU, waar ik samen met andere co's op hem zat te wachten, zal ik nooit vergeten. Hoe hij zijn entree maakte. Grote man, woest, donker haar dat hij nonchalant naar achteren droeg, een arts zonder witte jas, maar in een klassiek donker pak. Felle blauwe ogen, omrand door gitzwarte wimpers, een scherpe neus en kin. Tot dan toe hadden we uitsluitend corporale Hans Wiegel-lookalikes of middelbare, autoritaire specialisten als begeleider gehad. Dit was een heel ander verhaal, daar waren wij, de drie vrouwelijke co's, het al snel over eens. Zwierig kwam hij binnen. Popiejopie, vonden de jongens. Hij stak een sigaar op, wat wij heerlijk rebels vonden en de jongens aanstellerig. Hij beende heen en weer als een gekooide tijger terwijl hij vertelde over de gang van zaken op zijn afdeling. Voor een specialist was hij erg jong. Hij moest dus snel carrière gemaakt hebben, ofwel zeer intelligent en getalenteerd zijn. We mochten hem bij zijn voornaam noemen. Hij sprak onze namen uit en onthield ze, wat we nog niet eerder hadden meegemaakt.

Op de afdeling werd vreselijk over hem geroddeld. Hij was vrijgezel. Zo nu en dan sleepte hij een verpleegster zijn hol in of een co en hij was vaak te vinden in het uitgaansleven. Hij woonde in een oud pakhuis en als je bij hem thuis kwam, viel je bij binnenkomst zo ongeveer meteen in zijn bed. Een hemelbed midden in de kamer. Ik fantaseerde daarover en hoopte er ooit in terecht te komen. Maar niet op dezelfde wijze als mijn voorgangsters. Niet voor één nacht. Mij zou hij niet weggooien als een gebruikte zakdoek. Al was ik veertien jaar jonger dan hij, mij zou hij uitverkiezen. Maar daarvoor moest ik eerst uitblinken. Ik studeerde en werkte zoveel mogelijk. Bij voorkeur op de dagen en soms nachten dat hij er ook was. Niet dat ik hem volgde als een hondje, nee, ik was niet als de anderen, die koffie voor hem haalden en hem in alles gelijk gaven, met grote amechtige ogen. Ik ging de discussie met hem aan, stelde me op als het brutale wicht, al zorgde ik er ook voor dat er onder mijn witte jas altijd wel een stukje kant of de welving van een borst te zien was. Mannen zijn zo simpel. Toon ze een centimeter van je lichaam en ze zijn een en al oor en oog. Met vriendinnen bezocht ik de cafés waar hij regelmatig werd gesignaleerd en het duurde niet lang of hij benaderde me aan de bar, sigaar in de mond, zijn lippen gekruld in een zelfingenomen glimlach. We dronken samen bier en hij vroeg me naar mijn ambities. Zei dat ik uitermate geschikt was voor de psychiatrie, maar dat zijn patiënten niet zaten te wachten op een blonde psychiater die haar cup C in aangename verpakking op tafel legde. Een goede psychiater diende te allen tijde te voorkomen dat een patiënt lichamelijk naar hem of haar verlangde.

'Zoals jij dat aanpakt met patiënten, consulten houdt in je Italiaanse pak, bedoel je?' lachte ik. 'Maak je geen zorgen, ik wil helemaal geen psychiater worden.'

Hij keek me verbaasd en licht geamuseerd aan. 'En wat dan wel?' vroeg hij.

'Plastisch chirurg,' antwoordde ik, maar dat zei ik om hem te stangen. Ik wilde wel degelijk psychiater worden, maar die lol gunde ik hem gewoon niet. Ik gaf het antwoord dat hij het minst verwachtte en hem het meest intrigeerde.

Langzaam maar zeker goot ik mezelf in de mal van zijn ideale vrouw. Intelligent, onafhankelijk, ambitieus, altijd sexy maar nooit ordinair, onvermoeibaar, grappig en vrijgevochten. Wat hij las, las ik toevallig ook net. Zei hij iets over Bach, dan kocht ik onmiddellijk alle cd's, was Barcelona zijn favoriete stad, dan was ik net van plan daar die zomer heen te gaan. Ik vermoedde dat hij hield van klassieke kleding en dus hulde ik me zoveel mogelijk in nauwsluitende kokerrokken, zijden kousen en gehaakte truitjes waarin mijn borsten goed te zien waren. Nooit zou hij me aantreffen op Birkenstocks of Scholl-sandalen. Parels vond hij mooi, dus parels zou hij krijgen. Bij iedere poging die hij ondernam om me te kussen of mee naar huis te krijgen, wees ik hem op het leeftijdsverschil. Op het feit dat hij mijn artsbegeleider was. Dat ik nog niet over mijn vorige liefde heen was. Dat ik onze vriendschap niet op het spel wilde zetten voor zoiets vluchtigs als seks. Dat hij voor iemand die beweerde zo'n briljant psychiater te zijn, bar weinig verstand had van vrouwen, met zijn doorzichtige macho versiertrucs. Ik wilde hem, maar dan wel helemaal.

Het lukte. Hij ging volledig door de knieën. Vijf maanden later, toen ik begon aan mijn coschappen plastische chirurgie en we dus formeel geen meester-leerlingrelatie meer hadden, ging ik voor het eerst met hem mee het hemelbed in, om er nooit meer uit te komen. Hij leerde mijn andere kant kennen, en ook die kant was precies zoals hij zich had kunnen wensen. Ik kookte avond aan avond. Bracht sfeer in zijn huis. Neukte de sterren van de hemel. Streek zijn overhemden. Was ook voor Ajax. Masseerde zijn pijnlijke schouders. Luisterde naar ieder succesverhaal en elke klaagzang. Ging sigaren roken en zorgde ervoor dat er altijd een mooie rode wijn in huis was. En als ik hem echt volledig voor mezelf wilde, liet ik hem mijn psychiater spelen. Dan mocht hij zich buigen over de moeizame relatie die ik met mijn ouders had en kroop ik als een kinderlijk slachtoffer op zijn schoot. Ik kon hem niet gelukkiger maken. Dat het niet vol te houden was om een perfecte versie van mezelf te spelen, realiseerde ik me toen nog niet. Ik begon er zelfs in te geloven. Ik wilde hem nog meer aan me binden door een kind van hem te verlangen, terwijl ik nog niet eens klaar was met mijn opleiding. Waarom niet nu ik jong was en nog niet begonnen aan mijn specialisatie? Was dit niet juist het perfecte moment? Tenslotte was hij veertien jaar ouder, dus voor hem werd het hoog tijd. Ik beloofde het eerste jaar na de geboorte niet te werken. Hij zou er nauwelijks last van hebben. Ik kon hem het ultieme geven: een harmonieus, liefdevol gezin. Veiligheid, warmte, de belofte van altijd twee hunkerende armen en benen om hem heen. Mijn carrière kon wachten, of op een lager pitje worden gezet. De droom psychiater te worden werd vervangen door een nog mooiere, rijkere droom. Er zijn voor mijn grote liefde, hem een zoon of dochter schenken. Was dat geen ultieme liefde, je dromen voor iemand opgeven?

Hier, aan de koffie achter mijn designbureau, vraag ik me af of het ooit oprechte liefde is geweest. Het was het plaatje waarin ik al mijn ambities heb gestopt. Het plaatje van veiligheid en perfectie, een Amerikaanse B-film waarin ik geloofde. Aankomend arts trouwt gevierde specialist, de niet te vangen, gedoodverfde eeuwige vrijgezel en verandert hem langzaam maar zeker in een volledig afhankelijke stumper. Heb ik dat gedaan of heb ik zijn zware, zoekende kant niet willen zien? Gaf hij mij ook een perfecte versie van zichzelf? Feit is dat we elkaar tegenwoordig nauwelijks nog aan durven kijken. Laat staan aanraken. Al wat over is, is een verlammende angst om het op te geven, om te erkennen dat het niet gelukt is het plaatje tot het einde toe intact te houden. Een angst die hij verdooft met drank, pillen en bouwen en ik met werken.

Daar zit ik dan, in mijn nieuwe droom. Mijn eigen kliniek. Mijn werkkamer nog bezaaid met bloemstukken en flessen champagne in cellofaan, behangen met kaartjes vol felicitaties en bewonderende woorden. Van patiënten die nu cliënten heten, van financiers, collega's die nu concurrenten zijn, van een enkel familielid, van verslaggeefsters van de dames- en roddelbladen, van bekende Nederlanders die ik in het verleden heb geholpen en die hopelijk allemaal een keer terugkomen. Want het lijkt luxe, een eigen kliniek beginnen, maar het is pure noodzaak. Er zal geld verdiend moeten worden, heel veel geld, om onze schulden af te lossen en onze manier van leven te kunnen blijven bekostigen. Rogier heeft geen inkomen meer en wat we hadden opgebouwd aan vermogen is als sneeuw voor de zon verdwenen op de beurs.

Het enige wat we nog bezitten en dat in waarde rap achteruit gaat, is ons vrijstaande huis aan de rand van het bos, dat er nu zo onttakeld en zielloos bij staat.

Ik zet mijn computer aan en open mijn mailbox, die zich vult met berichten die ik bijna allemaal doorstuur naar mijn secretaresse. Uitnodigingen voor congressen, informatie over de nieuwste *injectables* en siliconenpreparaten, een vriendelijke mail van mijn voormalige partner in de maatschap van het ziekenhuis, een verzoek om te spreken over huidreconstructie na brandwonden en andere huidontsierende verwondingen. De post is meer van hetzelfde, naast veel, heel veel betalingsherinneringen, waaronder eentje van de leverancier van de ecologische leemstuc van vijftienduizend euro, die Rogier op mijn bv heeft laten zetten.

'Klootzak,' mompel ik en ik ga het net op.

Winkelen op internet is mijn verzetje. De ene site leidt naar de andere en al surfend vind ik producten die in de winkel stukken duurder zijn, of in Nederland niet verkrijgbaar. En betalen is zo makkelijk. Ik tik mijn creditcardnummer in en besteld zijn de boeken en het tripje Curaçao. Via nieuwsbrieven word ik op de hoogte gehouden van trends, aanbiedingen en veilingen en tien minuten later zijn de potten La Prairie, de ionische föhn, de nieuwste Mac en een paar Demeulemeester-laarzen al onderweg. De roes is heerlijk. Ik scrol door tientallen sites vol slaapbanken voor in mijn kantoor en hoor hoe buiten de wind aanzwelt, de voorspelde zware westenwind die vanuit zee recht op de ramen van mijn kliniek staat.

Ik denk aan ons huis en even ervaar ik opluchting bij het idee dat het misschien wel gewoon wegwaait, met Rogier en Hylke erin, alleen Thom zit er nog, in zijn stinkende zomerhuis, geketend aan zijn Xbox-controller. Thom en ik, we vertrekken gewoon, weg van de puinhopen en de schulden, naar Thailand of Zuid-Amerika. Met mijn papieren kan ik overal aan de slag.

De takken van de rozenbottelstruiken tikken tegen de ruiten en als het gekletter van regen losbarst, weet ik dat ik over een goed excuus beschik om niet op mijn fiets naar huis te hoeven. Ik trek mijn laarzen uit en dwaal op kousenvoeten over de marmeren vloer van de terracottakleurige hal. Het is een prettige, warme ruimte, waarin mijn cliënten zich meteen op hun gemak zullen voelen. Mooie leren fauteuils in de wachtkamer, een ruim assortiment van de nieuwste tijdschriften en aan de muur een groot lcd-scherm waarop foto's te zien zijn van voor en na de behandeling. Eerst een hangende buik en daarna het strakgetrokken, beeldschone resultaat. De onderkinnen naast een scherpe kaaklijn, de plooiroklippen naast volle, sensuele. Het zal ertoe leiden dat klanten die binnenkomen voor wat *fillers* in hun neus-lippenplooi ook de kliniek verlaten met een afspraak voor een buikwandplastiek op zak.

Ik tap wat water uit de bronwaterfontein, nestel me in een fauteuil en concentreer me, probeer in het hoofd te kruipen van het profiel van mijn cliënt, meestal een vrouw van rond de veertig. Ze wil zich eerst oriënteren, een gesprek over haar hangende oogleden, maar al wordt er nu nog niet gesneden, ze is bloednerveus. Neemt deze ruimte iets van haar zenuwen weg, als straks ook de klanken van Satie uit de boxen sijpelen en we groene thee, verse muntthee en cafeïnevrije cappuccino serveren?

We bieden duobehandelingen aan vriendinnen die met z'n tweeën komen en we garanderen hun privacy door afspraken zo te boeken dat niemand ooit een andere klant zal tegenkomen. Behalve dan op de *videowall*, maar deze mensen hebben, tegen een fikse korting op de behandeling, ingestemd met het vrijgeven van hun beeldmateriaal. Cliënten kunnen kiezen uit verschillende vormen van pijnbestrijding, al raden we algehele narcose af in verband met de nawerkingen. Ik kan iedere ingreep uitvoeren onder plaatselijke verdoving, zelfs een buikwandcorrectie of een borstvergroting. Een aantal uren na de ingreep kunnen de meesten alweer naar huis. Fluitje van een cent. Een stuk eenvoudiger in ieder geval dan het verbouwen van je huis.

Terwijl de wind aan de ramen rukt, sukkel ik in een diepe, droomloze slaap, de slaap die ik 's nachts niet meer kan vatten en waarvan het gebrek eraan me overdag in de weg zit. Als ik wakker schrik van een luid gebons, druipt er een klein straaltje kwijl uit mijn mondhoek. Ik veeg het weg en probeer mijn ogen te focussen op de klok. Ik heb zeker een halfuur zo gelegen. Opnieuw hoor ik gebons. Het komt van buiten. Iemand staat met zijn vuist op het raam van de deur te slaan en het zou me niets verbazen als het Rogier was, die zich weer wat in zijn hoofd heeft gehaald.

7

Rogier heeft soms paniekaanvallen die hij zelf, ondanks zijn jarenlange expertise als psychiater, niet als zodanig herkent. Als hij zijn eigen psychiater zou zijn, dan had hij tegen zichzelf gezegd dat de gedachten die je in deze staat brengen niet reëel zijn. Het is het brein dat op hol slaat en angst en adrenaline aanmaakt, wat een vlucht- of vechtreactie opwekt, en die angst zoekt een uitweg en een reden om bang te zijn. Neem vliegangst. We weten allemaal dat een vliegtuig niet zomaar neerstort, dat het zelfs het veiligste vervoermiddel is, maar toch kun je overvallen worden door een gevoel dat het deze keer, juist nu jij in het vliegtuig stapt, wel mis zal gaan. Alles wat er gebeurt zie je als een voorteken en een waarschuwing, je gaat geloven in je eigen angstgedachten en het lichaam volgt vanzelf. Je wordt misselijk, duizelig, het zweet breekt je uit en ademhalen gaat nog maar net. Ieder geluidje, ieder wegvallen van geluid, iedere beweging van de stewardess en mededeling van de piloot uit de cockpit doet je hart overslaan. Je weet het zeker, dit is je laatste uur. Je probeert te rationaliseren. Stel je niet aan. Fok jezelf niet zo op. Turbulentie is niet gevaarlijk. Denk dat je op een boot zit. Maar deden alle mensen die zijn omgekomen bij een vliegramp dat niet? Zeiden zij ook niet tegen zichzelf dat een beetje turbulentie geen kwaad kon, en dat er dagelijks duizenden vliegtuigen over de hele wereld landen en stijgen met windkracht tien?

Pas wanneer het vliegtuig geland is, en veilig vastzit aan de slurf van de gate, durf je weer adem te halen. Lach je om jezelf en zijn je handen weer droog.

Voor Rogier ben ik die slurf. Alleen als hij veilig aan mij vastzit, kan hij ademhalen. Maar ik heb me stap voor stap van hem losgemaakt en daarom heeft hij zichzelf ervan overtuigd dat ik niet meer van hem hou, dat ik van hem af wil, dat ik waar mogelijk met andere mannen neuk en dat ik hem binnenkort moederziel alleen laat, kind en geld met me meenemend. Niets wat ik doe kan het tegendeel bewijzen. Ik laat hem het hele huis afbreken, sleep hem van de ene hulpgroep naar de andere, probeer hem te stimuleren weer aan het werk te gaan, van de drank af te blijven, leuke tripjes te maken met zijn zoon en op stap te gaan met vrienden, maar hij wil niets liever dan mij in de gaten houden zoals een vliegangstige de stewardess. Apathisch en gefixeerd.

Als ik naar de deur loop ben ik er zeker van dat het silhouet daarachter dat van Rogier is. De donkere wolken maken dat het nacht lijkt en door de kletterende regen op de ruit kan ik de man nauwelijks horen. Ik ren naar het kantoor om mijn laarzen weer aan te trekken en haast me de gang door om hem binnen te laten. Voor de deur staat niet Rogier, maar een doorweekte, grijnzende Johan die meteen joviaal langs me heen naar binnen stapt.

'Jezus mens, ik dacht dat je dood was! Je lag er zo raar bij. Ik stond al met een steen in mijn hand, ik denk, ik kinkel zo die ruit in. Godsamme. En wat zie je eruit! Niet te geloven. Lag je weer te janken of zo?'

Ik doe een stap naar achteren en mijn handen gaan als vanzelf naar mijn hoofd. Mijn opgestoken haar is uitgezakt. Ik trek de speld eruit en draai het opnieuw in een strakke knot. Ik haal de speld uit mijn mond en steek hem door mijn samengebonden haren.

'We zijn gesloten, hoor! Het is weekend... Wat doe jij hier?'

'Ik was in de buurt...'

'Met dit weer?'

'Ja, ik ben een beetje aan het rondrijden, herinneringen ophalen. Toen werd ik nieuwsgierig naar je toko. Ik wilde alleen maar even door het raam naar binnen gluren en toen zag ik jou daar voor lijk liggen. Ik schrok me rot.'

Johan loopt de hal in en kijkt rond. Het regenwater drupt van hem af. Ik staar naar de punten van mijn laarzen, lichtelijk beschaamd dat hij me zo heeft zien liggen. Ik moet eruitzien als een uitgedroogde oude vrouw. Als ik een kater heb, tekenen de groeven in mijn gezicht zich altijd dieper af.

'Er is niks aan de hand, hoor. Ik was de administratie aan het doen en werd ineens moe. Niet zo gek toch, na gisteravond? Al die gin-tonic.'

Johan kijkt om zich heen.

'Mooi hoor.'

Hij klopt op het walnotenhouten blad van de balie.

Ik wil dat hij weggaat. Hij komt wijdbeens voor me staan en slaat zijn armen over elkaar. Om zijn mond een pesterige glimlach.

'Het staat te koop, hè, dit pand? Maar dat wist je wel, toch? Ik dacht eigenlijk dat jij het gekocht had.'

Ik sla mijn armen ook over elkaar en onderdruk een geeuw.

'Het staat niet meer te koop. Ik heb het gehuurd voor vijf jaar met eerste recht van koop. Het kan dus onmogelijk te koop staan.'

'Gek. Ik ben er toch echt op gewezen door mijn makelaar.'

Hij stapt in het rond en betast de vers gestuukte wanden.

'En waarom heb je het eigenlijk niet gekocht? Dit is toch een superplek? Steengoeie investering.'

Ik probeer hem onbewogen aan te kijken. 'De eigenaar wil het liever verhuren. Wachten tot de prijzen weer gaan stijgen, denk ik.'

Johan schiet in de lach. 'Nou, aan mij wil hij het wel kwijt, hoor. Kwestie van een goed bod. Drie miljoen. Dat heeft niet iedereen op de plank liggen.'

De spieren in mijn nek verkrampen. Hij bluft.

'Maar voor wie een beetje handig is, zoals ik, is dit een perfecte deal. A-locatie met groeipotentie. Paar appartementjes erin. Zeezicht...'

Drie miljoen. Hij weet de prijs. Weet hij ook dat ik het niet kan kopen? Dat de bank de strop al zo ongeveer om mijn nek heeft gelegd? Dat ik slechts een jaar heb om me te bewijzen? Het kan onmogelijk waar zijn dat ze hem dit pand hebben aangeboden.

'Pop, je moet voor de gein even in de spiegel kijken. Je werd in één klap lijkbleek. Ik zit je maar te fokken, dat weet je toch?'

Hij slaat zichzelf op de knieën van het lachen en ik hinnik stompzinnig mee. Het had waar kunnen zijn. Het kan nog steeds waar zijn. Hoe goed mijn huurcontract ook in elkaar zit, als er iemand langskomt met drie miljoen, dan moet ik die persoon goed te vriend houden. Want uit appartementen haalt een nieuwe eigenaar altijd meer winst dan uit de huur die ik nu betaal. 'Je hebt godsmazzel met deze deal,' zei mijn fiscalist, 'maar je moet zo snel mogelijk overgaan tot koop. Echt, *work your brains out* om de bank straks te overtuigen met je mee te gaan of financiers van je rentabiliteit te overtuigen.'

'Zeg, heb je misschien een handdoek voor me? Ik ben doorweekt.'

Zo goed als ik ben met scalpel en hechtdraad, zo slecht ben ik met geld. En Rogier ook, blijkens zijn mislukte aandelenavontuur. We hebben altijd goed verdiend en nog beter uitgegeven. Toen het nog goed was tussen ons waren we daar trots op, dat we zo genereus en bohemien leefden, nooit keken naar prijskaartjes, maar altijd naar schoonheid, comfort en luxe.

'Zuinigheid is een beperking van de geest,' zei Rogier altijd. 'Wie zuinig is met geld, is dat ook met liefde.'

Bij ons zijn nu beide op. We hebben het nog lang volgehouden de liefde te veinzen door nog meer geld uit te geven. Een oude Porsche kopen. Een jacuzzi. Een leren massagestoel. Hästens-bedden. Apple-computers. Bang & Olufsen-geluidsinstallatie. Op maat gesneden pakken in Rome. Miu Miu-laarzen in Parijs, Louboutins in New York, handgemaakte ski's bij Strolz in Lech, steeds duurdere reizen boekte ik in de hoop een glimlach op Rogiers gezicht te toveren, onder het mom dat Thom hiervoor de ideale leeftijd had. Nog even en het was voorbij, dan wilde hij niet meer met ons mee op vakantie. Maar de voettocht door Tibet, boeddhareis naar India, in een luchtballon over de Serengeti: het kon Thom gestolen worden en Rogier werd alleen maar depressiever van het tijds- en cultuurverschil, van de mensen in andere landen, die niets hadden en toch gelukkig leken. Hij wilde maar één ding. Mij thuis, vanachter het fornuis vol bewondering kijkend naar hoe hij ons huis tot een paleisje verbouwde.

Ik ga Johan voor naar de beautysalon en pak daar een grote roze handdoek.

'Zo, chic hoor. En wat gebeurt hier allemaal?'

Hij ploft neer in de behandelstoel en gaat achterover liggen. Ik geef hem de handdoek aan en hij droogt zijn gezicht en haar.

'Hier doen we facials, chemische peelings, laseren en injectables. Alles waarbij niet gesneden hoeft te worden.'

'En dat doe jij allemaal zelf?'

'Nee, dat doet mijn collega-arts die zich daarin heeft gespecialiseerd. Ik snij.'

'En als je mij zo ziet liggen met die ouwe kop van me... waar zou ik nou van opknappen?'

Ik pak mijn bril uit de binnenzak van mijn colbert, zet hem op en buig me over hem heen.

'Oef, geile bril.'

'Als ik je zo bekijk, zie ik dat je vaak onder de zonnebank ligt. Daar moet je mee stoppen. Je krijgt er rimpels van.'

'Ja, maar die kun jij weer weghalen...'

'Niet eindeloos. Je huid droogt uit van te veel uv-straling, wordt slap en dun, de rek gaat eruit, zeg maar. Voor snijden en spuiten heb je een gezonde, stevige huid nodig. Veel water drinken dus en groenten eten. Niet roken, niet drinken...'

'Dus als ik het goed begrijp, moet je voor een jonge kop leven als een bejaarde?'

Ik leg mijn hand op zijn voorhoofd en trek zijn voorhoofdshuid iets op.

'Je bent een zakker. Je hebt zakkers en krimpers. Krimpers krijgen rimpels en bij zakkers zakt de huid. Een ooglidcorrectie zou je goed doen. Beetje botox in je fronsrimpel maakt dat je wat minder streng kijkt. Wat restylane in je neus-lippenplooi. En je lippen zijn dun, dat maakt je uitdrukking erg hard. Daar kan ook wat restylane in. Misschien nog lipolyse in je onderkin.'

'En bedankt. Tot twee minuten geleden was ik zeer tevreden met dit hoofd.'

'Je hebt ook een prima hoofd. Als je op consult zou komen, zou ik je aanraden er eerst nog even over na te denken. Het gaat toch over ruim drieduizend euro aan behandelingen, waarvan sommige alleen tijdelijk effect hebben.'

Hij kijkt me aan en glimlacht.

'En wat heb je zelf allemaal laten doen?'

'Alles wat ik jou zojuist heb geadviseerd. Tot op zekere hoogte testen we de behandelingen zelf uit.'

'Aha. En tot op welke hoogte is dat?'

'Alles beneden mijn kaaklijn is echt.'

'Nou, dan heeft Onze-Lieve-Heer je aardig bedeeld,' zegt hij grinnikend met zijn blik op mijn decolleté. 'Leuk hoor, leuk uitzicht.'

Ik veer omhoog en trek blozend de revers van mijn jasje dicht.

Buiten zwelt de westenwind nog harder aan. De luiken klapperen tegen de buitenmuren.

'Windkracht tien hebben ze voorspeld,' zegt Johan en hij komt uit de stoel.

'Weet je wat ik jammer vind?' zegt hij.

'Nou?'

'Dat je zoveel verdriet hebt. Zo'n mooie, succesvolle vrouw met zo'n droevige blik. Daar helpt geen spuit aan. Eenzaam ben je volgens mij.'

Ik sla mijn ogen neer, een halfslachtige poging om deze pijl te ontwijken.

'En lief. Volgens mij ben je heel lief. Te lief bijna.'

Het is heel lang geleden dat iemand mij lief noemde. Ik ben gewend aan termen als bitch, macho, arrogant, snoeihard, egocentrisch. Een vrouw die carrière maakt, die nooit lijkt te twijfelen en duidelijk durft te zijn, wordt zelden als lief gezien.

'Je verdient beter, dokter Mathilde,' zegt hij zacht.

'Nou weet ik het wel,' zeg ik en ik draai me om. Ik moet hier weg. Weg van deze woorden.

'Nee, echt, ik heb erover nagedacht. Hoe het mogelijk is dat zo'n mooie vrouw zo goed voor haar carrière zorgt en zo slecht voor haar hart. Je moet wel extreem veel van die vent houden, dat je het volhoudt zo te leven.'

'Wat weet jij ervan?' snauw ik.

Ik loop weg, maar hij komt achter me aan.

'Ik weet heel veel van eenzaamheid. En ook van mooie vrouwen. En wat ik ook weet, is dat de tijd sneller voorbijgaat dan je denkt. Je bent op je hoogtepunt, kanjer. Mooi, rijk, rijp. Wij mannen doen een moord voor een vrouw als jij. Echt. Daar zou je van moeten genieten.'

'Zeg, misschien moet je je met je eigen zaken bemoeien. Je hebt me één avond in beschonken toestand gesproken en nu ben je ineens mijn therapeut?'

'Ik zie alleen maar hoe zwaar je het hebt. En wat gebeurt er met je gezin en je kliniek als jij instort? Heb je daar al eens aan gedacht?'

'Dat gebeurt niet.'

Ik ben van het soort dat nooit instort. Ik word niet depressief of overspannen en krijg geen burn-out, ik krijg niet eens griep. Soms vind ik dat jammer. Zou ik willen dat ik in staat was om hysterisch mijn handen ten hemel te richten, keihard te gillen en dan huilend op de vloer ineen te zijgen. Dat anderen voor mij zouden zorgen.

'Nee, want dan ga je failliet. Maar het kan ook anders. Je kunt ook kanker krijgen van deze stress. En wie gaat er dan voor je zorgen? Niet die labiele vent van je.'

'Ik denk dat hij het heerlijk zou vinden als ik iets mankeerde. Dan had hij de macht weer terug.'

Ik draai me om en kijk hem aan. 'Wat wil je van me, Johan?' vraag ik.

'Ik ben de man die jou kan helpen.'

'En waarom zou je dat doen?'

'Omdat ik je nodig heb. En jij mij. En omdat ik altijd een zwak voor je ben blijven houden, mooie Mathilde.'

Ik sta te trillen op mijn benen.

'Ik heb geld, jij bent de beste plastisch chirurg van Nederland.'

'Dat weet ik nog zo net niet, er zijn er meer...'

'Laat mij in je investeren. Dit pand kopen, en nog meer panden. Ik praat over een keten. Jij als gezicht van al die klinieken, omdat je zo goed bent, en een vrouw. Samen kunnen we multimiljonair worden. Maar dan moet je wel in topvorm zijn.'

8

Mijn ouders zijn gek. Dat zijn ze al een tijdje, maar ze worden steeds gekker. M'n pa is een aansteller, mijn moeder een a-relaxte carrièrebitch. Ze haten elkaar, geloof ik. Daar hebben ze het zo druk mee, dat ze mij lekker met rust laten. Zodra ik in het vizier verschijn, doen ze allebei alsof er niets aan de hand is. Alsof we nog steeds zijn wie we vroeger waren, een leuk gezin. Alsof ze geïnteresseerd zijn in mijn school, mijn vrienden, mijn leven. Maar het boeit ze geen flikker. Het enige wat ze boeit is het huis dat je geen huis meer kunt noemen. Het zijn vier muren afgeplakt met oranje plastic. Ze slopen het, maar dan niet zoals het hoort, gewoon in één keer plat, nee, zij slopen het steen voor steen. Ze slopen alles. Ook zichzelf en elkaar.

Grappig wel, dat ze de hele tijd bang zijn dat ik aan de drugs ga. Dat is eigenlijk hun enige zorg. Terwijl, je zou mijn pa moeten zien. Die slikt een zootje pillen, niet normaal meer. En dat allemaal lekker wegspoelen met rode wijn. Mijn moeder spuit gif in haar gezicht en in dat van anderen. Niet dat het helpt. Die overstreste kop krijg je niet zomaar strak.

Verder laten ze me met rust. Ik mag in het bijhuis wonen, tenminste, zij noemen het bijhuis, het is gewoon een schuur die mijn vader ooit heeft omgebouwd tot werkplaats, toen hij nog dacht dat hij talent had om meubelmaker te worden. Sinds hij niet meer werkt bedenkt hij wekelijks iets nieuws om zijn saaie leven mee te vullen. Hij heeft bomen geknuffeld. Broden gebakken. Met een rugzak vol keien door het bos gelopen om te oefenen voor een voettocht die hij nooit durfde te maken. Hout bewerkt. Al die shit. Hij zegt dat hij uit zijn hoofd wil, met zijn handen in de aarde. Ik zou zeggen: doe wat aan die tuin. Ga koken.

Soms speelt hij de goede vader. Komt hij ineens binnenwandelen en moet ik hem uitleggen hoe de Xbox werkt. Wil hij een potje meedoen. En dan kijkt hij me aan en zie ik dat hij gek is. Die zielige blik. Wat een sukkel. Halverwege het potje Xboxen begint hij altijd te preken. Dat het zo gewelddadig is. Waarom ik dit doe de hele dag. Nooit wacht hij mijn antwoord af.

'We gaan hier paal en perk aan stellen!' roept hij en vervolgens gebeurt er niets. Mij opvoeden is hem gewoon veel te ingewikkeld.

Zij hebben niet door dat ik alles zie. Ik zie de mannen bij het huis komen, mannen in pak, met mappen onder hun arm. Deurwaarders. Ik zie hoe mijn ouders wegschieten, de mannen afschepen en daarna ruzie krijgen. Ik zie mijn pa 's nachts door het huis zwalken met een glas wijn en een sigaar in zijn opgeblazen porem. Ik weet dat mam steeds vaker 's nachts bij mij op de bank komt liggen. Dat ze ervoor zorgt dat ze weg is voor ik zogenaamd wakker word. En soms klampt ze zich ineens aan me vast. Zegt ze dat ze van me houdt en voelt ze aan mijn armen, schouders en gezicht alsof ik in een *alien* ben veranderd. Terwijl zij in aliens veranderd zijn.

9

Een keten van klinieken met mijn naam. Ik kan niet zeggen dat ik daar nooit over heb gefantaseerd.

'Zit je me weer "te fokken", om in jouw terminologie te blijven?'

'Nee. Ik zweer het je. Ik kan je helpen aan de financiële middelen, ik kan de panden verbouwen. Jij huurt en levert de diensten.'

'En waarom zou ik jou vertrouwen, Johan?'

'Waarom niet? Jezus, we kennen elkaar, weet je nog? Bovendien, wat heb je te verliezen?'

'Alles. Dit hier, om mee te beginnen...'

'Mathilde, je hebt schulden. Ik bied je een manier om van je schulden af te komen en winst te gaan maken. Jij doet waar jij goed in bent, ik waar ik goed in ben. Dat is precies wat je nodig hebt. Een man, een investeerder die in je gelooft en je helpt je dromen te realiseren.'

'Hoe weet jij dat allemaal over mij? Ik neem niet aan dat de bank je dit soort informatie verschaft...'

Hij kijkt me ernstig aan. Ik sla mijn armen over elkaar en kijk terug. Johan Delver is ineens terug in mijn leven. Met dezelfde praatjes en dat air van zelfvertrouwen waar ik vroeger al voor viel. Het klinkt te goed. Te makkelijk.

'Kom op. Je weet toch dat ik jou nooit zou naaien... ik heb van je gehouden, pop.'

Ik moet informatie inwinnen. Mijn advocaat erop zetten. Wat tijd kost. En energie. Alleen al de gedachte maakt me hondsmoe. Er is zoveel uit te zoeken, te regelen, te overdenken en ik moet het godverdomme allemaal alleen doen. Ik wil hem vertrouwen. Ik zoek iemand die me de hand reikt en me uit deze modderpoel trekt.

'Het is dus waar.'

'Dat zeg ik niet!'

'Als het niet waar zou zijn, had je me nu allang de tent uit geschopt. Maar goed, het is niet zo moeilijk om aan dit soort informatie te komen. De mensen in het dorp roddelen, pop. Die zien iedereen liever vandaag dan morgen op hun bek gaan. En dan is er nog het BKR, Bureau Krediet Registratie...'

'Ja ja, dat weet ik. En wat kan ik allemaal over jou vinden als ik ga zoeken?'

'Niets. Dat ik een hoop vastgoed bezit in Amsterdam. Dat ik kredietwaardig ben. Kijk, wat we gaan doen is heel eenvoudig. Jij geeft de eigenaar van dit pand toestemming om het aan mij te verkopen. Van mij krijg je een huurcontract voor onbepaalde termijn. Ik neem je schulden over. Ik heb nog een pandje voor je in Amsterdam-Zuid, dat wordt het volgende project. Jij gaat me terugbetalen als er winst wordt gedraaid. Simpel. Legaal. We zetten alles op papier.'

'Je hebt het allemaal al uitgedacht,' stamel ik.

'Ja. Ik ben je redding.'

Het idee dat al mijn geldzorgen in één keer voorbij zouden kunnen zijn. Dat er een plan komt. Dat er iemand zou zijn met wie ik kan overleggen, die het regelt, die een toekomst uitstippelt en groot durft te denken. Wat een ruimte zal dat geven.

'Er is alleen nog één dingetje,' zegt hij en hij leunt nonchalant tegen de muur, zijn blik op de vloer gericht. 'Je moet eerst van die zuignap af.'

'Pardon?'

'Ja, die kerel van je, die last die je maar mee blijft slepen. Daar moet je van af. Met hem erbij wordt het niks. Je hoeft me niet zo gechoqueerd aan te kijken, dat weet je zelf ook allang.'

Alsof die gedachte nog nooit in me is opgekomen. Dat ik zonder Rogier veel verder zou kunnen komen. Veel gelukkiger zou zijn. De kei van mijn borst zou kunnen lichten en eindelijk ademen. Als ik droom, droom ik van een leeg, wit huis met witlinnen gordijnen en ramen die openstaan. Er klinkt muziek en ik dans door de ruimte. Eindelijk vrij. Ik gooi alle deuren open om de wind door het huis te laten waaien en dan hangt hij daar. Bungelend aan een touw. Zijn hoofd paars, zijn tong naar buiten geperst. Lijkwitte blote voeten.

'Waar bemoei je je in godsnaam mee?' vraag ik en ik keer me van Johan af.

'Met jou. Met de toekomstige directeur van de beste kliniek van Nederland. Die nu nog een nerveus, ongelukkig wrak is. We moeten rust in je leven creëren. Net als bij topvoetballers. Een stabiel thuisfront van waaruit je op de toppen van je kunnen kunt opereren. Hoe ben je getrouwd?'

‘Wat bedoel je?’

‘Nou, huwelijkse voorwaarden, gemeenschap van goederen, Amsterdams beding...’

‘Dat gaat je niets aan.’

‘Dacht het wel. Als ik met je in zee ga, is dat belangrijke informatie. Die man van je kan het je financieel heel lastig maken. Als je het niet goed geregeld hebt, is de helft van alles van hem. Al verdien je nu nog geen stuiver, je bent geld waard.’

‘Luister, ik ben klaar met dit gesprek. Ik moet naar huis. Het regent niet meer, dus ik ga nu.’

Johan legt zijn handen op mijn schouders en begint met zijn duimen mijn gespannen monnikskapspieren te kneden.

‘Beloof je me dat je hier in ieder geval over na zult denken?’

Ik schud zijn handen van me af. ‘Je wandelt mijn leven binnen, wappert een beetje met geld en sommeert me van mijn man te scheiden...’

‘Ik heb het woord scheiden niet in mijn mond genomen. Scheiden kun jij je nu niet permitteren.’

‘Goh. En hoe had je dan gedacht dat ik van mijn man afkom?’

‘Er zijn andere manieren. Ook daar kan ik je bij helpen.’

‘Ik hoop dat je niet bedoelt wat ik denk dat je bedoelt?’

Hij gooit zijn hoofd in zijn nek en begint hard te lachen. ‘Hé mop, jij kijkt te veel naar *The Sopranos*. Nee, dat bedoel ik niet, nee. Denk maar na over mijn voorstel. Als je het wat vindt, bel me dan. Leg ik ’t je allemaal haarfijn uit.’

10

Het huis is donker. Alleen bij Thom brandt licht. Vanuit zijn huisje klinkt een monotone dreun. Hij zit alleen, zoals altijd. Hij doet de deur open en loopt meteen weer naar de oude, groene leren bank die hij ooit langs de kant van de weg heeft gevonden en ploft erop neer. Naast hem ligt een zak chips, op de tafel voor hem staat een anderhalfliterfles cola. De hele kamer is gevuld met de geur van jongenszweet. Ik loop automatisch naar het raam en gooi het open, onderweg kleren, sokken en onderbroeken oprapend.

'Maaaam!' roept Thom geërgerd terwijl hij driftig met zijn console wat mensen uit de weg ruimt. Op zijn kort geschoren hoofd draagt hij een koptelefoon waaraan een microfoontje zit. Hij praat met andere gamers, die net als hij alleen op hun kamer hele volksstammen aan het uitroeien zijn. Ik zet de muziek zachter en ga naast hem op de bank zitten, meestarend naar zijn grote hd-scherm. Thom bestuurt een auto waarmee hij mannen, vrouwen en moeders met kinderwagens omverrijdt. Onderweg berooft hij een bank en sleurt een hoertje aan haar haren de auto in. Als hij een omaatje raakt dat met haar rollator de weg probeert over te steken, lacht hij. Ik kijk naar hem, naar het waas van testosteronzweet dat over zijn gezicht glanst, zijn geconcentreerde, manische blik, zijn magere, behendige vingers, en kan niet geloven dat deze jongen, afkomstig uit mijn buik, twee jaar geleden nog elke avond bij mij in bed lag omdat hij bang was in het donker.

'Wat is er?' snauwt hij en hij kijkt me minachtend aan.

'Kun je dat ding misschien even uitzetten?' vraag ik en streel hem over zijn rug. Hij schiet opzij om mijn hand te ontwijken.

'Nee, ik zit midden in een *battle*.' Hij schudt zijn hoofd.

'*No, my mother is here*,' zegt hij in zijn microfoon.

'Heb je papa gezien?' vraag ik.

'Nope.'

'Wat een storm, hè, vanmiddag.'

'Yep.'

'Het is een wonder dat het huis nog staat...'

'Niet dat het jou wat boeit.'

'Kom je zo eten?'

'Ik heb al gegeten. Pizza.'

'O. En je vader ook?'

'Weet ik veel. Ik zag hem weglopen.'

'Wanneer?'

'Net. Halfuur geleden of zo.'

'Oké.' Ik sta weer op. 'Ik ga naar binnen...'

'Doei,' zegt Thom, met zijn blik aan de beeldbuis gekluisterd.

Rogier wilde meer kinderen. Toen ik zwanger was van Thom zei hij steeds wanneer hij zijn hoofd op mijn buik legde: 'Dit is nog maar het begin. Ik wil een hele rits.' Dat zo'n uitspraak typisch Rogier is, altijd meer willen dan wat er op dat moment is, besefte ik toen nog niet. Ik vond het romantisch, een man die verlangde naar een groot gezin. Hij was zelf de jongste van acht jongens, de trots van zijn vader en de teleurstelling van zijn moeder. Zij had graag een meisje gewild. Zoals ook ik heimelijk verlangde naar een meisje. Ik was vastbesloten Rogier het gezin te geven dat hij zich wenste. Een hele rits. Jongens en meisjes. Grote tafel, gezellige chaos, ik achter grote pannen. Een huis gevuld met liefde. Maar toen werd Thom geboren, na een martelgang van zesendertig uur. Een jongen, en wat voor een. Negen pond en onverzadigbare honger. Thom huilde. Niet een paar keer per nacht, maar de hele nacht en de hele dag. Alles probeerden we om hem stil te krijgen. Hem rondsjouwen in een draagzak, om het uur voeden, masseren met warme babyolie, tussen ons in laten slapen, 's nachts over de rotonde rijden, wiegen bij een stromende kraan en het zoemen van de stofzuiger, het hielp allemaal maar even. Ik at alleen nog maar gestoomde kipfilet en sperziebonen uit angst dat Thom anders weer krampjes zou krijgen van mijn borstvoeding en woog inmiddels negenenveertig kilo. In mijn hoofd suisde de vermoeidheid en ik dacht: dit is mijn straf. Omdat ik mijn ware gezicht niet heb laten zien. Omdat ik in het plaatje geloofde, het plaatje van twee verliefde ouders met een wolk van een baby, gehuld in zelfgebreide truitjes, het plaatje dat beloofde dat het leven altijd zo zou kunnen zijn als op de foto's in de damesbladen. Gelukkige mannen in witte kabeltruien, stralende vrouwen bij het knapperende haardvuur. Dat alleen zo het leven goed is. Maar ik ben zo niet. In mij schuilt een slechte vrouw, die uitsluitend aan zichzelf denkt. Een vrouw die wil slapen, die weg wil van haar kind, die spijt heeft dat ze haar droom heeft opgegeven voor deze nachtmerrie. En mijn zoon weet dat. Daarom huilt hij zo. Ook hij heeft spijt. Dat hij uit deze mislukking is voortgekomen.

De rits kinderen kwam er niet. Drie maanden na Thoms geboorte besloot ik terug te gaan naar de universiteit om alsnog mijn studie af te maken, met meer passie en overtuiging dan daarvoor. Rogier weigerde de duurste oppas van Nederland te worden en na een felle strijd kwam er een kindermeisje in huis, bij wie Thom allerzoetst was. Het huilen bewaarde hij vanaf dat moment voor de weekenden.

In het huis staan lege wijnglazen op tafel. Ik kijk naar het aanrecht. Twee flessen zijn er doorheen gegaan. Het oranje plastic klappert in de wind. Ik open de ijskast en pak er een tupperwarebakje uit. Griekse salade van feta, rode uitjes, komkommer en tomaat. Ik schenk mezelf een glas mineraalwater in en eet ondanks de afwezigheid van honger de salade op. Het zwarte aura dat zich over dit huis heeft gevlijd drukt op me als een zware deken. Ik blader door de krant zonder hem te lezen en zet daarna de radio aan. Ik moet iets doen. Ik wil het hele gesprek van vanmiddag vergeten. Ik wil Johan vergeten, maar liever nog mezelf. Ik verlang ernaar een fles wijn open te trekken, maar dat kan niet. Ik heb morgen klanten.

Ik ga naar boven met een kop thee en verschans mezelf in de slaapkamer, al is het nog geen acht uur. Slapen wil ik. Diep en droomloos. Het is er zo koud dat ik klappertand bij het uitkleden. Ik stap in mijn flanellen pyjamabroek, trek een T-shirt met lange mouwen uit de stapel kleren die op de stoel ligt en houd mijn sokken aan als ik in bed stap, het bed dat al in geen weken is verschoond omdat hier toch alles onmiddellijk vuil wordt.

Ik wil hieruit, hamert het door mijn hoofd. Laat me hieruit. Hoe kom ik hieruit?

Ik ken de gedachten, de gedachten van de nacht. De gedachten die zich misschien op een dag zullen consolideren tot een tumor, zoals Johan zei, ergens in dit eenzame lichaam, als ik niets doe. In mijn hoofd, in mijn maag, in mijn borst.

Vier vragen die je leven veranderen. Byron Katie. Dit boek heb ik gekregen van Astrid, mijn secretaresse, die helemaal in de ban is van deze Amerikaanse zelfhulpgoeroe. Ik pak het van mijn nachtkastje, zet mijn leesbril op en sla het open, opnieuw, alsof ik het nog niet uit mijn hoofd ken.

Het kan zomaar gebeuren, belooft Byron Katie, dat je op een dag ontwaakt in volledige rust en precies weet wat je te doen staat. En dat allemaal door jezelf slechts vier vragen te stellen.

Is mijn gedachte waar?
Kan ik zeker weten dat het waar is?
Hoe reageer ik als ik mijn gedachte geloof?
Wie zou ik zijn als ik de gedachte niet zou geloven?
Keer de gedachte om. Is dat even waar?

Byron Katie krijgt me niet in slaap. En ik moet een paar uur slapen wil ik morgen goed presteren. Ik pak een temazepam uit mijn laatje en spoel hem weg met een flink glas water. Het duurt minstens een halfuur voordat hij gaat werken maar het troostende idee dat de slaap zal komen dankzij de pil maakt me al rustiger. Ik draai me op mijn zij, klik mijn leeslamp uit en begraaf mezelf tot aan het puntje van mijn koude neus onder het dekbed.

Ik droom dat ik langs een kade loop. Het is donker en ik ben op weg naar een afspraak. Ik dacht de buurt goed te kennen, maar alles blijkt veranderd. Ik zoek en word steeds wanhopiger, want ik kan ook de weg terug niet vinden. Dan ineens herken ik de straat, het is de straat waarin ik woonde toen ik nog studeerde. Het pand waarin ik mijn kamer had ziet er nog precies hetzelfde uit. Vanuit een raam word ik geroepen. 'Hé Tilly, ben je er weer?' Het zijn mijn huisgenoten. Ik open de deur met mijn sleutel en alles is zoals toen. De wirwar van fietsen in de gang. Stapel post op de afgesleten trap. Een leeg bierkrat bij de deur. Ik ga de trap op en herken het kraken van de treden, de geur van rijst en laffe stoofpotjes die uit de keuken walmt. Boven aan de trap zitten de meiden sigaretjes te roken. Ze vragen me met hun bekende schorre stemmen waar ik ben geweest. Ik krijg een flesje bier en loop door naar mijn kamer, naar mijn leven van twintig jaar geleden dat hier al die tijd op me heeft liggen wachten, en open de deur. Daar, op mijn blauwe, sleetse slaapbank ligt Pieter-Jan, mijn eerste vriendje, en ik wil naast hem gaan liggen, me tegen zijn zachte, haarloze borstkas vlijen, als hij begint te snikken. 'Hou van mij, Til. Hou alsjeblieft van mij.'

Ik word wakker van een hand die langs mijn wang glijdt. Het zweet staat op mijn rug. Mijn ogen willen niet open, hoewel mijn hart waakzaam roffelt.

'Tilly, slaap je?'

Ik draai me om en kijk naar de rode cijfers op de wekker. Kwart over drie. Ik heb het licht om twaalf uur uit gedaan. Rogier zit aan het voeteneind van ons bed. Er hangt een penetrante dranklucht om hem heen.

'Waarom kun je niet meer van mij houden?'

Hij laat zich vallen, met zijn hoofd op mijn heupen, graait met zijn handen omhoog en vindt mijn borst.

'Ik hou wel van je,' antwoord ik aarzelend en ik kroel met

mijn vingers door zijn natte, stugge haar. Hij klampt zich aan me vast en trekt zich op tot zijn hoofd boven het mijne is. Drukt een kus op mijn lippen. Ik proef zijn zweet, sigaren, cognac. Zijn tong dringt mijn mond binnen en ik zucht de walging weg. Hij hijgt. Met dikke halen tongt hij me. Als hij merkt dat ik niet weiger, krijgt hij ineens haast. Hij trekt het dekbed van mijn lijf, klauwt zich vast aan mijn billen en hapt ruw naar mijn borsten.

Ik laat hem begaan, heb de energie noch de wilskracht om hem af te wijzen. Hij rolt mijn pyjamabroek naar beneden en graait wat in mijn kruis, waarna hij zijn eigen broek afstroopt. Tussen duim en wijsvinger houdt hij zijn halfstijve en probeert die bij me naar binnen te krijgen.

Welcome to my sex life, denk ik.

'Het gaat niet,' stamelt hij en hij trekt zijn broek weer op. 'Sorry.'

'Het geeft niet,' antwoord ik en ik rol me huiverend in het dekbed.

Met zijn kleren aan komt hij naast me liggen. Ik leg mijn hand op zijn borst en voel hoe zijn hart angstig slaat.

'Te veel gedronken...' fluistert hij.

'Lieverd...' zeg ik. De tranen branden in mijn ogen.

Hij kruipt tegen me aan.

'Het doet zo'n pijn...'

Zijn neus zoekt een plek in mijn nek.

'Ga maar slapen...' zeg ik en ik streel zijn hand, die op mijn heup ligt.

Wanneer hij steeds harder begint te snurken, wurm ik me uit zijn armen vandaan. Ik stap zachtjes het bed uit en trek mijn badjas dicht om me heen. Dan sluip ik de wiebelende trap af, door de kamer, de keuken en de tuin met een slaapzak onder mijn arm.

Thom slaapt. Ik vlij mezelf op de bank en sluit mijn ogen.

Slapen gaat niet meer lukken. Ik denk aan Johan, aan hoe hij mij ooit versierde tijdens een strandbarbecue. Veel moeite hoefde hij niet te doen. Ik snakte naar een jongen die me uit mijn schulp zou trekken. Zijn daadkracht en impulsiviteit vond ik onweerstaanbaar. Nog steeds. Heerlijk. Een bruisende, vrolijke man met ondeugende ogen. Waarom ging het toen zo snel alweer uit? Omdat ik ging studeren. En ik me voor hem schaamde. Hij was niet de boomlange corporale tandartszoon met hockeysjaal die ik voor mezelf wenste. Bikkelhard durfde ik toen te zijn.

11

Het is halfzeven. De eerste ingreep op de eerste draaidag van de kliniek staat om acht uur op het programma. Maandag is niet de favoriete operatiedag van mijn klanten, die wel mooi willen worden, maar geen tijd willen verliezen. Vrijdag is de drukste dag. Deze staan al voor het hele jaar volgeboekt. Helaas voor hen is maandag wel mijn favoriete dag. Als de eerste lege bladzijde in een nieuw schrift geeft de maandag me altijd een gevoel van belofte. Een nieuwe week, een nieuwe start, de hoop op verandering hangt in de lucht.

Ik gooi de slaapzak van me af, zet het raam wagenwijd open, adem de koude, vochtige buitenlucht diep in en strek mijn armen boven mijn hoofd.

Heerlijk. Werken. Weg van Rogier, weg van het stof en het puin, weg van de pastagele kop van Hylke die pas rond halfnegen komt opdagen met zijn ploeg, omdat hij uitsluitend bij daglicht wenst te werken.

Ik schiet in mijn ochtendjas en maak Thom wakker. Een woedende kreun is zijn antwoord. In de kleine douchecabine scrub ik mijn gezicht, was mijn haar, scheer mijn oksels, benen en bikinilijn met haastige gebaren. Waarom mag Joost weten.

Ik pers wat sinaasappels, maak twee kommen muesli met magere yoghurt voor mij en Thom en stel de obligate vragen. Of hij lekker geslapen heeft, zijn huiswerk heeft gemaakt en hoe laat hij uit school komt. 'Alsof dat jou een flikker boeit,' krijg ik als antwoord en hij werkt zich mokkend door zijn bak smakeloze vezels. Ik kus hem op zijn ruwe wangen, hetgeen hij gelaten ondergaat, en geef hem vijf euro voor een broodje op school.

'Normale moeders maken brood klaar voor hun kinderen,' moppert hij met overslaande stem.

'Nou, heb jij even pech,' antwoord ik en ik trek mijn nieuwe, strakke leren jasje aan. Dat ik geen normale moeder ben, heb ik al jaren geleden geaccepteerd. Geen normale moeder, geen normale vrouw, geen normale echtgenote.

'Waar is pa?' vraagt Thom.

'Die slaapt nog,' antwoord ik, zoekend in mijn tas naar mijn autosleutels.

'Wat was ie weer zat gisteravond.'

'Hoezo?'

'Hij kwam op mijn bed zitten janken. Je moet echt iets aan die man doen, ma.'

'En wat moet ik dan doen?'

'Weet ik veel, stop 'm in een inrichting of zo.'

'Zeg, zo praat je niet over je vader! Laten we eerst maar even de verbouwing afwachten. Als die klaar is, knapt hij wel op. Hij staat gewoon onder grote druk, dat is het. Komt wel goed, lieverd.'

'Ja hoor, mam. Geloof je het zelf?'

'Ik zal wel moeten.'

We kijken elkaar aan. Ik glimlach naar hem alsof dat wat goedmaakt. Pubers hebben het talent je een volstrekt mislukt wezen te laten voelen. Thom doet dit al vanaf zijn geboorte.

'Mam?'

'Ja?'

'In dat jasje lijk je wel een rollade.'

In de kliniek staat iedereen opgetogen klaar voor de eerste draaidag. Het is er aangenaam warm, de ruimtes ruiken naar cederhout en uit de kleine boxen sijpelen de vredige pianoklanken van Debussy. Astrid, mijn secretaresse, begroet me opgewonden met een dubbele espresso al in de hand. Het voelt alsof ik hier centimeters langer ben dan thuis. Mijn rug recht zich, mijn passen zijn kordater. Hier ben ik de baas.

We drinken koffie in de artsenkamer en bewonderen nogmaals alle bloemstukken. Opgewonden kletsen we door elkaar heen over hoe leuk en gezellig de opening was.

'Je zult wel trots zijn,' zegt Astrid en ik antwoord dat ik heel trots ben en heel blij dat ik me omringd heb met mijn liefste collega's, uitsluitend vrouwen, dat het een droom is die uitkomt, maar dat er aan die droom wel heel hard gewerkt moet worden.

'Ja ja, natuurlijk, dat spreekt voor zich,' zegt ze stralend en we kakelen door over ex-collega's die afgelopen zaterdag groen leken te zien van jaloezie en hoe heerlijk het is bevrijd te zijn van weekend- en nachtdiensten, van eindeloze en vooral zinloze vergaderingen over targets, van bezuinigingen, bureaucratisch beleid dat alleen maar bureaucratischer wordt en vooral van onze mannelijke, hanige collega's en hun paternalistische gedrag.

De verpleegkundigen complimenteren me met mijn leren jasje. Misschien vinden ze me ook net een rollade, maar ze laten het wel uit hun hoofd dat te zeggen. Ik hijs me in mijn gesteven, helderwitte jas, controleer de ok en begroet mijn collega Daphne, de cosmetisch arts die de injectables doet. Zo goed als ik ben in snijden en hechten, zo bedreven is zij in spuiten. Een paar prikjes van haar en een facelift is niet meer nodig.

'Een volle dag,' zegt ze opgetogen. 'Weliswaar vooral intakegesprekken, maar die trek ik allemaal wel binnen. En jij?'

'Vier OLC's. Eind van de week komt het grotere werk. Maar deze eerste maand zitten we vol!'

Ik begroet mevrouw Vermeulen, mijn eerste patiënte van die dag. Haar intakeconsult heb ik een maand geleden nog in het ziekenhuis gedaan. Ze zit grauw van de zenuwen op haar dagbed in haar papieren jas en vraagt of ze niet alsnog onder algehele narcose kan. Ik vertel haar dat narcose veel risicovoller is dan de ingreep en dat ze daar nog maanden later last van zal hebben. Ook zullen de kosten van haar ingreep dan zeker duizend euro hoger uitvallen, omdat we er een anesthesist bij moeten halen.

Nerveus plukt ze aan haar geblondeerde haar. Ik leg mijn hand op haar schouder en beloof haar dat het ontzettend mee zal vallen. Als het achter de rug is, zal ze zich afvragen waarom ze het niet jaren eerder heeft laten doen.

'Denkt u?' vraagt ze onzeker.

'Ik weet het zeker,' zeg ik. 'Ik doe ooglidcorrecties aan de lopende band en al mijn patiënten hebben dat tot nu toe nog gezegd.'

'Maar wat als er iets misgaat? In het ziekenhuis heb je alles bij de hand...'

'Er kan niets misgaan, zeker niet als u kiest voor plaatselijke verdoving. En in het ziekenhuis had u drie maanden moeten wachten op deze ingreep. Wij zijn een volledig ingerichte kliniek en hebben alles in huis om uw veiligheid en gezondheid te waarborgen. Echt. U hoeft niet bang te zijn.'

Ik geef de verpleegkundige opdracht mevrouw een oxazepam en twee paracetamols te geven en vervolg mijn weg naar de kleedkamer. Daar trek ik mijn steriele groene jas, operatieklompen en groene broek aan. Doe mijn oorbellen uit, trouwring af, papieren mutsje op en hang het mondkapje om mijn nek. Vervolgens het eindeloze meditatieve schrobben met alcohol en zeep van mijn handen en armen tot aan de ellebogen. De ok-assistente kletst tegen me aan over haar slapeloze tweeling en ik knik op de juiste momenten, maar mijn gedachten zijn al bij de ingreep. Alleen als ik werk kan ik mijn hoofd volkomen leeg maken. Dan bestaat er nog maar één ding en dat is de patiënt, of liever gezegd het lichaamsdeel of het stuk huid waar ik mijn scalpel in zal zetten. Of het nu een kleine of een grote, ingewikkelde ingreep is, dat maakt niet uit. Het kan misgaan. Dan is de patiënt voor het leven verminkt en mijn carrière kapot. Die angst is nodig om uiterst geconcentreerd te kunnen zijn. Weten welke belangen er op het spel staan. Ik mag mezelf niet toestaan me oppermachtig te voelen.

Mevrouw Vermeulen wordt de ok ingereden. De ok-assistente knoopt mijn mondkapje om en doet mijn handschoenen aan.

'Die pillen werken nog helemaal niet,' zegt mevrouw Vermeulen met een bibberig stemmetje.

'Dat denkt u, mevrouw Vermeulen, maar als u nu eens

probeert uw gedachten op iets anders te richten? Denk aan hoe mooi u straks zult zijn. Welke muziek wilt u horen? Hebt u voorkeur voor klassiek, jazz, popmuziek?'

'Iets rustigs. Doe maar klassiek.'

De ok-assistente zet mijn iPod op het dock en het 'Cello Concerto in C Mineur' van Bach vult troostend de ruimte.

'Ik geef u eerst een paar prikjes. Dit is het enige dat u zult voelen, niet meer dan een speldenprikje. Daarna teken ik uw bovenoogleden af. Als de verdoving werkt, gaan we beginnen. Met een halfuurtje ligt u alweer op de dagkamer.'

Ik vraag haar de ogen te sluiten en zich zoveel mogelijk te ontspannen en dat lijkt te lukken met de cocktail van oxazepam en Bach, waardoor ik zonder enige weerstand de lidocaïne-injecties in de bovenoogleden kan zetten. Ik teken de millimeters te verwijderen huid af met de chirurgische stift, waarna de ok-assistente het gezicht van mevrouw Vermeulen bedekt met het groene laken, alleen ruimte overlatend voor het rechteroog, dat even angstig heen en weer schiet en zich dan vol overgave sluit. Met vaste hand drijf ik het kleine scalpel in haar dunne huid en maak een sneetje in de lengterichting van haar ooglid. Even doemt het besef op dat ik van ver gekomen ben, een vaag gevoel van trots. Ik heb slecht geslapen, mijn privéleven is een chaos, maar hier sta ik, in mijn eigen kliniek. Omringd door mensen die voor mij werken, naast een patiënte die mij haar schoonheid toevertrouwt. Ik ben beresterk.

12

School is hel. De ene dag erger dan de andere. Meestal besta ik gewoon niet, voor niemand. Maar vandaag wel. Vandaag is het maandag en dan moeten ze op iemand hun frustraties uitleven. En daartoe ben ik op aard'. Ben dus maar weer thuis. Nadat ze een bakje bedorven huzarensalade in mijn tas hadden gestopt en Suze me vroeg waarom mijn moeder niet mijn kop verbouwt, als ze daar zo goed in is. Toen sprayde ze me vol met haar walgelijke deodorantspray omdat ik volgens haar stonk, dus ben ik weggegaan. Als ik die verwende blonde kut ooit te pakken krijg... Scalperen zal ik haar. Die ontevreden smoel voorgoed verminken. En dat zet ik op YouTube. Zodat iedereen haar hoort smeken om vergeving, zodat ze zien wat een laffe bitch ze eigenlijk is.

Mijn leven houdt in: van de ene naar de andere hel op de fiets. Ik fiets door het fucking saaie dorp en dan zie ik mijn vader voor de sigarenboer. Opgeblazen rood hoofd, alsof hij met kracht zijn schijt inhoudt, deze keer nog roder, want hij staat te praten met een ander hoofd op een stokje. Eng mager wijf bedolven onder zwart haar. Hun gesprek valt stil als ik naast hen stop. Ouwe geilneef. Ik dis hem waar het wijf bij staat. Vraag hem of hij zijn pillen wel genomen heeft. Die neplach van hem. Fascinerend. Mijn vader. Thuis loopt hij te janken als een kleuter of zit hij ineens in kleermakerszit in een hoekje van de kamer te zoemen.

En nu gaat hij populair doen. Zegt hij: 'Hé gast, moet jij niet naar school?' Gast.

Nee, pa, ik ben aan het spijbelen, net zoals jij. Het wijf lacht nerveus. Ik neem me voor niet weg te gaan voordat zij weg is. Ze rommelt in de grote tas die om haar schouder hangt. Overhandigt mijn pa een kaartje. Zegt met een vreemd accent: 'Je weet me te vienden...' en waggelt weg op haar hoge hakken. Ik vraag hem wat dit te betekenen heeft.

'Zeg, jongeman, bemoei jij je even met je eigen zaken, ja?'

Niks geen gast meer. De sukkel. Als hij het maar uit zijn hoofd laat.

13

Met fijne steekjes hecht ik de bovenoogleden van mevrouw Vermeulen, die me tijdens de operatie alles heeft verteld over haar scheiding en hoe ze hoopt dat deze ingreep het verdriet van haar gezicht haalt. Ze wil ook nog botox in haar fronsspier, lipolyse in haar onderkin en de neerwaartse plooien in haar wangen laten vullen met restylane.

'Misschien dat ik dan een nieuwe, lieve man vind,' mompelt ze, meer tegen zichzelf dan tegen mij. Hoeveel vrouwen heb ik wel niet op mijn operatietafel gehad die droomden van een nieuw leven, dat zijn aanvang zou nemen met een nieuw gezicht en nieuwe borsten? Die geloofden dat rimpels, haakneuzen en lipplooitjes hen van het geluk af hielden? Honderden toch zeker, van wie meer dan de helft met grote regelmaat terugkomt.

'U hebt wel een hele lieve man,' zegt mevrouw Vermeulen vanonder het groene laken en ik geef het standaardantwoord, om de droom tenminste levend te houden bij mijn clientèle: dat ik inderdaad een schat van een man heb, en ook nog eens een zoon die het vwo doet.

'Zoals hij aan jullie huis werkt en zijn carrière heeft opgegeven om u te steunen, dat is toch geweldig.'

'Hmmm,' zeg ik, wetend wat er komen gaat.

'Er zijn maar weinig mannen hoor, die ertegen kunnen dat hun vrouw het zo goed doet.'

'Dat zal best.'

'Wees er maar zuinig op.'

'Dat ben ik, mevrouw Vermeulen. Uw laatste hechting zit erin. De zusters nemen u nu mee naar de dagkamer, waar u blijft tot ik u nog een keertje bekeken heb.'

Ik ontdoe me van mijn operatieschort, handschoenen en mondkapje, drink een flink glas water en loop de koffiekamer in voor het halfuurtje pauze alvorens de volgende patiënt op tafel ligt. Mijn maag knort.

Ik maak een espresso voor mezelf en neem een mueslireep om de honger te stillen. Astrid en Daphne komen binnen.

'Zie je niks?' vraagt Astrid.

Ik draai me om. Op tafel staat een grote bos dieprode rozen, verpakt in doorzichtig cellofaan.

'Wat is dat?' vraag ik.

'Tja, wat zou dat nou zijn?' zegt Daphne lachend en ze overhandigt me het envelopje dat tussen de rozen gestoken zit, met mijn naam erop in handgeschreven zwierige letters.

Het bloed stijgt naar mijn gezicht, tot nog grotere hilariteit van mijn collega's.

'Je hebt een aanbidder,' giebelen de meiden.

'Of het is van Rogier...'

'Aaah, wat lief.'

Het is zeker niet van Rogier. Hij heeft me nog nooit van zijn leven een boeket gestuurd. Zulke initiatieven komen niet in zijn hoofd op. Hij haat valse, pathetische romantiek.

'Welnee,' zeg ik, 'dit is vast van een tevreden klant of het is een verlate felicitatie.'

Ik open de envelop en haal het kaartje eruit.

'Voorlezen!' scanderen Daphne en Astrid.

'Kan een mens ook nog een beetje privacy hebben hier?'

'Nee!'

Ik lees vluchtig.

Lieve, mooie dokter Mathilde,

Ik vond het een interessante middag!
Ik hoop dat je mijn voorstel serieus in overweging neemt!
Misschien wil je er nog een keer rustig over praten, bel me dan.
Verder ben ik zo brutaal geweest me ongevraagd te bemoeien met je verbouwing.

Liefs, Johan

'Nou? Wat staat er?'

'Niets. Niets wat jullie aangaat.'

Mijn wangen gloeien.

Daphne en Astrid kijken me glimlachend en vragend aan.

'Het is niks,' zeg ik. 'Een of andere man die ik heb ontmoet in het café. Hij is aannemer en wil mijn helse verbouwing overnemen.'

'Dat lijkt me een geschenk uit de hemel. Ik zou zeggen: doen,' zegt Astrid.

'Ik kan Rogier niet zomaar opzijschuiven. Het is zijn

nieuwe levensvervulling. Hij is een bedrijf aan het opzetten met die Hylke, ze hebben dit heel hard nodig.'

'Ja, en jij hebt niks nodig, hè? Jij runt hier de boel, je runt daar de boel en verder hoef je niks. Als hij maar gelukkig is. Nou, ik ben blij dat ik geen kerel heb. Ik zou er gek van worden de hele tijd een man te moeten pamperen.'

We zwijgen even en luisteren naar het ijle pianospel dat uit de boxen klinkt. Ik staar naar Daphnes onbeweeglijke poppengezicht en ben jaloers op haar. Alleen zijn en alle ruimte hebben. Wat een heerlijkheid. Een keer per maand eten we samen in haar appartement, dat ingericht is als een romantisch meisjesboudoir, om de lopende zaken door te spreken en iedere keer wil ik daar blijven. Ze heeft me weleens toevertrouwd dat ze zeer gelukkig is als vrijgezel, maar dat het alleen ontwaken haar soms zwaar valt. Ik heb haar maar niet gezegd dat er nog iets zwaarders bestaat, en dat is ontwaken in de houdgreep van een doodgebloed huwelijk. Uit bed sluipen en hopen dat die ander nog heel lang blijft liggen. Wegrennen van je huis, voor dag en dauw, op de vlucht voor de doem. Het houdt je slank, deze continue adrenalinestroom, maar je krijgt er wel een verdomd oud en verzuurd hoofd van.

Ik lees nogmaals Johans kaartje. Mijn maag speelt op bij de laatste zin.

'Je bent in ieder geval wel onder de indruk van hem,' zegt Daphne.

'Ik weet niet wat die man van me wil,' antwoord ik en ik vouw mijn handen om mijn koffiekopje. Ik heb koude, klamme handen, een irritante bijwerking van de temazepam. In mijn jaszak trilt mijn mobiel. Ik pak hem en kijk op het display. Het is Rogier. Ik druk hem weg, maar onmiddellijk daarna trilt het toestel weer. Opnieuw druk ik het weigerknopje in. Daphne kijkt me bevreemd aan.

'Gut, Til, ik vraag me de laatste tijd toch regelmatig af hoe jij het allemaal volhoudt,' zucht ze en ik kan niet anders dan grijnzen. Ik vraag het me ook weleens af. Maar wat is het alternatief? Het niet volhouden?

De klok geeft aan dat ik nog een kwartier heb tot de volgende ingreep. Ik neem mijn koffie mee naar kantoor en knaag mezelf door de oude mueslireep. Vluchtig neem ik de post door en sorteer welke enveloppen Astrid mag openen en behandelen en welke voor mijzelf zijn. Dat zijn zeker de vier blauwe enveloppen, twee laatste aanmaningen van de leverancier van medische apparatuur en een pakje van Zenggi.com waarin de zalmroze zijden blouse zit die ik vorige week op deze site besteld heb, en die ik me volstrekt niet kan permitteren. Het schuldgevoel daarover komt nu pas, nu het pakje voor me ligt.

De nare post leg ik ongeopend in mijn bakje 'Betalen', het pakje stop ik in mijn tas en zal vermoedelijk ook ongeopend blijven. Thuis verstop ik mijn aankopen in een oude, leren koffer en eens per maand haal ik er iets uit, werk de verpakking weg tussen het puin van de verbouwing, knip het kaartje eraf en hang het tussen mijn andere kleren alsof het daar al jaren hangt. Het valt Rogier zelden op wanneer ik iets nieuws draag. En zoals ik de nare enveloppen en het pakje buiten mijn bewustzijn plaats, duw ik ook het kaartje van Johan uit mijn gedachten.

14

Een bleke zon piept door de wolken en de stormachtige wind is eindelijk gaan liggen. Voor het eerst dit jaar hoor ik de vogels aarzelend fluiten en realiseer ik me dat het bijna lente is. Ik neem de tas met boodschappen van de achterbank, sluit mijn auto af en loop over het plankier dat leidt naar het bouwskelet dat ooit keuken zal worden. Rogier zit in zijn bouwkloffie op het terras te wachten, met naast zich op tafel een fles rosé en twee glazen. Hij grijnst alsof hij er al een paar op heeft en steekt zowaar zijn hand op. Ik zwaai terug en loop aarzelend naar hem toe. Er is geen peil te trekken op zijn stemming en dat maakt dat ik altijd op mijn hoede ben. Vrolijkheid kan vanuit het niets omslaan in woede of totale onverschilligheid. Ik geef hem plichtmatig een zoen op zijn wang en neem waakzaam plaats op het stoeltje naast hem.

'Is het niet te koud om buiten te zitten?' vraag ik.

'Welnee,' antwoordt Rogier. 'Het is heerlijk. Eindelijk schijnt de zon weer.'

Ik haal mijn schouders op en trek mijn jas dicht om me heen.

'En, hoe was je eerste dag?' vraagt hij terwijl hij mijn glas vult. Ik wil eigenlijk niet drinken. Ik drink nooit doordeweeks en Rogier vergeet dat altijd. Het maakt hem ook niet uit of ik mijn glas leeg of niet, zolang hij maar het gevoel heeft dat hij zich niet in zijn eentje zit te bezatten.

'Goed,' zeg ik, 'heel goed. We hebben tien nieuwe klanten op intake gehad... Vier ooglidcorrecties gedaan en we zitten vol voor de informatieavond over injectables.'

Rogier kijkt me aan en zijn grijns verandert in een streep, de arrogante streep van verachting voor mijn hedonistische werk.

'Dat is mooi. Fijn toch, dat er zoveel vrouwen wanhopig jong willen blijven. Laten we daar op proosten.'

'Er komen ook mannen, hoor.'

'Het is maar wat je onder het begrip "man" verstaat.'

Hij heft zijn glas. Onze blikken vinden elkaar en in een nanoseconde herken ik de man aan wie ik ooit zo verslingerd raakte. Ergens, verstopt achter cynisme, wanhoop, misplaatste trots en betweterigheid, zit hij er nog, de Rogier die ik ken en liefheb. En daarom doet zijn dedain zo'n pijn.

Ik proost en zet mijn glas weer weg, hoewel het verleidelijk is een slok te nemen en de alcohol zijn verdovende werking te laten doen.

'Maar genoeg over jouw ijdele clientèle, ik heb een bijzondere ontmoeting gehad vandaag. Met een mevrouw die ons misschien uit deze puinhoop kan helpen en mijn bedrijf met Hylke enorm kan ondersteunen.'

'Dat klinkt goed.'

'Wonderlijk, hoe je pad soms ineens gekruist wordt door precies degene die je op dat moment nodig hebt. Ik stond bij de sigarenboer mijn Davidoffs af te rekenen en hij vroeg naar de vorderingen van onze verbouwing. Ik antwoordde dat het niet echt meezat, door die vochtige kruipruimte, en dat we het huis eigenlijk moeten ophogen in verband met het stijgende grondwaterpeil. Achter me stond een vrouw, een mooie vrouw ook nog eens, die een beetje meeluisterde. Toen ik naar buiten liep, kwam ze achter me aan, tikte me op de schouder en zei dat ze me misschien kon helpen. Ik moest eerst een beetje lachen, want zo'n tenger vrouwtje, wat zou zij nou kunnen doen hier? Maar goed, ze vertelde dat ze een bedrijf runt dat Poolse bouwvakkers naar Nederland haalt... Nou ja, je weet hoe ik daarover denk, dus ik wimpelde haar eerst af, maar wat zij aanbood was volstrekt legaal, garandeerde ze. Haar teams zijn elk moment inzetbaar, hebben een werkvergunning in Nederland en zijn in staat om binnen enkele weken een complete verbouwing te doen.'

'Polen...' mompel ik en ik staar naar mijn glas op tafel.

'Ik vroeg haar of die bouwvakkers ook gewend zijn met ecologische materialen te werken en of ze achter holistische bouw staan, en ze zei dat ze simpelweg doen wat hun wordt opgedragen, en dat ze zich zullen verdiepen in de materialen die wij wensen, mocht dat nodig zijn.'

Ik denk aan Johans woorden: *Ik heb me ongevraagd bemoeid met je verbouwing*.

'Nou, laat ze eens langskomen voor een prijsopgave.'

'Dat dacht ik ook. Maar Hylke... staat er niet zo achter. Hij gaat liever zelf op zoek naar meer mankracht, in zijn eigen circuit.'

'Het is ons huis en onze verbouwing, niet de zijne.'

Rogier neemt een grote slok rosé en schenkt zichzelf opnieuw bij. De treurigheid lijkt uit zijn blik verdwenen en ik vraag me af of dat door het aanbod van de vrouw komt of door de vrouw zelf.

'Oké, ik zal het hem zeggen. En ik zal die vrouw bellen voor een afspraak. Als ze een goede, betrouwbare offerte bieden, denk ik dat we het moeten doen, Til. Alleen al bij de gedachte eraan krijg ik zoveel lucht. En ik geloof erin, ik geloof dat het leven zo loopt. Ik zag geen uitweg meer, ik was compleet de weg kwijt vannacht, voelde me zo wanhopig en machteloos. Ik heb gebeden, dat mag je best weten. De hogere macht gesmeekt om met een oplossing te komen. Ik denk dat dit het is.'

We zwijgen en kijken voor ons uit, naar de modderige sporen door wat ooit een weelderige tuin was en de twee bouwcontainers waarin ons leven opgesloten zit. Een keuze lijkt het niet te zijn. We kunnen niet zo doorgaan, dan gaan we alle drie kapot.

'Bel Hylke. En of hij het er nou mee eens is of niet, er moet iets gebeuren.'

'Ik denk het ook.'

Rogier staat op en knijpt even in mijn schouder. Ik schrik van deze plotse uiting van intimiteit en krimp ineen alsof ik een schok krijg.

Hylke blijkt nog niet thuis te zijn. Ik hoor Rogier beloven later terug te bellen.

Ik kom overeind op mijn vermoeide benen en til de boodschappentas onze provisorische keuken in. Daar pak ik de courgettes, paprika's, aubergines, de zak couscous, een fles melk en een doosje rooibosthee uit. De groenten was ik en leg ik op een plank, om ze vervolgens driftig in kleine blokjes te snijden. Daarna gooi ik alles in de pan met een scheut olijfolie en een teentje knoflook. Koken op een gasbrander, ik had nooit gedacht dat ik dat een jaar lang zou volhouden. Kamperen in je eigen huis.

Maar deze avond lijkt anders, alleen al omdat er een soort uitzicht lijkt te zijn. Rogier en Thom zitten gebroederlijk achter de laptop, zoekend naar informatie over Meijer Constructing bv, het bedrijf waarvan de vrouw, die Marzena Meijer-Swietlicki blijkt te heten, directeur is.

Ik leeg de zak couscous in een porseleinen schaal en doe er een scheut heet water en olijfolie bij. Rogier declameert de tekst die hij aantreft op de website van Meijer Constructing bv en ik luister met een half oor. Legaal Pools klussenbedrijf. Bouwpersoneel met alle papieren. Scherpe tarieven. Bespaart gemiddeld veertig procent op de verbouwing.

Ik schep schijfjes zwarte olijven door de couscous, knijp er een citroen boven uit en snij daarna een stokbrood. De geur ervan doet me denken aan een vakantie in Frankrijk, toen Thoms mollige armpjes zich nog om mijn been klemden. Met mijn vingers meng ik de groenten door de couscous, ik was mijn handen en breng de schaal naar buiten. Thom pakt drie borden en bestek en daarna gaan we zitten, aan het gammele ijzeren tafeltje, hoewel het eigenlijk te koud is om buiten te eten. En deze keer durven we te praten over hoe het huis zal zijn als het klaar is. Misschien wel deze zomer. Thom zegt een pingpongtafel te willen. Ik een groot loungebed. Rogier wil een kruidentuin. Thom vraagt of we dan alsjeblieft niet weer op vakantie gaan. Voor het eerst in tijden hebben we een normaal gesprek met z'n drieën en lijken alle spanning en stress verdwenen.

Na het eten, wanneer Rogier en Thom de afwas staan te doen in een teiltje, gaat de telefoon. Dat moet Hylke zijn. Rogier droogt zijn handen.

'Hou het kort,' zeg ik. 'We hebben besloten. Zijn mening doet er niet meer toe. Hij kan meewerken, of ermee stoppen.'

Ik pak de afwaskwast uit het teiltje en ga door met de vuile vaat.

'Laat mij nou maar, ik weet zeker dat hij het schappelijk opneemt.'

Rogier pakt de telefoon op en zegt zijn naam. Ik hoor aan zijn toon dat hij vastberaden is. Ook hij wenst een einde aan deze verbouwingshel. Ik spits mijn oren, me verheugend op dit gesprek. In gedachten zie ik Hylkes gezicht voor me, hoe zijn eeuwige verheven grijns langzaam verdwijnt achter die rode baard.

Er valt een lange stilte. Rogier laat zich kennelijk weer omzwetsen. Thom en ik stoppen met afwassen en observeren hem, terwijl hij tegen de muur leunt met de hoorn aan zijn oor en zijn hand voor zijn ogen.

'Mijn god,' stamelt hij.

Alle kleur is uit zijn gezicht verdwenen.

'Dit kan niet waar zijn...'

Er moet iets gebeurd zijn.

Thom legt de theedoek weg en loopt naar zijn vader.

Ik blijf als versteend staan met de afwaskwast in mijn hand.

'Jezus. Jezus. Ja. Is goed. Ik kom eraan.'

Het bloed lijkt in mijn aderen te bevriezen.

'Hij is dood,' zegt Rogier en hij blijft het herhalen.

Be careful what you wish for, zegt een stemmetje in mijn achterhoofd.

15

Een *hit and run* noemt de politie het. Het lichaam van Hylke is door een fietser gevonden in een greppel langs de provinciale weg. Geschept van zijn ligfiets. Geen getuigen, geen sporen. Hij was op slag dood. De politie noemt de weg gevaarlijk voor fietsers en al helemaal voor ligfietsers. Busjes en vrachtwagens kunnen deze weggebruikers onmogelijk zien als ze hen passeren en al helemaal niet in een bocht, waar Hylke geschept is. Het is best mogelijk dat de bestuurder niet eens door heeft gehad dat hij iemand aanreed. Alle auto's in het dorp met schade aan de rechtervoor- of -zijkant worden gecontroleerd. Er gaat een opsporingsbevel uit naar alle gemeentes in de buurt en in het bijzonder naar alle garages, maar de politie heeft geen enkele aanwijzing, behalve een vaagrode streep verf aan de vork van Hylkes fiets, wat grondverf blijkt te zijn waarmee hij zijn eigen schuur heeft geschilderd.

Hylke laat een vriendin en twee kinderen na en krijgt een boeddhistische uitvaart, waar wij uiteraard samen naartoe moeten.

Ergens in de polder, in een kaal en doods gebouw, wordt hij gecremeerd en wij staan hier aan de baar van de dode Hylke. Zijn lichaam is in crèmekleurige katoenen lappen gewikkeld en ons wordt gevraagd een waxinelichtje aan te steken en dat rond of op zijn lichaam te zetten. Ik heb van Rogier begrepen dat Hylkes wens is dat wij ons opgewekt, blij en vredig rond zijn baar scharen, maar ik krijg het niet voor elkaar, hoewel ik het niet heel erg vind dat hij uit ons leven is verdwenen. Ik voel me hier, aan het voeteneind van zijn lijk, volkomen misplaatst en schuldig. Ik heb gehoopt dat hij op een dag op zou houden met onze verbouwing, of ineens zou verdwijnen, maar zijn dood heb ik niet gewild.

De voorganger steekt drie wierookstokjes aan en twee boeddhistische monniken met een oer-Hollands voorkomen, gezien hun bleke huid vol sproeten, sluiten de deuren. De een pakt een gong, de ander een klankschaal, en Hylkes oudste zoontje, gehuld in een bordeauxrood gewaad als een kleine dalai lama, rinkelt met belletjes. De voorganger begint te murmelen en alle aanwezigen reiken elkaar de hand. Rogier pakt de mijne en ik die van mijn buurvrouw, die mij stralend aankijkt. Het valt me op hoe droog Rogiers hand is. Het lijkt gek genoeg beter met hem te gaan sinds Hylkes dood.

Narno tassa bhagavato arahato samma sambuddhassa

Rogier krijgt een kom en een kannetje met water, net zoals Hylkes vriendin en zijn moeder, en terwijl de voorganger reciteert, schenken zij heel langzaam het water uit de kan in de kom. Het symbool van het meegeven en delen van de goede verdiensten van Hylke en het delen en meegeven van de goede verdiensten van alle aanwezigen.

Anumodana
deva naga mahiddhika
Punnam tam anumoditva

De voorganger prevelt samen met de monniken. Er gaat een fijne rust uit van deze rituelen en ik zou willen dat ik er net zo in op kon gaan als deze mensen, tussen wie ik me eigenlijk een afgezant van de duivel voel. Kon ik er maar in geloven en vertrouwen op leiding en vergeving van een hogere macht.

Door de genade van deze verdienste die wij hebben verzameld
moge ik nooit dwazen, maar wijze mensen ontmoeten
totdat ik uiteindelijke bevrijding zal bereiken

Als ik door mijn daden, woorden en gedachten onnadenkend
de verkeerde handelwijzen heb begaan
vergeef het mij, lieve vrienden!

Mijn blik dwaalt langs de andere gezichten. Grauwe, vroegoude mannen en vrouwen. Gele tanden en oogwit. Vettige, grijzende haren. Ik ruik ze zoals ik Hylke rook en voel me zeer ongemakkelijk tussen hen, in mijn Dolce & Gabbana-pakje. Ik ken ze niet, ik wil ze niet kennen, ik moet me inhouden mijn hoofd niet af te wenden als ze tegen me spreken.

'Wij zijn zelf de oorzaak en het gevolg van de wijze waarop wij leven en sterven,' zegt de voorganger. En dan weet ik weer waarom ik zo'n hekel heb aan dit semispirituele gedoe. Alsof we ons leven en sterven in eigen hand hebben. Alsof er niet zoiets bestaat als pech en geluk. Ik heb vele patiënten zien lijden en uiteindelijk dood zien gaan en andere op wonderbaarlijke wijze zien genezen. Het is willekeur, volstrekt onrechtvaardig en het is bijna misdadig om te zeggen dat wij mensen zelf de oorzaak zijn van ons lijden, dat er een keuze zou bestaan. Eindigen in een greppel na een dag hard werken, terwijl je gezin thuis op je wacht, lijkt me geen zelf veroorzaakte dood noch een keuze.

Na de crematie hangen Hylkes kinderen een bloemenkrans om ieders nek, waarna we ons in de rij scharen om Hylkes vriendin en zijn ouders te condoleren. Zwijgend begeven we ons na de kleffe, emotionele handdruk naar de koffiekamer, waar in plaats van de obligate koffie en cake, muntthee en zelfgebakken appeltaart geserveerd worden. Stilletjes staan we naast elkaar in deze sobere ruimte, nippend aan onze thee, zoekend naar woorden.

'Het is toch godverdomme wat,' mompelt Rogier.

'Afschuwelijk,' beaam ik.

'Jullie ook gecondoleerd.'

Ik herken het licht Amsterdamse accent, draai me om en kijk recht in het gezicht van Johan, die arm in arm staat met een lange, slanke, donkere vrouw.

Ze steekt haar hand naar me uit en ik geef de mijne.

'Marzena Swietlicki,' zegt ze. 'Goed u te ontmoeten, alleen jammer dat het onder deze nare omstandigheden is...'

Daarna schudt ze de hand van Rogier. Zijn gezicht lijkt helemaal op te klaren.

'Ja ja,' zegt hij, 'onze reddende engel.'

Hij drukt zacht een kus op haar slanke, gebruinde hand.

Ze kijkt me verontschuldigend aan met haar grote, bruine ogen. Ik speur naar onvolmaaktheden in haar gezicht en vind er niet een.

'Wat een ramp, hè,' zegt ze en ik knik met gepaste droefheid. 'Zo jong. Op zo'n manier aan je einde te komen. En dan die lieve kindjes...'

'Jongens, het is een drama,' zegt Johan en hij stelt zich voor aan Rogier.

'Aangenaam, ik ben Johan van Beter Bouwen. Deze kanjer hier is mijn rechterhand,' zegt hij, gebarend naar Marzena.

'Ah,' zegt Rogier, 'u bent meneer Swietlicki.'

'Helaas niet,' antwoordt Johan grinnikend.

Marzena slaat haar ogen neer. In een fractie van een seconde verhardt haar gezicht en verraadt ze haar echte leeftijd. Zorgen zijn de grootste vijand van de huid, daar valt niet tegenop te smeren, spuiten en opereren.

'Marzena's man is ook...' Johan legt zijn hand even op de hare.

'Ik ben weduwe,' zegt ze zacht. Rogier stamelt blozend zijn verontschuldigingen.

'Geeft niet,' zegt ze. 'Dat kon jij toch niet weten?'

'Tjongejongejonge, als ik de pijp uitga, wordt er alleen maar jenever geschonken,' zegt Johan als hij terugkomt met vier mokken dampende kruidenthee die hij aan ons uitdeelt. Rogier heeft inmiddels de psychiater in zichzelf opgediept en afgestoft en praat met Marzena op de welbekende zalvende toon waar ik vroeger dol op was en die mij tegenwoordig vreselijk irriteert. Johan kijkt me aan en trekt een mondhoek omhoog in een glimlach, terwijl hij met zijn hoofd gebaart naar mijn man en Marzena.

'Mooi hè?' zegt hij grinnikend.

'Zijn jullie een stel?' vraag ik en ik laat mijn blik nogmaals over de Poolse schone gaan. Ze is inderdaad mooi, sexy op een klassieke filmsterachtige manier, die wij Nederlandse vrouwen nooit zullen evenaren omdat we daar te stoer en te nuchter voor zijn.

'Nee pop, haar man was een maatje van me. Hij mag dan dood zijn, de vrouw van je maatje naai je niet, punt. Ze werkt voor me. Zij haalt de bouwvakkers uit Polen, zorgt voor alle papieren, ze regelt alles. Ze doet het fantastisch. Echt een bikkel is het.'

'Wat doen jullie hier eigenlijk? Hebben jullie Hylke gekend?'

'Niet echt. Maar we kennen jullie. En we zijn hier om jullie te helpen.'

Hij legt zijn hand op mijn onderrug en ik huiver.

'Heb je nog nagedacht over mijn voorstel?'

'Ik hoef niet na te denken. Ik doe het niet,' antwoord ik.

'Aaach...' zegt Johan en hij pruilt overdreven met zijn lip. Dan breekt zijn glimlach door, die onweerstaanbare lach die me dwingt ook te lachen, hoe ernstig ik het ook meen.

'Mathilde... wat kan ik doen om je te overtuigen?'

'Ik kan het niet doen. Ik ben eindelijk zelfstandig, althans wat mijn werk betreft. En zo wil ik het graag houden.'

'Zelfstandig,' mompelt Johan. 'Wat is er zo zelfstandig aan om volledig in de tang van de bank te zitten? Ik bied je echte zelfstandigheid. Zonder schulden. Met expansiemogelijkheden. Een kans om straks zo vrij als een vogel te zijn...'

Ik zie hoe Rogier en Marzena geanimeerd staan te praten. Ik heb hem in geen jaren zo op zijn gemak gezien.

'Heb jíj haar op hem afgestuurd?' vraag ik.

'Marzena opereert zelfstandig. Maar ze weet heel goed waar ze nodig is,' antwoordt Johan.

'Het is wel erg toevallig allemaal. Ik ontmoet jou, Rogier ontmoet Marzena... jullie blijken bij elkaar te horen...'

'Popje, laat het nou gewoon eens gaan. Geef je eraan over. Jij bent nog steeds zo'n neurotische controlfreak.'

'Nou,' zeg ik, lichtelijk van mijn stuk gebracht. Ik weet niet wat ik hierop moet antwoorden.

'Ik denk dat wij zo gaan,' stamel ik.

'Ik denk het niet. Die twee zijn nog lang niet uitgepraat.'

Hij wenkt met zijn hoofd naar mijn echtgenoot. Het ziet ernaar uit dat ze een heftig gesprek hebben. Marzena wrijft zelfs een traan uit haar oog.

'Jezus Johan, je bent nog net zo dwingend als vroeger.'

'Ik kan me herinneren dat jij dat heel lekker vond.'

Mijn wangen branden. Ik leek het vergeten te zijn, maar ineens zijn ze er weer, de beelden van mij en Johan in bed, in een steeg, op het toilet van de Mazzo in Amsterdam. Hij was heftig. Zo heftig dat ik er soms bang van werd. Ik vond het echter ook heerlijk me totaal aan hem over te geven. Daarom heb ik een einde gemaakt aan onze relatie. Ik werd bang van mezelf.

'Hoe dan ook,' zegt Johan, 'met Marzena zou ik wel in zee gaan, als ik jullie was. Haar Polen hebben dat huis van jullie in *no time* klaar. Dat is toch wat je het liefste wilt? Je huis weer terug? En dat het mannetje weer wat blijer is? Er is toch, om het zo maar eens uit te drukken, licht aan het einde van de tunnel? Dat licht, pop, dat licht ben ik. En ik kan het aan- en uitdoen. Simpel.'

Mijn maag krimpt ineen. Ik zie hoe Rogier straalt onder de aandacht van de Poolse schone. Hij lijkt zijn steun en toeverlaat Hylke nu al vergeten te zijn. Om ons heen staan groepjes pratende mensen. Iedereen lijkt ineens mijlenver weg.

'Wat bedoel je daar eigenlijk mee?' vraag ik zo koel mogelijk.

Johan schiet in de lach en grijpt mijn hand.

'Dat ik jouw geschenk uit de hemel ben.'

Hij slaat zijn arm om mijn nek en trekt me zacht naar zich toe. Zijn lippen raken bijna mijn oor. 'Luister,' fluistert hij. 'Ik werk duidelijk, eenvoudig en eerlijk. Eerlijker kun je het niet krijgen als je het mij vraagt. Met mijn hulp is je huissie zo af, zijn je schulden foetsie en knapt je mannetje weer op. Het is simpel. En in ruil daarvoor ga ik van jou een rijke dame maken. *Where's the catch*? Er is geen catch! Ik wil gewoon in jou investeren, omdat jij goed bent en beter verdient. Nou goed?'

Ik kijk naar Marzena. Ze lijkt onder de indruk van alles wat Rogier zegt.

Ik duw Johans arm weg en dwing mezelf hem aan te kijken. Hij grijnst geamuseerd.

'Waarom?' vraag ik.

'Omdat jij de toekomst bent. Plastische chirurgie is de toekomst. Daar hoef je geen Einstein voor te zijn om dat te bedenken.'

'Dat bedoel ik niet. Ik bedoel, waarom bemoei je je ongevraagd uitgerekend met míjn leven? Er zijn genoeg andere specialisten die op zo'n uitdaging zitten te wachten.'

'Hé! Op hen ben ik niet verliefd geweest! Ik weet hoe goed en bijzonder je bent. Ik heb elk plekje op dat goddelijke lichaam van je verkend, schoonheid. Ik draag je in mijn hart. Daarom,' antwoordt hij en hij strijkt een pluk haar uit mijn gezicht.

Mijn mond voelt droog als zand.

'Ik werk me al jaren uit de naad om onafhankelijk te worden. Ik wil niet dat iemand me nog vertelt wat ik moet doen en hoe. Rogier niet, jij niet en mijn collega's niet. Het spijt me. Ik ben niet te koop.'

'Bazig vrouwtje,' zegt hij. 'Daar hou ik van. En het spijt mij ook, voor jou.'

Hij drukt een kus op mijn wang, draait zich om en loopt weg. Ik zie dat hij zijn hand uitsteekt naar Rogier, hem op de schouder slaat en Marzena aan haar elleboog meetroont. Mijn ogen volgen hen als zij zich nog even omdraait. Ze steekt haar hand omhoog, haar armbanden rinkelen en ze lacht een professionele lach. Ik zwaai terug en pas dan begint mijn hart als een dwaas te roffelen.

We rijden terug naar huis. Regen klettert tegen de ruiten en ik luister naar het heen en weer zwaaien van de ruitenwissers.

'Zo zie je maar,' zegt Rogier vanuit het niets.

'Zo zie je maar wat?' vraag ik, want dat is de bedoeling. Rogier haalt diep adem, legt zijn linkerhand boven op het stuur en maakt met zijn andere arm een wanhopig gebaar.

'Dat je leven zomaar ineens afgelopen kan zijn, of volkomen op z'n kop kan staan. Dat je jaren bezig kan zijn met therapie, met het peuteren in de ziel van de mens, zoals ik, dat je denkt alles te weten en overal mee om te kunnen gaan en dan ineens, boem, is alles anders en alles wat je geleerd hebt blijkt zinloos.'

Ik zucht. Er is weinig verschil tussen een depressieve vijftiger en een puber. Beiden herhalen dagelijks hun eindeloze negatieve mantra. Alles is zinloos.

'Leren heeft altijd zin, Rogier, en het houdt ook nooit op. Dat zijn je eigen woorden, weet je nog?'

'Hylke probeert zijn droom te verwezenlijken en wordt gewoon doodgereden. De man van Marzena probeert in ons land geld te verdienen voor zijn gezin en wordt vermoord teruggevonden.'

'Is hij vermoord?'

'Ja. Met messteken om het leven gebracht en daarna gevonden in een uitgebrande auto.'

'Jezus...' stamel ik en ik sla mijn armen om mijn middel.

'Dan moet hij ook wel wat uitgespookt hebben, lijkt me,' zeg ik.

'Volgens Marzena niet. Hij runde het bedrijf dat zij nu runt. Een uitzendbureau voor Poolse werknemers. Vermoedelijk is hij het slachtoffer geworden van een roofmoord, want er is ook veel geld verdwenen. Maar de daders zijn nooit gevonden.'

'Ik dacht dat het bedrijf van die Johan was?'

'Ook ja. Hij heeft er aandelen in sinds Marzena's man dood is. Hij doet de klantenwerving. Haar man was zijn beste vriend...'

We zijn even stil. De regen is inmiddels verworden tot een hoosbui. Het enige wat we nog kunnen zien zijn de rode achterlichten van de auto voor ons en die volgen we stapvoets.

Een onbehaaglijk gevoel dringt zich op wanneer ik me probeer voor te stellen hoe de laatste seconden waren van Hylke en de man van Marzena, die laatste seconden van onwetendheid, dat het een moment zou kunnen zijn geweest als dit. Het zicht wordt ons ontnomen door de stortregen. Gierende remmen, de klap, het blikken geluid van staal op staal, opspringend glas, het schreeuwen, ik kan het bijna horen.

'Denk je dat we er goed aan doen hen in te huren?' vraag ik Rogier.

Hij zucht geërgerd. 'Jij bent onmogelijk. Wat wil je nou? Je zit al maanden te peeuwen dat de verbouwing uit de hand loopt, dat je er niet meer tegen kunt, dat er een einde aan moet komen... en nu hebben we eindelijk een stel mensen gevonden die hard en snel willen werken, die alles in anderhalve maand beloven af te hebben, en dan is het weer niet goed. Marzena's mannen hebben de juiste papieren, er zit geen addertje onder het gras, niks.'

'Ik vind roofmoord niet niks.'

'Dat is het ook niet, maar wat heeft dat met het bedrijf te maken? Het is heel tragisch, maar zoiets kan iedereen overkomen. Laat die verbouwing aan mij over, ja? Dat heb ik nodig. Dat je me vertrouwt en niet de hele tijd probeert me te ondermijnen. Heb geduld en vertrouwen. Ik weet dat het niet jouw sterkste kanten zijn, maar probeer het. Voor mij.'

'Oké,' zeg ik zacht.

16

Marzena Swietlicki komt de volgende ochtend langs, samen met haar bouwopzichter Aleksy, een reus van een man met een grauwe, pokdalige huid en handen als kolenschoppen. Aleksy spreekt geen woord Nederlands of Engels maar wel een klein beetje Duits. Rogier en ik leiden hen rond in en om het huis en leggen uit hoe we het willen hebben. Met de tekeningen erbij wijzen we hen waar de open eetkeuken moet komen, met kookeiland in het midden. Dat staat reeds opgeslagen. Waar nu nog stopzand ligt, moet de kruipruimte geïsoleerd worden met schelpen, en daaroverheen willen we gebruikte eiken vloerdelen, al besteld in Scandinavië. De wanden, nu nog kaal en afgebikt, moeten worden geïsoleerd en daaroverheen dienen warmtewanden geplaatst te worden, die werken als vloerverwarming en radiatoren overbodig maken. Het geheel wordt afgemaakt met leemstuc. Dan zijn er nog de nieuwe badkamer, de kastenwanden van tweedehands eiken, de meditatieruimte voor Rogier, mijn werkkamer, nog afgezien van het aanleggen van stroom, waterleidingen en kabels door het hele huis, het schilderwerk en het herstellen van de tuin.

Marzena noteert en vertaalt onze wensen voor Aleksy, die voortdurend knikt. Aan het eind van de rondleiding, bij een tweede kopje koffie, vraagt Aleksy in gebrekkig Duits wanneer we willen dat hij en zijn mannen beginnen.

'*Jetzt*!' zeg ik lachend.

Aleksy kijkt me stoïcijns aan.

'*Dobrze*,' antwoordt hij. '*Und wo schlafen*?'

'*Oben*,' zeg ik. '*Oben sind die Schlafzimmer*.'

Marzena moet lachen en schudt haar hoofd.

'Hij bedoelt waar zij moeten slapen.'

Ik kijk Rogier vragend aan. Hij ontwijkt mijn blik.

'Je bedoelt dat die bouwvakkers dan ook hier slapen?' vraag ik.

'Ja,' zegt Marzena. 'Maar ze kunnen overal slapen hoor, als het er maar droog is.'

'Ik vind dat nogal wat... Rogier?'

Rogier haalt zijn schouders op. 'Wat maakt het jou uit? Wat moeten we anders? Kennelijk gaat het zo, nou, prima.'

Marzena legt sussend haar handen op de onze.

'Geen ruzie maken! Mijn mannen kosten twaalf euro per uur, plus inwoning. Ze werken zes dagen per week door, tot de klus af is. Ik denk dat je met Rogier erbij vier man nodig hebt. Als ik een ruwe schatting maak, ben je dan met een maand klaar. Dit kost je ongeveer dertienduizend euro aan arbeidskracht. We kunnen ze ook in een vakantiehuisje stoppen, maar dat kost toch zo'n vijf-, zeshonderd euro per week extra.'

Dertienduizend euro is een schijntje voor wat er nog moet gebeuren, en de verbouwing binnen een maand af klinkt te mooi om waar te zijn.

'Moeten ze ook eten?' vraag ik en ik glimlach verontschuldigend naar Aleksy, voor wie het vernederend moet zijn dat we over hem en zijn collega's praten alsof het een stel beesten is.

'Daar zorgen ze zelf voor, mits jullie ze voorzien in basisbehoeften als koffie, thee, water, en vooral bier om de avond door te komen. En ze hebben wel sanitaire voorzieningen nodig.'

'Sanitair, ja, natuurlijk...' stamel ik en ik huiver bij de gedachte deze norse, harige man uit onze douche te zien stappen.

'Oké. Het lijkt me het beste als de jongens in Thoms huisje slapen. Thom kan wel even in het grote huis,' zegt Rogier vastberaden.

'Dat kun je hem niet aandoen! Hij is gehecht aan zijn eigen plek! Het is al zo zwaar voor hem in deze puinhoop te leven...'

'Het is maar voor een maand, Mathilde,' zegt Rogier met een zucht.

Ik kan nu niet zeggen dat Thoms huisje ook mijn toevluchtsoord is. Dat ik vooral opzie tegen de gedachte weer bij hem te moeten slapen.

Marzena slaat haar armen over elkaar en kijkt van Rogier naar mij.

'Het is misschien beter als jullie dit strakjes uitvechten. Wat ik nu moet weten is of we een akkoord hebben. Dan kan ik mijn mannen vanaf morgen inplannen.'

Aleksy knikt en kopieert haar houding.

'Ik vind dat hier slapen van de mannen wel een enorme inbreuk op onze privacy...' zeg ik. 'Kunnen we daar eerst nog even over nadenken?'

'Nadenken kost tijd,' antwoordt Rogier.

'We hebben nog een aanvraag lopen. Die mensen ga ik zo bezoeken en ik heb niet genoeg mannen om bij jullie allebei vanaf morgen te beginnen,' voegt Marzena eraan toe.

'Waarom ga jij niet een maandje in de kliniek logeren?' stelt Rogier voor. 'Wij mannen redden het hier wel. Heb jij daar alle rust en privacy die je nodig hebt en kunnen wij hier klokje rond doorwerken.'

Menig slapeloze nacht heb ik liggen fantaseren een tijdje afstand te nemen van Rogier, maar nu dit voorstel zo plompverloren uit zijn mond komt, voelt het alsof hij me mijn eigen huis uit wil zetten.

We zwijgen. Alle blikken zijn nu op mij gericht. Ik kijk om me heen, naar het kapotgereden gras in de tuin, het geraamte van ons huis, de containers waarin ons oude leven staat, en ik zeg: 'Ja, misschien is dat een goed idee.'

17

Mijn moeder is weg. Ineens is ze in de kliniek gaan wonen en moet ik weer in het grote huis slapen, want er zijn Polen bij ons aan het werk die nu in mijn *crib* logeren. Ik snap er geen reet meer van. Ik vroeg pap of ze soms gingen scheiden en hij zei alleen maar heel boos: 'Natuurlijk niet.'

Ondertussen is die harige biologische wortel Hylke, de aannemer die van onze verbouwing zijn macrobiotische levensproject had gemaakt, doodgereden. Dat mag een zegen genoemd worden. De Poolse gasten zijn wel *chill*. Ik kwam net thuis en ze zaten te schuilen voor de regen en ze riepen me. Of ik een glas mee wilde drinken.

'Du grosser Mann' noemden ze me. Ik ging erbij zitten en kreeg meteen de fles zelfgestookte shit in mijn handen gedrukt. Ik liet me niet kennen en nam een grote slok. Wow, dat was heftig spul! Ze lagen allemaal in een deuk toen ze mijn vertrokken gezicht zagen. Een van hen, een man die Gerik heet, gaf me ook een joint en sloeg daarbij hard op zijn borst. Ik ben nu echt *totally relaxed*. Het is best moeilijk praten met die gasten, maar dat maakt eigenlijk helemaal niet uit. Zij nemen me wel zoals ik ben. Ik kreeg stukken worst van ze en brood, en ze lieten me foto's zien van hun moeder en hun vrouw en kinderen. Vanavond hebben ze me uitgenodigd in mijn huisje, waar ze met z'n vijven slapen.

Van Gerik kreeg ik een joint mee en die heb ik nu verstopt in mijn geluidsbox. Ik heb met hem *Guitar Hero* gespeeld op de Xbox tot we mijn ouders thuis hoorden komen. Die hebben overduidelijk een soort ruzie, want er hangt weer zo'n sfeer, hel gewoon. De grote vraag is waarom die lieden niet uit elkaar gaan. Ik hoop maar dat ze niet voor mij bij elkaar blijven, want dat is echt fokking zinloos.

Mijn moeder kwam mijn nieuwe kamer binnen, zoals altijd zonder kloppen, mega irritant want dan gaat ze rondhangen en allerlei vragen stellen terwijl ik me probeer te concentreren op mijn game. Hoe het op school was, of ik nog vuile was heb, waarom het altijd zo'n troep moet zijn en of ik soms heb gedronken. Maar mijn antwoorden interesseren haar geen ene fuck, want ze luistert niet eens. Ze loopt met van die gestreste rode ogen heen en weer en wil de hele tijd aan me zitten alsof ik drie ben. Ik weet niet waarom. Zo denkt ze haar schuldgevoel weg te werken misschien. Nou, dikke voor haar. Ze vroeg weer wat ik ervan vind dat ze nu op de kliniek logeert en ik heb alleen maar mijn schouders opgehaald. Ze zegt dat ze me mist en dat we even moeten volhouden, dat alles weer goed komt als de verbouwing klaar is.

'Geloof je het zelf?' heb ik geantwoord. Toen ging ze huilen.

'Ik wil niet dat je denkt dat ik je in de steek laat,' jankte ze, maar ondertussen doet ze dat mooi wel.

18

Opereren na enkele slapeloze nachten in het logeerbed in mijn werkkamer valt niet mee. Om enigszins fit te worden heb ik vanochtend om zeven uur vijf kilometer door het bos gerend en mezelf daarna gestraft met push-ups en buikspieroefeningen. Alleen tijdens het rennen en snijden vergeet ik de vragen die me 's nachts uit mijn slaap houden en overdag in de greep van een permanent gevoel van onbehagen.

Mijn postvak is zoals gewoonlijk gevuld met te lezen post die ik niet lees. Ik weet wel wat erin staat en ik kan het er simpelweg niet bij hebben. Terwijl ik mijn dubbele espresso achteroversla, pak ik de statussen van mijn twee cliënten voor vandaag van mijn bureau en blader ze door. Twee borstvergrotingen. Een drieëntwintigjarige studente en een eenenveertigjarige moeder van drie kinderen. Ik vraag me soms af waarom al die vrouwen dat tegenwoordig toch willen, grote borsten. Ik heb ze van mezelf en ervaar het uitsluitend als een last. Je lijkt kilo's zwaarder en jaren ouder en ze zitten vaker in de weg dan dat ze je plezier geven. Bovendien vind ik het uitermate irritant dat mannen vaak tegen mijn borsten praten. Zou ik moeten kiezen voor een schoonheidsingreep, dan werd het een verkleining, ze laten omtoveren in mooie, meisjesachtige borstjes, die me een rank en jeugdig bovenlijf geven. Weg met dat zware gemoed. Maar ik durf het niet, vreemd genoeg. Er is geen plastisch chirurg aan wie ik mijn lichaam toevertrouw, behalve dan misschien mezelf. Ik vind de driemaandelijkse botoxprikjes in mijn voorhoofd en de restylane-injecties in mijn neuslippenplooi al eng genoeg.

Ik trek mijn witte jas aan en loop naar de behandelkamer. De geur van cederhoutgeurkaarsen in combinatie met rustige klanken van Bach brengt me in een meditatieve staat, gefocust op het enige wat vandaag van belang is: mijn patiënten mooi en gelukkig maken. Achter me hoor ik het tikken van Astrids hakken. Ze roept me en ik draai me om. In haar hand heeft ze de telefoon. Ze bloost.

'Rogier,' fluistert ze. 'Niet blij!'

'Ik ben onderweg naar mijn patiënt,' antwoord ik. 'Ik bel hem straks terug.'

Ze schudt driftig haar hoofd, drukt de telefoon in mijn hand en beent weg.

'Ik vertel je patiënt wel dat je onderweg bent maar even wordt opgehouden,' roept ze opgelucht.

'Wat heb jij godverdomme tegen Johan gezegd?' Hij schreeuwt.

'Niets,' zeg ik. 'Niets van belang...'

Ik heb geen idee waar hij het over heeft.

'Jij hebt de bouw stilgelegd! Jij hebt gezegd dat je er geen vertrouwen in hebt! Dat je toch liever werkt met een Nederlandse aannemer!'

Mijn wangen beginnen te gloeien alsof ik koorts heb.

'Marzena is woedend. De jongens zijn weg! En jij doet maar! Jij leeft daar in je eigen kleine machtsimperium en ik ben niemand meer voor jou, alleen maar een lastige...'

Ik onderbreek zijn tirade. 'Rogier, alsjeblieft. Ik heb alleen maar gezegd dat ik heel tevreden ben met de gang van zaken. Dat ze ons enorm uit de brand helpen. Het moet een misverstand zijn. Waarom zou ik hen in godsnaam afzeggen? Ik wil net zoals jij niets liever dan dat die verbouwing af komt!'

'Omdat je jaloers bent!'

'Jaloers, waarop?'

'Dat weet je zelf donders goed!'

'Nee, Rogier, dat weet ik niet.'

'Op Marzena. Op het feit dat ik met haar samenwerk. Op het feit dat zij een mooie vrouw is.'

Er trekt een ijzige kilte langs mijn ruggengraat.

'Voor een psychiater ben je nu wel erg dom uit je nek aan het kletsen!' zeg ik, harder dan ik wil.

'Je hoeft niet te pas en te onpas mijn vak erbij te slepen, Mathilde,' zegt Rogier streng. 'Jij gaat Johan bellen. En anders...'

'En anders wat?'

'Anders is het klaar. Dan zoek je het maar uit met de hele zooi. Dan ben ik weg.'

Hij verbreekt de verbinding en ik loop met trillende benen naar de receptie om de telefoon terug te geven. Astrid neemt hem zwijgend aan.

'Ik ben in de ok. Ik meld me wel weer als ik klaar ben met de ingreep,' zeg ik.

Ik sluit mezelf op in het toilet en leun tegen de deur. Mijn knieën trillen en ik weet niet of het van angst of vermoeidheid is.

'Ik kan het licht aan het einde van de tunnel aan- en weer uitdoen,' zei Johan en hiermee levert hij het bewijs.

Ik zal hem moeten bellen. Het laatste dat ik wil is dat we nu weer zonder bouwvakkers zitten. De Polen zijn nog maar vier dagen bezig en de verbouwing loopt als een speer. Rogier heeft de leiding en zij doen alles wat hij zegt. Ze beginnen om zeven uur en werken door tot zeven uur en stellen weinig eisen aan de catering. De sfeer is totaal veranderd op de bouw, er wordt gewerkt in plaats van 'contact met het hout' gezocht. Dagelijks is er progressie te zien, ondanks het feit dat de dorst gelest wordt met bier. Ze mogen er niet mee stoppen. Niet nu het eindelijk de goede kant opgaat.

Ik wacht tot mijn ademhaling weer enigszins normaal is en plens wat koud water in mijn gezicht. Ik vermijd de spiegel. Er wordt een spelletje met me gespeeld. Ik kan er nu nog uitstappen. Maar wat dan? Hoe moet het dan?

De drieëntwintigjarige studente, die Tamara heet, zit al lijkbleek in haar groene operatiehemd op de behandeltafel. We schudden handen, de hare even klam als de mijne, en ze vertrouwt me toe dat ze gedurende het wachten wel tien keer heeft overwogen weg te lopen.

'Ik vraag me steeds af: waarom eigenlijk? Waarom wil ik dit ook al weer?'

Ik ga naast haar zitten en probeer haar rustig en vriendelijk aan te kijken.

'Je kunt nu nog terug,' zeg ik en zij slaat haar ogen neer.

'Ja, maar dat kost toch geld, zeker?'

'Geld mag niet de reden zijn om dit door te zetten,' zeg ik en ik glimlach, vooral om mijn zielige zelf, omdat ik hier een bang jong meisje zit te vertellen dat geld niet het belangrijkste mag zijn, ik, die op het punt staat haar ziel voor geld te verkopen.

'Ik weet zeker dat als ik dan straks thuiskom, ik spijt heb dat ik het niet heb doorgezet.'

Ik pak haar mooie, jonge hand en vraag haar waar ze bang voor is.

'Pijn,' zegt ze. 'En dat het lelijk wordt.'

'Ik kan je beloven dat de pijn je alles mee zal vallen en dat ik nog nooit iemand lelijke borsten heb gegeven. Maar het is jouw lichaam, en jouw beslissing. Ik heb geen mening.'

'Echt niet? Vind je het niet raar de hele dag vrouwen te verbouwen? Denk je nooit: wat zit dat mens nou te zeuren, ze heeft een prima lichaam?'

'Ik denk nooit dat iemand zeurt en ik vind alle lichamen prima. Mooi zelfs. Jij hebt ook een prachtig lichaam. Maar het is jouw goed recht om te vinden dat het mooier kan.'

'Nou, je maakt het me ook niet makkelijk.' Ze lacht nerveus.

'Misschien wil je er nog een paar weken over nadenken,' opper ik.

Ze kijkt me aan en staart me langdurig in de ogen. 'Nee,' zegt ze. 'Nee, ik doe het. Ik weet dat ik het wil, ik word alleen maar gek van het denken.'

'Ja,' zeg ik, 'daar zijn wij vrouwen goed in, in ons gek denken. Je weet het zeker?'

Tamara knikt vastberaden.

'Ik heb hier drie jaar voor gespaard. In die tijd twijfelde ik nooit. En nu ook niet meer.'

'Oké,' zeg ik en ik sta op. 'Laten we dan beginnen. Maak je hemd maar los.'

Ze reikt naar achteren en trekt de strik los. Het operatiehemd valt naar beneden. Haar kleine, kinderlijke borsten lijken van angst ineen te krimpen.

'Heb je de paracetamol ingenomen, en de oxazepam?'

'Ja. Een halfuurtje geleden. Niet dat het helpt...'

'Dat slaat meestal pas na een uur aan. Over een kwartier voel je je al rustiger.'

Ik zet mijn bril op, ga op een stoel voor haar zitten en betast voorzichtig haar borsten. Het klierweefsel voelt rustig aan. Ik vraag haar haar borsten op te duwen en me zo te laten zien wat voor decolleté ze wenst. Ze pakt ze liefdevol beet.

'Zoiets?'

'Dat moet je niet aan mij vragen. Kijk maar in de spiegel of dat is wat je wilt.'

Ze draait zich om en kijkt zichzelf ernstig aan.

'Dit hebben we toch allemaal al gedaan bij de intake?'

Ik knik en ga achter haar staan.

'Inderdaad, maar misschien ben je van gedachten veranderd. Wil je toch een ander volume. Nu kunnen we nog kiezen, nietwaar?'

Ze blijft kritisch in de spiegel staren. Ik loop naar de kast, open hem en pak er een paar implantaten uit.

'Hier,' zeg ik. 'Hou vast. Deze gaan we straks zoals afgesproken inbrengen. De Mentor Siltex cohesief nummer 3. Anatomisch gevormd, ofwel druppelvormig. Voel maar.'

Ze neemt de implantaten aan. De meeste klanten noemen ze kipfilets, ik vind ze meer iets weg hebben van kwallen. Zacht, drillend en toch een stevige, geruwde textuur.

Haar handen wegen ze en knijpen erin.

'Ik heb zo vaak gedroomd dat ik op een dag wakker werd met mooie, volle borsten,' zegt ze.

'Nou, die droom gaat nu uitkomen,' antwoord ik.

'Weet je wat een jongen ooit tegen me zei, in de kroeg? Hij zei: "Je bent een lekker wijf, je moest alleen wat meer tieten hebben."'

'Dat zegt meer over die jongen dan over jou.'

'Het deed wel pijn. En ik vraag me af of ik met deze operatie niet door de knieën ga voor dit soort figuren. Het voelt soms alsof ik hem gelijk geef.'

Een vaag verdriet welt in me op. Wij vrouwen capituleren voortdurend en ik ben de beul, schiet het door me heen en dat is niet de meest zinvolle gedachte vlak voor een borstvergroting. Ik ben moe, denk ik, zo moe dat ik aan alles twijfel.

'Als je nog steeds zeker bent van je beslissing, dan ga ik nu aftekenen,' zeg ik haar en zij knikt gedecideerd. Ik til haar borst op en teken een streepje aan de onderkant, waar de incisie moet komen, zodanig dat het litteken straks in de borstplooi valt.

'Je hebt genoeg klier- en vetweefsel,' vertel ik haar. 'We kunnen de implantaten mooi plaatsen onder het borstweefsel. Dat is goed, want dan krijg je een mooie druppelvorm en de borst beweegt natuurlijker.'

'Prima,' antwoordt ze en ik zie aan haar gezicht dat de oxazepam zijn werk doet. Haar angst lijkt verdwenen. Ik knoop haar operatieschort weer dicht en dan komt de verpleegkundige binnen met het bed. Tamara gaat erop liggen en de verpleegkundige stopt haar in. Ik strijk nog even over haar voorhoofd en beloof haar dat ze over ongeveer anderhalf uur heel erg blij zal zijn met het resultaat.

'Zijn er weleens mensen geweest die nu nog afhaakten? Terwijl ze al in dit bed lagen?' vraagt ze me.

'Ja,' antwoord ik. 'Ik heb zelfs patiënten gehad die ervandoor gingen met de lidocaïne al in hun gezicht. Dit is geen kwestie meer van capituleren, Tamara, dit is echt een cadeautje aan jezelf. Je ligt hier niet voor ons. Als jij nu weg wilt, dan kun je weg.'

In de koffiekamer maak ik nog even snel een espresso voor mezelf en dep ik mijn gezicht met een ijsblokje. Met de koffie in mijn hand staar ik door het raam dat uitkijkt op de receptie. Ik zie dat Astrid een man in een goedkoop donkerblauw pak te woord staat. De man overhandigt haar een klembord. Zij weigert het te tekenen. Ze beweegt nerveus en heft haar handen. De man neemt het papier van het klembord, vouwt het dubbel en geeft het opnieuw aan haar. Dan draait hij zich om en loopt de deur uit. Een deurwaarder. De zoveelste. Ik wrijf het ijsblokje over mijn slapen en pak mijn mobiel uit mijn zak. Johans nummer staat nog steeds in het logboek van mijn telefoon. Ik bel hem en hij neemt vrijwel onmiddellijk op.

'Hé pop,' zegt hij grinnikend aan de andere kant van de lijn.

'Stuur je mannen terug,' zeg ik.

'Is goed,' antwoordt hij. 'En wanneer gaan we elkaar dan zien, om tot zaken te komen?'

Ik zucht. 'Je chanteert me.'

'Ach welnee, schoonheid. In mijn wereld werken de dingen anders dan in de jouwe. Het valt niet mee om met Polen te werken. Ze zijn goed, ze werken snel, maar als er ergens anders een klus beter betaalt, zijn ze zo weg. Ze zijn arm, pop. Ze moeten wel.'

'Er is ons gegarandeerd dat jullie bedrijf bonafide is. We hebben een contract...'

Hij grinnikt.

'Contracten interesseren die mannen niet. *Cold hard cash* wel. *Cash is king*. Als je over de brug komt, zijn ze morgen weer terug.'

Ik staar naar de schim in de weerspiegeling van de ruit. Die schim ben ik. Ik heb de energie niet om in discussie te gaan.

'Het maakt me niet uit hoe jij het noemt, ik noem het chantage.'

'Wil je ze morgen terug of niet?'

'Ja.'

'Oké, deal. Ik kom vanavond langs, kanjer, om de prijs af te maken.'

'Goed,' zeg ik en ik hang op.

Capituleren doe je wanneer je moegestreden bent. Als je oogleden zo zwaar zijn dat zelfs ijsblokjes ze niet meer verlichten. Het is niet verstandig en ook geen oplossing, het is als een slaappil. Het bestrijdt de symptomen, maar niet de oorzaak. Dat weet ik ook allemaal wel.

Toch voelt het alsof er een last van mijn schouders af is wanneer ik mijn groene broek en jasje aantrek. Ik steek mijn voeten in de klompen en was daarna grondig mijn armen met zeep en alcohol, klaar om Tamara prachtige borsten te geven. Omdat ik me in mijn opleiding gericht heb op reconstructieve chirurgie, op het hervormen van abnormale structuren van bijvoorbeeld brandwonden of verkleefd littekenweefsel, ben ik vooral goed geworden in vrijwel onzichtbaar hechten. Ik streef er ook naar de borsten er zo natuurlijk mogelijk uit te laten zien, en passend bij het lichaam. Van mij krijgen de patiënten geen pornoballonnen, evenmin als een *penthouse-pussy.* Ik zeg altijd tegen mijn klanten: ik ben een plastisch chirurg die iets toevoegt aan uw schoonheid, maar voor een rigoureuze verbouwing moet u bij mijn collega's zijn. Daarom weten vele BN'ers mij te vinden. Ik lap ze op zonder dat iemand dat in de gaten heeft, vaak zelfs hun eigen partner niet.

De anesthesist heeft Tamara reeds onder narcose gebracht en op de operatietafel ligt haar bewusteloze lichaam verstopt onder het groene laken. Alleen haar afgetekende borst is ontbloot. De ok-assistente schuift de latex handschoenen om mijn handen en ik buig me over het gearceerde stukje jonge huid. Ik krijg het scalpel aangereikt en zet hem erin. In enkele seconden is de incisie gemaakt. De ok-assistente dept het bloed dat uit de wond vloeit en ik steek mijn hand met het scalpel onder het klier- en vetweefsel om de pocket te maken voor het implantaat. Het is steeds weer een treurig gezicht, zo'n beschadigde doodse borst, gedegradeerd tot een ding dat gevuld moet worden. Pas als ik het implantaat erin schuif, de huid zich eromheen spant en de tepel omhoogkomt, lijkt het weer op een onderdeel van het vrouwelijk lichaam. Tamara zal straks heel blij zijn als ze wakker wordt.

De borsten van Monique hebben een heel ander verleden dan die van Tamara. Zij heeft in de afgelopen vijf jaar drie kinderen gebaard en gezoogd en wil nu, een jaar nadat haar man haar heeft verlaten, de boel laten ophijsen zodat ze de markt weer op kan, zoals ze dat zelf cynisch uitdrukt.

'Ik wil mijn tieten terug,' zegt ze glimlachend terwijl ik ze afteken.

'Ik heb alle drie mijn kinderen bijna een jaar zelf gevoed, maar de rek is er nu wel uit,' ratelt ze door. 'Ik ben gek geweest, denk ik weleens. Ik wilde alles perfect doen, en moet je me nu zien. Eenenveertig, alleen met drie peuters en een stel bungelende uiers. Ze zijn gewoon niet meer van mij. Ze waren eerst voor hem, daarna voor de kinderen en nu blijf ik achter met borsten die aanvoelen als twee vreemde vleesklompen.'

De vrouwen die hier komen, kun je, naast de beroepsmatigen – de modellen, BN'ers en prostituees – indelen in drie categorieën: zij die in de steek gelaten zijn, zij die zich in de steek gelaten voelen en zij die in de steek gaan laten. Ze zeggen allemaal dat ze het willen voor zichzelf, maar wat ze vooral voor zichzelf willen is liefde en aandacht.

'Waarom praat je zo negatief over je lichaam?' vraag ik als ik de tepel arceer met de stift, want ook die moet omhoog.

Monique zwijgt even en knippert met haar ogen.

'Ik wil niet janken,' zegt ze zacht.

'Je bent een mooie, slanke vrouw die er héél goed uitziet voor haar eenenveertigste. Probeer jezelf steeds positief te benoemen, dat helpt echt om je beter te voelen,' zeg ik.

'Ja, slank word je wel als je in scheiding ligt,' antwoordt ze bibberig. 'Maar je krijgt er ook een oude, zure kop van. En dit... Wie wil er nog zoiets?' vraagt ze en ze knijpt in haar buikvel dat verslapt is na drie zwangerschappen. 'Dat wordt mijn volgende ingreep. Ik ben er al voor aan het sparen.'

'Je weet dat ik het graag voor je doe. Maar zou je niet ook in therapie gaan? Ik kan je het nummer geven van een heel goede psychotherapeute...'

Ze schudt haar hoofd. 'Ik heb geen psych nodig, maar een leuke, lieve vent. Iemand die af en toe een arm om me heen slaat en vraagt: "Wat kan ik voor je doen, schat?"' Monique zucht. 'Je gaat studeren, dan werken, je vindt een vent en krijgt op de valreep wat koters en je vecht maar en je zorgt maar dat ze het allemaal goed hebben, maar het is nooit goed genoeg. En die vent denkt geen moment aan jouw welzijn. Die ziet niet dat jij moe bent, die ziet niet hoeveel bergen werk jij de hele tijd verzet. Nee hoor, hij gaat gewoon weg omdat je volgens hem in een sloof bent veranderd. En híj vindt meteen een nieuwe vriendin. "Bij haar kan ik écht mezelf zijn," zegt hij dan ook nog eens. Als er iemand op deze aardbol altijd zijn akelige zelf heeft kunnen zijn, is het die lul wel.'

We schieten allebei in de lach.

'Jezus, dat klonk wel erg zuur, hè?' grinnikt ze.

19

Ik leg mijn hoofd op het koude blad van mijn bureau en masseer met mijn vingers provisorisch de gespannen spierkabels in mijn nek. Ik heb ernaar verlangd alleen te zijn, verlost van de zwaarte van Rogiers depressies, maar nu ik het ben, voel ik me oud en kwetsbaar als spinrag. De brandende kaarsen, het gedempte licht, de zachte stem van Shelby Lynne en de heerlijke Barolo, waarop ik mezelf bij uitzondering heb getrakteerd, helpen daar niet tegen. Ik vraag me af of ik er goed aan heb gedaan mijn huis en zoon te verlaten en waarom Rogier, die tot voor kort nog geen dag zonder mij kon, me ineens zomaar liet gaan. Tijdelijk welteverstaan, maar is de term 'tijdelijk' niet een pleister op de wond? Is het niet allang duidelijk dat wij geen toekomst hebben, alleen een verleden en een gezamenlijke angst om eenzaam oud te worden?

Ik neem een slokje wijn, mijn regel om doordeweeks niet te drinken negerend. Ik moet rustig worden.

Dit is een moment waarop andere vrouwen hun beste vriendin bellen om te horen te krijgen dat het allemaal wel goed zal komen, dat het belangrijkste is dat ze goed voor zichzelf zorgen en van het leven genieten zolang het nog kan. Troostende clichés om de twijfel weg te nemen. Maar ik heb het aan mezelf te wijten dat zo iemand niet in mijn leven is. Ik ben er niet goed in mensen aan me te binden. Ik vergeet verjaardagen, help niet met verhuizingen en zit niet aan ziekbedden, ik kom niet spontaan langs met bloemen, ik vergeet sms'en en e-mails te beantwoorden en ik heb nooit goed kunnen kletsen over mannen en kinderen. Ik haat het als mensen onverwachts op bezoek komen of met me willen afspreken. Dat is niet altijd zo geweest. Ooit, in een ver verleden, organiseerde ik etentjes en kwamen collega's borrelen. Totdat Rogier depressief werd en wij mensen gingen mijden.

Een halfuur later dan afgesproken belt Johan aan. Ik overweeg even de poort niet te openen. Dit lichaam schreeuwt om slaap. Ik sleep mezelf door de lange gang naar de deur. Grijnzend staat hij daar met een zwarte sporttas in zijn ene hand en een fles champagne in de andere. Hij is kennelijk zeker van zijn zaak.

Ik open de deur en hij stapt naar binnen, omringd door een wolk van frisse buitenlucht, aftershave en de geur van sigaren. Hij kust me drie keer en slaat even zijn arm om me heen.

'Heb je glazen?' vraagt hij en hij houdt de fles champagne omhoog.

'Is er een reden om champagne te drinken dan?'

'Voor mij altijd.'

Op mijn kantoor schenk ik eerst de fles Barolo leeg in

twee glazen. Hij neemt zijn glas aan en heft het naar mij.

'Op de goede dingen van het leven,' zegt hij, 'waar jij zo te zien erg van houdt.'

We klinken. Hij neemt plaats op de stoel tegenover me.

'Barolootje, Barcelona-stoeltjes, walnoten bureautje, Bang & Olufsen-installatietje, jij houdt van mooie spulletjes. En dat lekker allemaal op de zaak. Vind je het erg als ik mijn schoenen uittrek? Ik word gek van die kleredingen.'

Zonder het antwoord af te wachten gooit hij zijn zwarte, smalle instappers uit en strekt zijn lange benen.

'Zo, dat is beter. Doe jij dat ook maar. Hup. Uit met die krengen.'

Ik schop mijn pumps uit en verbaas me over het gemak waarmee ik zijn bevelen opvolg. Kennelijk vind ik het prettig dat iemand anders voor me denkt.

Johan wijst op de tas, die naast onze voeten staat.

'Voor jou,' zegt hij. 'Mijn eerste belegging in Mathildes Esthetics. Klinkt beter dan Duinhoeve, vind je niet? Je moet ook iets met die mooie, chique naam van je doen. Mathildes Esthetics, daarmee kunnen we het land door. Toe, maak open.'

Ik trek de tas naar me toe en rits hem open. Keurige stapels briefjes van honderd en tweehonderd euro liggen erin. Met bevende vingers betast ik de gloednieuwe briefjes. Zoveel contant geld heb ik in mijn hele leven nog nooit gezien.

'Tweeënhalve ton,' zegt Johan. 'Volgende week krijg je nog zo'n tasje. Kun je je schulden afbetalen. Nog wat investeringen doen. Beetje meer publiciteit zoeken, dat soort dingen.'

'Johan,' stamel ik, 'is dit zwart geld?'

'Wie zegt dat? Het is geld. Cash geld. Zwart of wit heeft er helemaal niks mee te maken.'

Ik pak een stapeltje uit de tas. Het zweet staat in mijn handen. Ik wrijf over de briefjes en ruik eraan.

'Voelt goed, hè? Heerlijk is het. Nostalgische geur hè, pop? Echt, ouderwets geld.'

Ik snuif de metalige, muffe geur op.

'Kun je die lul van een deurwaarder mee afbetalen. En die achterlijk dure lening die je hebt. En de Polen. Die hebben graag cash.'

Ik kijk hem aan. Ik weet dat ik dit niet kan aannemen, dat het niet zo simpel is als hij het me voorspiegelt. Maar toch, de aanblik van het geld maakt me ook te euforisch om verstandig te zijn.

'Wat wil je ervoor terug?' vraag ik. Ik neem een grote slok wijn om de plotselinge droogte in mijn mond weg te spoelen.

'Zoals ik al eerder zei: ik koop een aandeel in je bedrijf. Keurig netjes met contracten en notarissen en al die shit. Officieel koop ik me in voor vijf ton. Deze tasjes blijven onder ons.'

'Heet dat niet witwassen?' vraag ik zacht. Ik kan mijn ogen niet van het geld afhouden.

'Schoonheid, jij kijkt te veel naar *Peter R. de Vries*. Ik heb veel cash uit de bouw en ik wil daarmee investeren in jou. Zolang jij geen vragen stelt, ben je *safe*. Zo simpel is het. Jij doet waar jij goed in bent, snijen, en ik waar ik goed in ben, beleggen in bedrijven en onroerend goed.'

'En dan?' vraag ik. 'Als ik dit aanneem? Is het drugsgeld?'

'Ik zal je de vermoeiende details besparen maar ik kan je verzekeren dat het geen drugsgeld is.'

Iets zegt me dat ik hem eigenlijk het pand uit zou moeten zetten, mijn leven uit jagen, maar mijn verlangen naar verlossing is groter. Geen geldzorgen meer. Slapen. Vooruit kunnen. Vrijheid.

'En hoe verklaar ik dit tegenover mijn accountant, en de belasting?'

'Ik weet niet of je een creatieve accountant hebt... Zo niet, dan heb ik er nog wel eentje voor je. En je schrijft wat rekeningen voor zogenaamde spuitfeestjes. Casinobezoekjes. Spaargeld. Er is altijd wel uit te komen.'

'Spuitfeestjes?'

'Ja, je weet wel, een feestje waarop ze van die rotzooi in hun rimpels kunnen laten spuiten. Maakt niet uit. Je print wat lekker vette rekeningen, die met dit geld betaald worden. Niks aan het handje.'

Ik sta op en loop met mijn glas in de hand naar het raam. Ik zie hoe de duinen blauw kleuren onder het licht van de maan en het zilveren helmgras wiegt in de wind. Niet zo heel lang geleden zou ik tegen Johan gezegd hebben dat hij op kon hoepelen met zijn zwarte geld, zijn spuitfeestjes en zijn creatieve accountants. Maar toen kon ik me dat permitteren. Stond ik er niet alleen voor. Vroeger leek het leven oneindig. Maar nu ik op de helft van mijn leven ben, lijkt alles in verval. Mijn lichaam, mijn geest, mijn huwelijk en mijn loopbaan. Ik wil dat het ophoudt. Ik wil rust.

'Nou pop, wat gaan we doen?'

Johan komt naast me staan en legt zijn hand op mijn schouder.

'Ik bied je een uitweg. Geld, weet je, is vrijheid. Zo zie ik het. Ik zou zeggen lieve Mathilde, pak je vrijheid.'

Ik kijk hem aan en schiet in een nerveuze lach.

'Het blijft een schuld, Johan. Dat kun je moeilijk vrijheid noemen. Of ik nu jou of de bank geld verschuldigd ben, wat is het verschil?'

'Het is geen schuld, hoe vaak moet ik dat nog zeggen! Je verkoopt mij een aandeel. Je gaat in zaken met mij. We nemen allebei een risico. Ik beleg in jou. Dat is mijn risico.'

'En als ik over een halfjaar ontevreden ben over jou als aandeelhouder, wat dan? Of als ik over een jaar wil stoppen met werken en bijvoorbeeld een bed & breakfast in Toscane wil beginnen? Hoe zit het dan met mijn vrijheid?'

'Dan koop je me uit. Of ik jou. Dan praten we daarover.'

Hij legt zijn hand tegen mijn wang en strijkt een haarlok haar uit mijn gezicht.

'Pop,' zegt hij zacht. 'Geef je gewoon over. Ga jij doen waar jij goed in bent en laat mij de rest doen. Vertrouw me.'

Het is de wijn in combinatie met mijn hunkerend hart. Ik ben zo moe van het vechten. Hij legt zijn vinger onder mijn kin en ik sla mijn ogen neer. Zijn duim streelt de zorgelijke plooi die van mijn neus naar mijn mondhoek loopt.

'We gaan je problemen oplossen. Wij samen. Ik wil een lachende, stralende Mathilde zien. Dat verdriet van je gezicht toveren.'

Hij drukt een kus op mijn voorhoofd. Tranen branden achter mijn ogen, een zee van pijn. Zijn lippen verplaatsen zich naar mijn gesloten oogleden, zijn handen legt hij om mijn vurige, slaperige wangen. Als hij mijn ogen troostend kust, stroom ik over.

Hij is zo goed in dit spel. Net zoals toen. We zoenen, onze tongen verstrengeld, hij likt mijn tranen en maakt mijn haar los.

'Johan, dit moeten we niet doen...' zeg ik zuchtend en duw hem van me af. We kijken elkaar aan.

'Waarom niet, mooie? We zijn volwassen... We willen dit allebei. Waar ben je bang voor?'

Ik wrijf in mijn gezwollen ogen. Waar ben ik bang voor? Voor mezelf, voor het verlangen. Bang dat ik er geen genoeg van kan krijgen, en hij wel. Hij streelt mijn haar en glijdt met zijn vinger langs mijn hals naar mijn borsten. Zijn aanrakingen voelen vertrouwd, alsof we elkaar al jaren beminnen. Hij knoopt mijn jurk los en begraaft zijn hoofd tussen mijn borsten. Ik laat me gaan. We grommen en kreunen, likken en bijten, we klampen ons aan elkaar vast terwijl ik maar blijf beven en snikken.

Als het voorbij is, lig ik met mijn hoofd op zijn harige borst, zijn arm om mijn schouders. Ik luister naar zijn hart en zoek naar woorden, maar ik ben sprakeloos. Zijn hand gaat door mijn haar. Ik wil nooit meer overeind komen.

'Hé, schoonheid...' kreunt hij en ik voel aan het spannen van zijn spieren dat zijn aandacht verslapt. Hij wurmt zich onder me uit en kijkt me aan met een triomfantelijke blik.

'Je bent nog even mooi en lekker als toen,' zegt hij en kust me voor hij opstaat en zijn kleren bij elkaar raapt. Ik kijk hoe hij in zijn onderbroek stapt, zijn sokken aantrekt en zijn overhemd dichtknoopt, en ik weet nog steeds niet wat te zeggen. Hij heeft al afstand genomen. Ik sta op en trek mijn kleren weer aan.

'Oké, pop,' zegt Johan, 'dus ik kan de champagne opentrekken? Hebben we een deal?' Hij kijkt me verheugd aan, met de fles al in de hand. Ik knik, mijn gedachten nog bij het genot van net. Liefde en geld, twee dingen die ik tekortkom.

Johan pelt het gouden folie van de kurk en draait het ijzerbeslag los. Ik spoel snel de glazen om en dan is er de knal en het bruisen van het feestelijke vocht. We klinken op Mathildes Esthetics.

'Het eerste wat we hier moeten doen, is er een totaalpakket van maken,' zegt hij, enthousiast gebarend. 'Je komt binnenlopen als klant, en als je weer naar buiten loopt, ben je helemaal klaar. Met alles. Jullie vrouwen hebben nergens tijd voor. En al helemaal niet voor jezelf. Dus wat we gaan doen is hier alles op het gebied van schoonheid en verzorging aanbieden. Nagels, tenen, haar, make-up, spuiten, snijen, alles. Zonnebank, niet te vergeten...'

Ik staar hem aan. Hij is weer een vreemde voor me.

'Hadden we net niet afgesproken dat jij zou doen waar jij goed in was en ik waar ik goed in ben? Je begint je nu al te bemoeien met mijn bedrijf... Ik wil wel de privacy van mijn patiënten waarborgen. Die moeten niet gezien worden door iemand die hier voor haar nagels komt.'

Hij neemt een teug champagne en kust me.

'Meisje, de klanten willen hier als schoonheidskoningin naar buiten wandelen. Als je toch ligt bij te komen van de operatie kunnen ze net zo goed even je nagels doen. Of een pedicurebehandeling. Je benen laten waxen of laseren. Dit is een briljant idee. Ik heb twee nagelstudio's in Amsterdam, daar moet je maar eens een kijkje nemen. Ik kan wel een afspraak voor je regelen met dat vrouwtje. Ambitieus wijffie, net zoals jij.'

Ik sla mijn glas achterover en zet het weg. Ik mag niet meer drinken vanavond.

Johan pakt me bij de heupen en trekt me naar zich toe. Hij heeft gele vlekjes in zijn blauwe irissen. Ik druk een kus op zijn mond.

'Het is een goed idee. Maar ik weet niet of het bij mij past,' fluister ik.

'Kanjer,' zegt hij, 'leer eens groots te denken. Kijk naar wat de markt wil. Wat je zelf wilt. Alles in één. In Amerika bestaat het allang. Timemanagement, weet je wel.'

'Ik ga akkoord onder één voorwaarde: dat ík bepaal wat er in de kliniek gebeurt en niet jij.'

Hij maakt een hopeloos gebaar met zijn handen.

'Tuurlijk bepaal jij dat. Maar we kunnen toch wel brainstormen, schatje?'

We zoenen en de warme gloed welt weer op in mijn buik. Dit is zo onverstandig. En zo heerlijk.

'Hou je nog van je man?' vraagt Johan als hij zich losmaakt uit onze omhelzing. Hij gaat op mijn bureau zitten.

'Ik denk het wel. Ik hou van hem om wat we ooit hadden. Maar hij is mijn kind geworden. Ik kan nooit eens op hem leunen.'

'En daar ga je de tweede helft van je leven lekker aan verspillen? Aan de zorg voor een kind dat nooit volwassen wordt?'

'We hebben een zoon samen. Dan moet je er toch alles aan doen.'

'Heb je het gevoel dat je dat doet?'

Ik zucht en haal mijn schouders op. Dit onderwerp maakt me erg triest.

'Ik weet het niet. Ik denk dat ik het niet kan. Ik wil het wel... maar het lijkt alsof ik op ben. Helemaal leeg.'

Johan pakt mijn hand en drukt er een kus op.

'Arme schat. Je verdient beter. Echt. Ik ga je helpen erbovenop te komen. Je man is binnenkort geen probleem meer,' zegt hij.

'Hoezo?' vraag ik.

'Nou, Marzena kan het wél. Voor hem zorgen. Een beetje liefde en aandacht geven.'

'Jij hebt Marzena daarom op hem afgestuurd?'

'Hij staat je in de weg. Hij is een blok aan je been. En jij, laten we wel wezen, aan het zijne. Jullie verstikken elkaar. En Marzena is er om jou te helpen.'

Van het ene op het andere moment ben ik misselijk. Marzena en Rogier.

'Waar bemoei jij je mee?' vraag ik woedend aan Johan. Ik zie ze voor me, Marzena in Rogiers armen zoals ik net nog in Johans armen lag en het doet me meer pijn dan ik had verwacht.

'Ik snap niets van jou,' hoor ik Johan in de verte zeggen.

‘Je wilt van hem af zonder pijn en ruzie. Je bent bang hem in de steek te laten, bang dat hij niet voor zichzelf kan zorgen. Nou, dat is nu geregeld. Kun jij je energie in ons bedrijf steken…’

‘Het lijkt me beter als je nu gaat,’ stamel ik en ik ren naar de dichtstbijzijnde wc.

20

Johan is weg. Ik neem een oxazepam, reinig mijn gezicht en poets mijn tanden. Rogier heeft wat met Marzena. Ik ben met een smoes mijn eigen huis uitgestuurd. Mijn zoon is daar waar de overspelige liefde opbloeit. En ik ben geen haar beter. Heb zojuist mijn ziel verkocht en mijn lichaam gegeven aan de manipulatieve genius die dit allemaal heeft bewerkstelligd. Moet ik Rogier waarschuwen?

Ik trek mijn kleren uit en leg ze over mijn stoel, waarna ik mijn nachthemd aantrek. De afgelopen twee jaar is er geen nacht voorbijgegaan waarin ik niet nadacht over scheiden. In mijn hoofd verdeelde ik ons vermogen, bedacht ik een omgangsregeling voor Thom, repeteerde ik eindeloos wat ik tegen hem zou zeggen als het zover was. Honderden keren nam ik afscheid, heimelijk hunkerend naar de vrijheid om opnieuw te beginnen en de liefde weer te vinden. Maar laat maar eens een man los die gesloopt wordt door zelfhaat en angst om alleen te zijn. Ik zag het voor me, het afscheid en het gevolg. Hij zou zichzelf voor mijn neus stukje bij beetje vernietigen. Tenzij hij een lieve vrouw zou ontmoeten die hem kon geven wat ik allang niet meer kon opbrengen.

Ik trek het opklapbed uit de kast en klap het open naast mijn bureau. Pak mijn kussen en het dekbed en nestel me op de piepende spiralen. Ik sla mijn armen om mezelf heen en rol me op als een foetus.

Het wachten is op de verlossende werking van de benzodiazepines, de zachte deken van slaperige onverschilligheid.

Ik schrik wakker van een klap en lig op de grond. Een snerpende pijn gonst door mijn hoofd en ik realiseer me met een schok wat er gisteravond is gebeurd. Ik heb de deal met Johan getekend. Ik heb met hem gevreeën. Onder mijn bureau ligt een tas met tweeënhalve ton aan contanten. Rogier doet het met Marzena. Mijn huwelijk staat op exploderen.

De wekker geeft aan dat het halfvier 's nachts is, wat betekent dat ik slechts drie uur heb geslapen. Ik sta op en pak mijn mobiel. Ik scrol door mijn telefoonlijst tot ik 'Thuis' zie staan en staar naar de kleine letters. Thuis bestaat niet meer.

Ik druk op 'bellen'. Het duurt lang voor er opgenomen wordt. Ik tel het aantal keren dat hij overgaat. Wanneer ik Thoms schorre jongensstem hoor, breek ik.

'Mam?' hoor ik hem vragen. 'Wat is er? Gaat het?'

Ik haal mijn neus zo zachtjes mogelijk op en probeer mijn stem normaal te laten klinken. 'Hé, lieverd, ben je nog zo laat op?'

'Nee ik slaap nog, nou goed?'

'Is je vader er niet?' Ik bijt op mijn tong en haat mezelf.

'Pap slaapt. Ik hoor hem hier snurken.'

'Hier? Waar zit je dan?'

'Op wat ooit de logeerkamer moet worden.'

'O, lieverd, ik vind het zo erg voor je. Maar het gaat voorbij, dat weet je toch? Er zit nu schot in de zaak, toch?'

'Het zal wel, mam. Bel je om dat te vertellen, om halfvier 's nachts?'

'Ik moet je vader spreken.'

'Zal ie leuk vinden.'

'Wil je hem roepen?'

'Ja, fijn...'

Ik hoor hem stommelen en de slaapkamerdeur krakend opengaan. Hij roept 'Pap! Pap, mam voor je.'

'Jezus,' stamelt Rogier met slaperige stem. Ik zie hem voor me. Zijn stugge grijzende haar één kant op, de kreukels in zijn gezicht, zijn gezwollen ogen. Het boezemt me ineens weinig afkeer meer in.

'Sorry,' fluister ik, alsof iemand me hier zou kunnen horen. 'Maar ik ben bang dat we alles kapotmaken.'

Aan de andere kant blijft het lang stil. Dan zucht hij. 'Wat maken we kapot en waarom moet dat midden in de nacht besproken worden? Je weet dat ik slecht slaap. Lig ik eindelijk een keer lekker te pitten...'

'Ik begrijp het, dat je je aangetrokken voelt tot Marzena, dat is logisch. We zijn allebei ongelukkig en op de een of andere manier lukt het niet om elkaar te begrijpen...'

'Ben je dronken of zit je aan de barbituraten?'

'Nee. Ik wil je alleen maar waarschuwen.'

'Waarvoor?'

'Voor Marzena. Het is niet wat het lijkt.'

'Ik begrijp helemaal niets van wat je zegt.'

Ik haal diep adem en sluit mijn ogen. Wat ik nu aan het

doen ben, heeft geen enkele zin. We hebben het geld nodig. Het huis moet zo snel mogelijk af. We kunnen er geen problemen meer bij hebben. Ik ben sterk, ik kan het aan. Zelfs een indringster als Marzena.

'Mathilde?'

'Laat maar, Rogier. Ik moest even bellen... Het valt niet mee, hier, alleen...'

'Dat begrijp ik. Maar het is toch beter dan dat je hier tussen de rotzooi en de bouwvakkers zit? Jij moet werken. Fit zijn. Dus meisje, ga nu maar gewoon slapen, ja?'

'Goed. Jij ook. Sorry.'

'Je hoeft geen sorry te zeggen.'

'Oké.'

Er valt een stilte waarin ik zijn snuivende ademhaling hoor.

'Welterusten,' zegt hij vermoeid.

'Welterusten,' antwoord ik.

Ik kruip terug in het klamme bed en huiver van de kou. Ik besef ineens dat ik sinds de lunch niets meer heb gegeten. Buiten begint het weer te regenen, hard en gestaag, en ik sluit mijn ogen in de hoop nog wat slaap te pakken. Morgen weer een volle operatiedag. Ik moet me focussen op mijn werk, want fouten kan ik me niet permitteren. Mijn handen mogen niet trillen, mijn brein moet scherp en leeg zijn. Vanaf nu geen drank meer en geen pillen. Ik lijk wel een van die labiele huisvrouwen die ik regelmatig in mijn praktijk krijg. En ik moet niet vergeten het geld in de kluis te doen. Morgen. Als alles anders is.

21

Wow, ik heb *gespacet* vannacht, met Gerik en Aleksy en de andere Poolse gasten die nu tijdelijk in mijn tuinhuis bivakkeren. Acht glazen heb ik gedronken van die zelfgestookte shit. Ze zaten me gewoon te fokken en bleven maar inschenken, maar ik liet me niet kennen, tot ik van mijn stoel viel en echt alles zag draaien, alsof ik in een achtbaan zat. Toen hebben ze een emmer koud water in mijn gezicht gegooid en kwam ik wel weer een beetje bij, maar zij drinken rustig een fles de man en blijven nog overeind. Ze hebben me ook laten zien waar ze hun echte geld mee verdienen: dat bouwfucken is gewoon een bijbaantje, een dekmantel misschien wel, voor wat ze echt doen. In de kruipruimte onder de houten vloer van mijn tuinhuis hebben ze het opgeborgen. Twee koffers vol wapens lieten ze me zien, die ze verkopen voor honderd tot tweehonderd euro per stuk. Of ik er eentje wilde, vroegen ze en Aleksy pakte een grijs, goedkoop ogend pistool uit de koffer. 'Glock,' zei hij en ineens zette hij het op mijn voorhoofd. Ik schrok me kapot, maar toen begonnen ze allemaal te lachen en zeiden dat de Glock '*ungeladen*' was. Ik mocht het pistool vasthouden en het geld kwam later wel, zeiden ze. '*Normal hundert Euro, für dich fünfzig,*' zei Aleksy en nu heb ik dus een echt wapen, compleet met kogels. Volgens Aleksy is het niet moeilijk om ermee te schieten, omdat het heel licht is. Dit is zo cool, alleen al het idee dat het van mij is. Ze moesten eens weten, op school, dat ik ze met één schot af kan maken.

Gerik liep met me naar het huis, nadat ik twee keer van mijn stoel gevallen was. Gelukkig sliep mijn pa al, maar toen belde mijn moeder ineens, midden in de nacht, en moest ik dus doen alsof ik nuchter was. Nota bene met die Glock in mijn broek. Gelukkig was ze zo met zichzelf bezig dat het haar niet eens opviel dat ik een beetje raar praatte. De rest van de nacht heb ik kotsend op de plee doorgebracht, maar mijn pa sliep er gewoon doorheen.

Laten ze op school maar denken dat ik een nerd ben, het maakt niet uit, dat zijn toch allemaal loserige assholes. Mijn echte vrienden zijn Gerik en Aleksy en dit weekend mag ik met hen mee naar de stad. Dat wordt weer fokking chill!

22

Terwijl armoede nooit went, went rijkdom juist heel snel. Het geld in mijn kluis is in nog geen week tijd opgegaan aan bouwmaterialen, het afbetalen van meubels voor ons huis, het uitbetalen van de Poolse bouwvakkers en drie deurwaarders. Ter verklaring van deze plotse bron van inkomsten schrijf ik rekeningen aan door Johan opgegeven fictieve klanten uit, die zogenaamd contant betaald zijn. Hij heeft de tweede tas met geld gebracht en bij de notaris heb ik hem veertig procent van de aandelen in mijn nieuwe bv Mathildes Esthetics overgedragen. Dezelfde dag nog stortte hij de koopsom van een half miljoen euro op mijn bankrekening. Dat is wat hij op papier betaalt.

Ergens knaagt nog wel iets van twijfel, maar die wordt ruimschoots gecompenseerd door het gevoel van bevrijding. Ik kan weer slapen zonder pillen, we hebben een wachtlijst voor de cosmetische ingrepen en Rogier en ik lijken ook beter te communiceren. Misschien komt dat door de afstand. Ik geniet ervan met hem en Thom te eten en alledaagse zaken door te nemen, maar ik geniet evenzeer van het weer wegrijden van de bouwput, naar mijn eigen plek, al betekent dat een wankel opklapbed in mijn kantoor. Ik kan weg en dat geeft rust.

Rogier weet nog niets van mijn samenwerking met Johan. Die discussie kan ik beter uit de weg gaan. Zijn afkeuring en wantrouwen kan ik er nu niet bij hebben. Hij zal vinden dat ik mezelf te grabbel gooi, dat ik alles doe wat ik verfoeide toen ik nog jong was en principes had. En hij heeft gelijk, maar zijn gelijk betaalt de rekeningen niet van de dure, ecologische materialen waarmee onze verbouwing wordt uitgevoerd.

Johan wil, om de officiële overdracht te vieren, lunchen met oesters en champagne in Amsterdam en daarna kijken naar zijn pandje in Amsterdam-Zuid, waar de tweede Mathildes Esthetics moet komen.

'Jullie gaan wel hard, hè?' vraagt Astrid als ze mijn kantoor binnenloopt. Ik schiet in mijn jas en neem de post van haar aan.

'Hoe bedoel je?' vraag ik en ik controleer mijn gezicht in de spiegel die naast de deur hangt.

'Nou, zomaar vanuit het niets is er ene Johan aan wie je de helft van de tent overdraagt... Misschien had Daphne zich ook wel willen inkopen.'

Ik kijk haar aan, verbaasd over deze opmerking.

'Die indruk heb ik anders nooit gekregen,' zeg ik en ik doe wat gloss op mijn lippen.

'Wij wisten niet dat je op zoek was naar een compagnon.'

Het komt er enigszins bits uit.

'Was ik ook niet. Dit kwam op mijn pad en zoals je weet zag onze financiële positie er niet al te florissant uit.'

'Ja, dat weet ik, maar niet van jou. Je had het ons kunnen vertellen en dan hadden we misschien samen een oplossing kunnen vinden. Nu loopt die Johan de Lok hier in en uit alsof hij de baas is.'

'De Lok?'

'Ja, zo noemen wij hem. Zoals hij altijd met zijn haar zwaait en het zo quasi-achteloos in zijn gezicht laat hangen. Ik vind het niks voor jou, zo'n type.'

'Ik ken hem van vroeger. En hij is een zakenman met veel geld. Dat is precies wat we hier nodig hebben, iemand met zakelijk inzicht. Daphne is een schat en erg goed in haar vak, maar wij moeten ons met de patiënten bezighouden en het zakendoen overlaten aan iemand die daar verstand van heeft.'

'Als je maar uitkijkt,' mompelt Astrid, terwijl ze de papieren op mijn bureau herschikt.

'Waar slaat dat op?'

'Dat je moet uitkijken en je niet moet laten inpalmen. Dit soort lieden heeft een neus voor vrouwen zoals jij.'

'O. En wat voor vrouw ben ik dan?'

'Een dappere vechter die er al jaren alleen voorstaat en hunkert naar een sterke schouder. Andersom was beter geweest. Dat je met hem naar bed ging en je zaken verder zelf regelde. Ik hoop maar niet dat je hem de helft van je tent geeft in de hoop dat het ooit wat wordt tussen jullie?'

'Ja, nou weet ik het wel! Ik zit niet te wachten op de inzichten van mijn secretaresse. Dank je wel!'

Astrid glimlacht en strekt haar armen naar me uit. 'Kom hier, schat. Ik bedoel er niks kwaads mee. Dat weet je toch?'

Ze drukt me tegen zich aan en geeft me een zoen op mijn wang.

'Die Johan de Lok zorgt er wel voor dat we misschien nog een kliniek gaan openen.'

'Dat is fijn voor je. Maar je hebt maar twee handen.'

Johan zit er al, in de serre van het restaurant. Naast de tafel staat een wijnkoeler waarin een fles champagne op temperatuur gehouden wordt. Ik zwaai naar hem, geef mijn jas aan de ober en loop zijn kant op. Hij ziet er goed uit. In mijn onderbuik kriebelt een vaag verlangen. Hij staat op, begroet me met twee kussen op mijn wang en schuift een stoel voor me naar achteren. Ik ga zitten en kijk naar hem, in het bijzonder naar het donkere haar dat nonchalant over zijn linkeroog valt. De Lok. Geweldige bijnaam. Hij is eigenlijk te ordinair. Zijn huid is licht pokdalig. Hij is harig en heeft een beginnende bierbuik. Wat maakt hem dan zo aantrekkelijk? Waarschijnlijk zijn achteloze zelfvertrouwen. De manier waarop hij beweegt, alsof hij alle recht heeft hier te zijn en de aandacht op zich te vestigen. Hij probeert zichzelf niet te verbergen, niet anders voor te doen, hij is er en hij is trots op wie hij is. De hele wereld lijkt van hem. En zo vrijt hij ook. Ongegeneerd, niet bang te falen en dominant. Johan is een man die neemt en daar verder geen doekjes om windt. En dat vind ik onweerstaanbaar.

'Zo pop, fijn dat je er bent. Ik ben zo vrij geweest nog iemand uit te nodigen voor de lunch, en dat is Kimmy.'

Hij wijst achter me. Ik draai me om en kijk recht in de ogen van een kleine, tengere, Aziatische vrouw met een grijns van oor tot oor. Ze steekt haar hand uit en knikt.

'Leuk u te ontmoeten,' zegt ze giechelend.

'Kimmy is van de nagels,' vervolgt Johan en hij laat haar tegenover me plaatsnemen. 'Ze heeft twee nagelstudio's hier in Amsterdam, waarvan ik ook deels eigenaar ben. Ik doe de pandjes en de financieringen, Kimmy doet het werk.'

Kimmy giechelt als een schoolmeisje en trekt haar rode glimmende topje recht.

'Ja. Kimmy's Nails, dat ben ik. Leuk dat we gaan samenwerken,' zegt ze en ze schuift heen en weer op haar stoel.

De ober overhandigt ons drie menukaarten en ontkurkt de champagne.

Kimmy bedankt.

'Moet nog nagels doen,' zegt ze giebelend, waarna ze mijn handen pakt en uitgebreid mijn vingers bestudeert.

'Jij hebt mooie nagels van jezelf,' zegt ze. 'Heel mooie nagels. Mooi lang nagelbed en nagelriemen. Die witte vlekjes, dat is kalkgebrek. Je moet meer melk drinken.'

Ik trek mijn handen terug.

'Dank je wel,' zeg ik en concentreer me op de kaart. Ik ben totaal overrompeld door de komst van dit vreemde wezen en besef nu pas hoezeer ik me had verheugd op een lunch alleen met Johan.

'Laten we bestellen,' zegt hij iets te luid, en hij zwaait naar de ober, die onmiddellijk aan komt lopen.

Johan bestelt de gegrilde entrecote met bearnaisesaus. Kimmy en ik houden het bij een salade, en wanneer de ober onze tafel verlaat, valt er even een ongemakkelijke stilte.

'Ik wist niet dat we zover waren dat we al over samenwerking gingen praten,' zeg ik om het ijs te breken en Johan begint te grinniken.

'Ach pop, maak je toch niet meteen zo druk. Kimmy en ik kennen elkaar al een paar jaar en we hebben het al een tijdje over een beautycentrum waar je alles kunt laten doen. Van tieten tot nagels. Dat heb ik toch ook met jou besproken.'

Ik pak mijn glas champagne en probeer te glimlachen.

'Ik heb veel klanten die ook plastische chirurgie overwegen. Zij komen wekelijks bij mij in de nagelsalon en ze klagen dat het allemaal zoveel tijd kost, het verzorgen van je uiterlijk. Weet je dat het in de VS bijvoorbeeld heel normaal is om regelmatig je nagels te laten doen? Net zoals epileren en naar de kapper gaan? Alleen in Nederland lopen vrouwen nog met afgebrokkelde nagels en behaarde bovenlippen rond. Maar dat gaat veranderen! Straks is het hier net zoals in Amerika. Ga je in je lunchpauze even een spuitje botox laten zetten, terwijl een ander je solarnagels bijvult.'

Johan strijkt amicaal over haar magere gebogen rug, waarop zij weer in giebelen uitbarst.

'Johan heeft van mij een rijke vrouw gemaakt!' schatert ze.

'Ik heb Kimmy leren kennen op de Chinese markt in Beverwijk. Daar zat ze met tientallen collega's op een rij nagels te doen, zo vliegensvlug en behendig, ik vond het waanzinnig. Ik dacht: hier heeft de moderne Nederlandse vrouw behoefte aan: snelle werkers die niet aan je kop zeuren.'

'Ik neem aan dat je begrijpt dat het in mijn specialisme niet zo werkt?' zeg ik streng, waarop beiden beginnen te proesten. Mijn blik glijdt van de een naar de ander, terwijl zij kronkelend over de tafel liggen. Dan realiseer ik me wat hier aan de hand is. Ze zijn allebei apestoned.

'Jij bent anders,' zegt Kimmy wanneer Johan even naar het toilet is. Ze spiest een stuk paprika aan haar vork en steekt het in haar mond, die iets wegheeft van een snaveltje.

'Ik ben in ieder geval niet stoned,' antwoord ik.

'Dat is niet wat ik bedoel. Je bent van een ander slag. Chic. Beetje verwend. Ik denk dat ik begrijp waarom Johan jou erbij haalt.'

Ik kijk haar vragend aan. Ze kijkt terug met een harde, bijna triomfantelijke blik. De spanning tussen ons is voelbaar. Nog even en ze boort haar snavel recht in mijn hals. Ze wijst naar me met haar mes.

'Jij moet hem klasse geven. Dat is wat hij uiteindelijk wil.

Een vrouw die hem een plek in de bovenwereld kan bezorgen. Ik ben te goedkoop voor hem.'

'Johan en ik zijn zakenpartners. Niets meer en niets minder,' zeg ik.

Ze giebelt en pakt haar glimmend zwarte tasje, haalt er een pakje sigaretten uit en biedt mij er een aan. Ik weiger.

'Je hoeft mij niets wijs te maken,' zegt ze en steekt een sigaret tussen haar lippen.

'Ik denk niet dat je hier mag roken.'

'Je denkt toch niet dat hier iemand tegen ons komt zeggen dat we niet mogen roken? Dat durven ze niet. Niet waar Johan bij is.'

Ze steekt haar sigaret aan met een zilveren aansteker en blaast de geïnhaleerde rook recht in mijn gezicht.

'Liefje, Johan is nooit alleen maar zakenpartner. Hij komt binnen via je broekje, en daarna neemt hij alles. Alles!'

Ik doe een poging te glimlachen en zo beheerst mogelijk een hap salade naar mijn mond te brengen. Koud kippenvel verspreidt zich over mijn hele lichaam en ik huiver als Johan terugkeert, stralend als altijd. Ik hoor nauwelijks wat hij zegt. Ik kijk naar hem en zie hoe hij zich door de enorme, bloederige entrecote werkt, hoe zijn kaken het vlees vermalen. Ik bedenk hoe stom ik ben, dat ik me heb laten leiden door eenzaamheid, hebzucht en opportunisme. Ik zit aan tafel bij twee vreemden en bekijk ze alsof ik me onder een glazen stolp bevind.

'Wat ben je stilletjes,' zegt Johan na het bestellen van het dessert, en de snoeiharde nagelstyliste staart me grijnzend aan.

'Ik ben een beetje moe,' antwoord ik.

Nadat we het leegstaande pand hebben bekeken, dat bijzonder geschikt is voor een kleine kliniek, met prachtige originele ramen en ornamentenplafonds, vraag ik of ik hem onder vier ogen kan spreken. Ik hap naar adem als we samen in het portiek staan en Johan zijn handen op mijn schouders legt.

'Wat is er, pop, je ziet lijkbleek,' zegt hij.

'Ik ga dit niet doen,' zeg ik.

'Met Kimmy, bedoel je? Je moet haar niet zo serieus nemen. Jullie hoeven niets met elkaar te maken te hebben. Zij werkt beneden in haar eigen ruimte, en jij boven. Als je er al werkt. Het gaat vooral om de naam, pop.'

'Ik ga het niet doen,' zeg ik ditmaal op de drammerige toon van een mokkend kind. Ik ontwijk zijn blik en hoor hem snuiven.

'Ik begrijp geen ene flikker van jou. Wat ga je niet doen?'

'Ik wil eerst kijken hoe Duinhoeve loopt. Ik ben verdomme nog maar net begonnen. Het gaat me te snel allemaal. Ik wil nog niet samenwerken. Niet met Kimmy, niet met jou. En ik weet niet… ik weet niet of ik het überhaupt wel wil, groeien op deze manier. Ik groei liever in kwaliteit dan in kwantiteit.'

Hij snuift. Over zijn gezicht glijdt een donkere, ernstige blik.

'Wat heb je aan kwaliteit als je straks door de FIOD van je bed gelicht wordt in verband met belastingfraude?'

Hij zegt het zacht, bijna bezorgd.

'Je hebt het over jezelf, neem ik aan?'

'Nee schoonheid, over jou.'

Het duurt even voordat tot me doordringt wat hij bedoelt.

Hij klakt met zijn tong en grinnikt dan.

'Grapje. Zover hoeft het helemaal niet te komen. Heb jij meer tijd nodig voor Duinhoeve, prima. Ik heb geduld. Maar niet tot in de eeuwigheid.'

Zijn vingers drukken zich in de spieren van mijn schouders.

'Mathilde, schoonheid, weet je wat het beste is?' vraagt hij en hij verlegt zijn handen naar mijn hoofd. 'Dat je mij mijn gang laat gaan. Ik ben de baas nu. Als je dat accepteert, zul je rijk worden. Zo simpel is het.'

'En als ik dat niet accepteer?'

Hij perst mijn gezicht tussen zijn handen en drukt een kus op mijn mond. Zijn tong dringt zich tussen mijn lippen naar binnen, waarna hij ruw over mijn kin en neus likt. 'Ik bezit jou. Ik bezit je man en ik bezit je kind. Ik zou het maar accepteren.'

23

Ik heb hem gewoon gedag gekust, Kimmy de hand geschud en ben vervolgens, alsof mijn leven niet op slag is veranderd, rustig naar mijn auto gelopen. Heb nog als verdoofd staan staren naar de etalageruiten aan de Cornelis Schuytstraat. Toen ben ik in mijn auto gestapt en heb zeker drie keer een verkeerde afslag genomen voor ik eindelijk de stad uitreed, zo de elf kilometer lange file in. Het regent onafgebroken en op de radio wordt al gerept van een van de drie langste files ooit. Ik vind het niet erg. Ik heb geen haast. Voor mijn part sta ik de rest van mijn leven in de file, veilig in mijn warme auto, weg van de realiteit, luisterend naar het vrolijke, nietszeggende gebabbel van de dj.

Misschien was het louter bluf van Johan. Was hij onder invloed en belt hij straks om zijn verontschuldigingen aan te bieden. Maar wat verandert dat? Hij heeft mijn gezicht aangerand. Ik heb een miljoen euro geleend van een onbetrouwbare hond. De half miljoen cash is al grotendeels uitgegeven aan het afbetalen van mijn schulden, de weduwe van Hylke en de leveranciers van bouwmaterialen. En niet te vergeten aan Marzena, die haar centen ongetwijfeld voor een deel weer aan Johan heeft afgedragen. Ik bel Rogier, maar hij neemt niet op. Probeer dan Thom en krijg zijn voicemail.

Ik ben een slechte moeder geweest, het afgelopen jaar. Ik vraag me af of ik ooit een goede moeder was. Een goede moeder had hem een broer of zus geschonken, zodat hij niet zo alleen stond tegenover twee hardwerkende ouders. Een goede moeder was gaan vechten voor haar huwelijk, in plaats van het lafhartig te ontvluchten zonder keuzes te maken. Ik draai mijn raampje open en adem de frisse lucht diep in. De regen striemt in mijn gezicht. Andere filerijders kijken naar me alsof ik gek geworden ben. Misschien ben ik dat ook wel. In mijn hoofd is het in ieder geval zo'n chaos dat het niet lang meer kan duren of ik draai echt door. Hoe kom ik in hemelsnaam van Johan af? Hoe kom ik op korte termijn aan een miljoen om hem weer uit te kopen, als er geen bank meer is die mij krediet wil verstrekken? Ik kan op zoek gaan naar andere aandeelhouders, bonafide, redelijke zakenmensen die ook geloven dat plastische chirurgie de toekomst is en die me kunnen helpen de financiën weer op orde te krijgen.

Mijn mobiel rinkelt en ik schrik zo van het geluid dat ik bijna op mijn voorganger bots. Op mijn schermpje staat 'nummer onbekend'.

'Met Mathilde,' zeg ik als ik opneem.

'Het spijt me van net,' hoor ik Johan zeggen, aan het geroezemoes te horen vanuit een café.

'Heb je even?' Hij schreeuwt in de hoorn. 'Ik loop nu naar buiten, ja? Anders kan ik je niet verstaan.'

Ik hoor een stevige housebeat en dan is er ineens stilte en klinkt zijn stem luid en duidelijk.

'Ik ben op een feest. Maar ik voel me klote. Over wat ik tegen je gezegd heb. En wat ik deed. Het kwam door de drank, denk ik.'

Ik staar naar mezelf in mijn linkerzijspiegel en zie een vertrokken gezicht, bevangen door angst. Zijn stem, die me een paar uur geleden nog deed opveren van een verlangen dat ik jaren niet meer heb gevoeld, bezorgt me nu rillingen.

'En wat ben je nu?' vraag ik. 'Dronken of stoned?'

'Ik ben nu niks. Of tenminste, ik ben een beetje gefokt, dat wel. Megagefokt, eigenlijk. Ze zetten me onder druk, weet je. Het is gewoon niet meer te doen. En dat reageer ik dan op jou af en dat mag niet. Sorry, echt. Ik hoop dat je het kunt vergeten.'

'Nou, niet echt,' antwoord ik naar waarheid. 'Wie zijn "ze"?'

'Mijn opdrachtgevers. Die zijn niet bepaald blij met wat ik probeer te doen. Met jou, bedoel ik.'

Er valt een lange ongemakkelijke stilte omdat ik niet weet wat ik moet zeggen. Mijn tong ligt als verlamd in mijn mond.

'Weet je, ik wil gewoon een legale business opbouwen. Ik wil uit die shit. Maar ze geven me geen tijd. Ze willen hun geld terug.'

Mijn handen omklemmen het stuur als ware het een reddingsboei.

'Wacht even, als ik het goed begrijp, is het geld dat je mij gegeven hebt niet van jou, maar van iemand anders?' stamel ik.

'Geleend,' zegt hij.

'Geïnvesteerd,' zeg ik.

'Ja, dat is van hen, ja.'

'Volgens mij ben je nog steeds van de wereld.'

De file komt langzaam in beweging. Ik trek op. Naast me staat een wit busje vol mannen die naar me lachen en zwaaien. Gewone mannen die gewoon lol hebben en die me een gevoel geven van intense heimwee naar vroeger, toen ik zelf nog kon lachen en alles in mijn leven vanzelfsprekend was.

'Wat ik wil zeggen, pop, is dat je je geen zorgen moet maken. Ik bescherm je. Ik weet hoe ik met die lui moet dealen. En als er iets raars gebeurt, moet je me bellen. Al is het midden in de nacht.'

'Wat voor raars?' vraag ik.

'Weet ik veel. Dat ze persoonlijk bij je langskomen en jou onder druk gaan zetten.'

Mijn mond voelt zo droog als schuurpapier.

'Wie zijn "ze"? Wie zijn jouw opdrachtgevers?'

'Dat maakt niet uit. Je kunt ze beter niet kennen. Ik ga het regelen.'

'Johan, het lijkt me beter dat wij ophouden met deze zogenaamde samenwerking. Ik zal proberen zo snel mogelijk mijn schuld aan jou af te lossen. Zeg dat maar tegen je kornuiten. Ik vind wel een manier om dat geld...'

'Een miljoen?' valt hij me in de rede. 'Met rente? Dat krijg je nooit in een week bij elkaar.'

'En over hoeveel rente praten we dan?'

'Luister pop, wij samen gaan het redden. Vertrouw me. Ik houd ze op afstand en over een paar weken is alles gekalmeerd, geloof me.'

'Het lijkt me beter dat ik de politie bel.'

'Ik moet ophangen. En de politie is geen goed idee. Dan kun je je tent wel sluiten en alvast een betrekking bij McDonald's gaan zoeken. Tenminste, als je hoofd er nog op zit tegen die tijd.'

Er lijkt niemand bij ons huis te zijn. Geen Polen, geen Rogier en geen Thom. De houten kozijnen zijn geplaatst en ik zie door het nieuwe dubbele glas in de keuken dat ook de vloer gelegd is. Ik voel aan de keukendeur, maar die zit op slot, net als de voordeur, en er zit dus niets anders op dan buiten te wachten. Ik bel Rogier nog een keer en hoor binnen zijn mobiel rinkelen.

Ik ben buitengesloten. Uit mijn eigen huis, mijn eigen leven. Ik maak een van de witte plastic stoelen die op het terras staan droog en ga erop zitten. Ik kijk op mijn horloge en zie dat het zeven uur is. Om halfzeven hadden we afgesproken het huis door te lopen en daarna een hapje te eten. Een naar, heimweeachtig gevoel welt in me op en ik vraag me af of dit betekent dat ik nog wél van Rogier houd. Dat er voor ons een kans is om weer gelukkig te worden, gelukkiger misschien dan ooit tevoren, omdat we door een diep dal zijn gegaan. Ik haal me Rogiers gezicht voor de geest, zijn indringende ogen die je vriendelijk en ook ijzig kunnen aanstaren, zijn jongensachtige lichaam waarvan de huid steeds schraler wordt en ik zoek in mezelf naar een spoortje hunkering, een glimpje verlangen. De seks is toch ooit goed geweest. Zeker net zo goed als de eindeloze gesprekken die we hadden. Wat goed was kan weer goed worden, als je er maar moeite voor doet.

Binnen hoor ik gelach en een deur slaan. Ik draai me naar het huis toe en zie Marzena op haar hoge hakken van de trap naar beneden klauteren en opgevangen worden door Rogier. Ik klop op het raam, woester dan de bedoeling was. Beiden kijken geschrokken op. Dan haast Rogier zich naar de deur en draait hem open.

'Je bent te laat,' zegt hij op zijn welbekende verwijtende toon. 'We zijn maar vast zonder jou door het huis gegaan, want Marzena moet zo weg.'

Ik glimlach naar Marzena en geef haar een hand.

'En toen dacht je: ik draai de deur ook maar op slot. Ik heb gebeld, ik heb geklopt... Zijn jullie doof of zo?' vraag ik pinnig aan Rogier als ik langs hem heen naar binnen stap, mijn eigen huis in.

Rogier en ik gaan uit eten. Thom heeft gebeld dat hij bij vrienden eet en dus zitten we met z'n tweeën. Zo zal het in de toekomst zijn, mochten we bij elkaar blijven zonder kind in huis dat ons bindt en iets te bespreken geeft. Rogier ziet er goed uit. Zijn gezicht is minder grauw en zijn ogen glanzen. Ook heeft hij weer iets van de arrogantie die hij vroeger had, voor hij depressief werd en ik elke morgen wakker werd met de hoop ooit die zelfingenomen blik weer in zijn ogen te zien. Nu het eindelijk zover is, maakt het me bang.

Ik complimenteer hem met het huis, zeg dat het er fantastisch uit begint te zien en dat ik me erop verheug de meubels uit de containers te sjouwen en een plek te geven. Hij knikt en glimlacht minzaam.

'Doe je dat echt, Mathilde, je erop verheugen?'

'Ja,' zeg ik en ik probeer er stralend bij te kijken.

'Ik geloof er niets van,' zegt hij en hij richt zijn blik op de kaart, die hij minutenlang zwijgend bestudeert.

Zonder me aan te kijken gaat hij verder.

'Jij bent maar met één ding bezig, en dat is met het merk Mathilde. Je gaat je bedrijf nu zelfs Mathildes Esthetics noemen. Je bent ontzettend veranderd al heb je dat zelf misschien niet in de gaten, je bent een keiharde, overdreven ambitieuze zakenvrouw geworden. En mij ben je gewoon vergeten. Je hebt me in de steek gelaten toen ik je hard nodig had. Je wilt al heel lang van me af en dat begrijp ik wel, want ik heb je weinig meer te bieden. Ik ben een oude man en jij denkt waarschijnlijk dat je nog wel een keer tegen iets beters aanloopt. Je hebt alleen het lef niet.'

Ik bijt op mijn lip en slik. Ik ken deze monoloog en weet dat erop ingaan geen zin heeft. Hij is psychiater. Hij kent alle trucs om mij onderuit te halen.

'Je bent precies je vader,' vervolgt hij, en nog kijkt hij me niet aan. 'Je wilt een man die je op handen draagt. Die je adoreert, zoals je moeder hem adoreerde. Zoals je door ons huis stapt. Zo vol van jezelf. Zo macho. En ik kan daar niet meer tegen. Ik verdien beter.'

Nu kijkt hij omhoog en ik zie aan de schittering in zijn ogen dat hij zijn haviksblik terug heeft. De man van de psychologische spelletjes, de manipulator.

'Rogier,' zeg ik, zo beheerst en liefdevol mogelijk, 'als jij een andere vrouw neukt, is dat prima, maar draai de zaak niet om. Stel je alsjeblieft niet op als het slachtoffer. Straks ga je nog beweren dat ik jou in haar armen heb gejaagd.'

Ik wenk de ober. Rogier vouwt zijn handen en drukt ze tegen zijn mond. Ik hef mijn glas spa blauw en klink het tegen het zijne.

'Voor het eerst in jaren word ik weer gezien... En dat doet me ontzettend veel goed, ja. En je hébt me in haar armen gejaagd, Mathilde. Letterlijk bijna.'

Ik slik. Hij weet godzijdank zelf niet hoezeer hij gelijk heeft.

'Tussen mij en Marzena lijkt alles vanzelf te gaan.'

Zijn woorden treffen me als een dolk, maar ik weet dat ik geen recht heb op deze pijn. Ik heb het zelf zo gewild.

'Zij ziet me. Zij waardeert me. Zij luistert en troost me. Ik heb behoefte aan een paar warme armen om me heen, Mathilde! Je weet niet hoe eenzaam ik me heb gevoeld.'

'*Join the club*,' fluister ik.

Even is er de aandrang hem te vertellen hoe het werkelijk zit. Hoe dom hij is te geloven dat een vrouw als Marzena echt op hem valt. Maar hij zal het niet van me aannemen en zelfs dan: ik heb hem in haar armen gedreven. Ik heb op dit moment gehoopt, dat hij zijn liefde op iemand anders zou richten en ik daarmee mijn vrijheid terugkreeg.

'En wat moeten we nu?' vraag ik. We staren elkaar verslagen aan. De stilte lijkt eindeloos. Al waren we ongelukkig met elkaar de afgelopen jaren, er was altijd de vanzelfsprekendheid van onze relatie. Het was niet goed, maar het was er. Nu is er niets meer. Wij horen niet langer bij elkaar. Het was al kapot, maar nu hebben we de laatste scherven ook nog stuk gestampt.

'Ik weet niet wat we moeten,' stamelt Rogier.

Mijn keel wordt dik als ik het glas aan mijn mond zet en een te grote slok neem. Ik haat dit sentimentele verdriet, de wanhoop die het overneemt. Ik wil mijn waardigheid behouden en niet als een snotterend wrak over tafel duiken en hem smeken me nog een kans te geven.

Rogier pulkt aan zijn servet en als hij over Marzena begint, lijkt hij te glunderen. 'Voor het eerst in jaren voel ik weer iets van geluk, van liefde,' zegt hij. 'Een kant van mij wil daar vol van genieten. Maar de andere kant... Als iemand weet hoe schadelijk dit soort dingen is voor kinderen, ben ik dat.'

'Dit soort dingen? Wat bedoel je? Vreemdgaan? Scheiden?' vraag ik en mijn stem klinkt scherper dan ik wil.

'Allebei,' antwoordt hij bijna fluisterend.

'Het meest schadelijk lijkt me opgroeien bij ouders die ongelukkig zijn,' zeg ik zacht. Zijn oude ogen worden nu ook vochtig. Ik weet hoezeer hij gehecht is aan het huwelijk en het gezin, hoe conservatief hij in wezen is.

'Wil je scheiden?'

Hij schudt zijn hoofd. 'Ik weet het niet,' mompelt hij. 'Ik moet nadenken.'

'Ik krijg sterk de indruk dat je al aan het nadenken bent,' zeg ik nadat de ober onze glazen heeft bijgevuld. We zwijgen lang en werken ongemakkelijk het voorgerecht naar binnen. Ik probeer niet te denken aan hem en Marzena in ons bed.

'Mathilde,' zegt hij en hij dept zorgvuldig zijn lippen met zijn servet, 'hebben wij nog een kans? Wees eerlijk. Als jij zegt dat je nog van me houdt, als je denkt dat we dit alles te boven kunnen komen, dan stop ik ermee. Jij bent en blijft mijn grote liefde. De moeder van mijn kind.'

Hij pakt mijn hand. Zo zitten we minutenlang, wachtend op een antwoord, alsof dat vanzelf komt, door de ober gebracht op een zilveren schaal. Als er een moment is om hem alles te vertellen, is dit het. Ik kan hem zeggen dat we in gevaar verkeren. Hem simpelweg gelijk geven. Ja Rogier, ík heb alles verpest. Help me alsjeblieft. Ik heb alles op het spel gezet en sta op het punt alles te verliezen. Misschien moeten we weggaan, het land uit, ver weg van deze zuigende modderpoel en ergens anders opnieuw beginnen. Ik heb een schuld van een miljoen bij een gevaarlijke crimineel die ons in de tang heeft, en Marzena is zijn hoer die jou bespeelt. Maar ik krijg het niet over mijn lippen. Het is mijn probleem. Ik moet het zelf oplossen. Pas dan kunnen we kijken wat er over is van onze relatie.

'Laten we de tijd nemen,' zeg ik. 'Ik weet ook niet precies wat ik wil of hoe het verder moet. Wat mij betreft hoeft er voorlopig niet zoveel te veranderen. Als je er maar voor zorgt dat Thom niets merkt van jouw relatie met Marzena.'

24

Het is donker en ik weet niet of mijn ogen open of dicht zijn. Ik kan mijn armen, mijn vingers, mijn handen niet bewegen. Voeten, benen, tenen ook niet. Het enige wat ik voel is het wilde, onregelmatige pompen van mijn hart en de nattigheid in mijn gezicht. Regen, lijkt het. Ik wil rillen, maar mijn lichaam weigert. De geur van aarde en rottende bladeren dringt mijn neus binnen en ik hoor gelach en geschreeuw in de verte. Ze hebben me voor dood achtergelaten. Ik zal doodgaan als niemand me vindt. Ik zal doodgaan. Ik ga dood.

De druppels op mijn lippen kan ik niet oplikken. Ik krijg mijn kaken niet van elkaar. Ik probeer lucht uit mijn longen te persen om te schreeuwen, maar er komt niets. Ik lig op mijn buik, denk ik, mijn gezicht half in de modder. Ademen lukt me nauwelijks en daarom mag ik niet in paniek raken.

Ik herinner me een caravan. Gerik en Aleksy. We gingen pokeren. Het zag blauw van de rook. Een caravan vol Polen. Bulderend gelach. Ze lachten me uit. Godverdomme, wat is er gebeurd, wat moet ik doen? Mama, denk ik. Mama. O mama. Haar koude hand op mijn voorhoofd. Ach lieverd, je gloeit van de koorts. Mam. Ik ga dood. O god, mama, help me. Ik zal haar nooit meer zien. Haar stem, lieve mama, ik heb het verkloot. Ze zal sterven van verdriet. Pap niet, maar mam, mam heeft me nodig, dat zegt ze niet maar ik voel het. Mam redt het niet alleen, al lijkt het wel zo. Mam is zoals ik.

Het is de wodka. Ik heb het zelf gedaan. Dit is waar pap voor waarschuwt. Delirium.

Er komt iemand. Ik hoor hoe hij door de zware modder ploegt met plastic laarzen. Pools gebrabbel. Zij zijn het. Gerik en Aleksy. Ze zoeken me. Ik heb me natuurlijk vergist. Het zijn mijn vrienden, ze zijn ongerust geworden. Maar ze roepen niet. Ze ritsen hun broek open en beginnen klaterend te pissen. Ze moeten vlakbij staan, ik ruik de zure lucht van hun pis. Mama, ik wil niet dat je me zo ziet. Ik ben je enig kind.

Droom ik? Heb ik koorts en lig ik gewoon in bed? Komt mama zo?

Twee armen onder mijn oksels. Ze pakken me op. Niet bepaald bezorgd. Ik hang tussen hen in en ze slepen me als een zak aardappelen voort. Ik kan niets behalve bang zijn.

25

Na ons pijnlijke etentje ga ik in de auto eerst een halfuur zitten huilen. Hoofd op het stuur, vuisten beukend op het dashboard. Ik, Mathilde, veertig en moeder van een zestienjarige, plastisch chirurg en directeur van een eigen kliniek, ben nu een zwerver. Ik leef in mijn auto en kantoor terwijl mijn man de bouwbegeleidster, die ik betaal, naait in het echtelijk bed. Ik word bedreigd en gechanteerd en gemanipuleerd. Ik moet het zelf doen en iedereen denkt: ach, die Mathilde, die ijzervreetster, die redt zich wel. Ik huil tot mijn ogen dik en rood zijn en de mascara van mijn kin druipt. Dan kijk ik in de spiegel en bet mijn tranen met een vochtig doekje. Ik pak mijn make-uptas, en smeer wat oogcréme op mijn vlekkerige wallen en mascara op mijn wimpers.

'En je wordt ook nog eens oud,' snauw ik tegen mezelf. Dan start ik de auto en rijd hem driftig de parkeergarage uit. Het is genoeg geweest. Ik weet wat me te doen staat.

Rogier is nog niet thuis. Ik wil niet eens weten waar hij is. Als ik iets moet offeren, dan is hij het. 'Thom,' roep ik en ik schrik zelf van mijn schrille stem. Hysterisch. Het interesseert me niet. Ik roep nog een keer en haal tegelijkertijd mijn mobiel uit mijn tas. Ik bel en roep, bel en roep. Ik kan niet meer normaal denken. Ik moet Thom zien, nu. Mijn kind, ik heb hem te lang aan zijn lot overgelaten. Ik roep zo hard dat mijn keel pijn doet en dan ren ik naar het tuinhuis, zijn huisje, waar nu de Polen zitten. Ik krijg het angstige gevoel dat ik te laat ben, hoewel ik niet eens weet waarvoor. Te laat. Hij is me ontglipt. Ik ben hem uit het oog verloren omdat ik zo met mezelf bezig was.

'Thom,' roep ik, 'Thom!' en ik storm het huisje binnen. De ranzige lucht van uien, drank, sigaretten en oud mannenzweet doet me kokhalzen. Ik roep nog een keer, maar nu zachter. Hij is er niet en hij neemt zijn telefoon niet op.

Ik baan me een weg tussen de luchtbedden en de slaapzakken door en ga zitten op zijn bureaustoel. Het is elf uur 's avonds, vrijdagavond, het is niet gek dat hij de hort op is. Hij zit vast in een kroeg of een discotheek en hoort zijn telefoon niet. Of hij wil hem niet horen. Hij heeft een eigen leven, hij is zestien. Het is normaal niet te weten wat er in hem omgaat. Ik kijk naar zijn computer en overweeg even om die aan te zetten en zijn geheimen eruit op te diepen. Maar ik weet dat ik daar het recht niet toe heb. Dat recht heb ik verspeeld vanaf de dag dat hij naar de middelbare school ging en ik dacht dat hij het allemaal wel zelf kon. Ik heb er niets van willen weten, van het uitbotten van zijn lijf en het overslaan van zijn stem. Hij werd een vreemde voor me. Ik was iedere keer geschokt als ik hem de kamer in zag lopen, dat enorme kind dat niet meer aangeraakt wenste te worden en weigerde iets te vertellen. Ik heb het erbij gelaten en weet niet wie zijn vrienden zijn, niet waar hij uithangt, niet of hij verliefd is of verdriet heeft, niets. Toen hij klein was droomde ik ervan met hem naar Parijs te gaan en Rome, zijn blik te zien wanneer hij voor het eerst de Eiffeltoren of het Pantheon zag. Waarom heb ik dat niet gedaan? Waarom heb ik alles voor me uit geschoven?

Ik sta op en schuif met mij [illegible] de kant. Ons huis, ons verlede [illegible] kig waren, is nu bezet gebied [illegible] naamde symbool van ons perf [illegible] bleken, dat ons onze laatste [illegible] afgenomen, de magische band h [illegible] zijn de puinhopen ontvlucht en iede [illegible] d verdwenen. Maar nu moeten we elkaar terug zien te vinden. Voor het te laat is.

Ik wurm me tussen de wachtenden door die zich hebben opgesteld voor de entree en schuif langs de grote, blonde portier naar binnen. 'Ik kom mijn zoon halen,' zeg ik en met een onbewogen gezicht laat hij me doorlopen.

Er is maar één café in ons dorp dat voor jongeren enigszins de moeite waard is, de CoCo partykroeg, waar barkeepers meedansen en meisjes op de bar tequila uit hun navel laten likken. Binnen is het druk en er hangt een deken van goedkope eau de toilette en jongenszweet. Aan de bar bestel ik een cola light. De barkeeper kijkt me meewarig aan. Heb je weer zo'n moeder met een wanhopige blik, op zoek naar haar kind. Ik speur de gezichten van passerende jongens af, maar herken ze niet. Met mijn glas in de hand loop ik naar de dansvloer, waar gedanst wordt op muziek die uitsluitend bestaat uit gebonk en gepiep, het geluid dat altijd uit Thoms huisje klinkt en waar ik niets van begrijp. Ik vang een blik van een meisje. Ze glimlacht naar me alsof ze me kent. Ik stap op haar af. Ze draagt een laag uitgesneden hemdje waarin haar volle borsten deinen op de muziek. Het zijn de borsten die mijn cliënten zich wensen: jong, beweeglijk, rond en vol. Een borstvergroting is slechts een slap aftreksel. Wij plastisch chirurgen kunnen de jeugd niet teruggeven, alleen de illusie daarvan.

'Hoi,' zegt ze.

'Ken je mijn zoon?' vraag ik en ze knikt.

'Ik ken jou ook,' roept ze. 'Jij bent toch die plastisch chirurg?'

De tijden waarin je als arts en veertiger met u aangesproken werd, zijn kennelijk voorbij.

'Ja, en ik ben op zoek naar Thom, heb je hem gezien?'

'Nee,' zegt ze. Ze schudt haar lange blonde haar naar achteren. 'Die komt hier nooit.'

'Weet je waar hij wel komt?' vraag ik. Het meisje schiet in de lach.

'Ik zou het niet weten. Hij gaat nooit uit. Met wie zou hij dat moeten doen?'

'Hij heeft gezegd dat hij vanavond met vrienden zou eten. Weet je dan misschien wie hij bedoelt?'

Ze buigt zich naar haar kleine, mollige vriendin en fluistert iets in haar oor. De vriendin knikt en fluistert iets terug, zonder me een blik waardig te keuren.

'We weten het niet. Thom heeft geen vrienden volgens mij, maar zij heeft hem gezien met een of andere engerd in de Pitbull.'

'Wat is dat, de Pitbull?'

'Dat is een coffeeshop in de stad.'

'Wanneer? Vandaag? Vanavond?'

Het meisje buigt zich weer over naar haar vriendin.

'Niet vandaag,' antwoordt ze. 'Van de week. Ze weet het niet meer precies.'

Ik grijp het arrogante wicht bij haar arm en trek haar naar me toe. Ze staart me minachtend aan.

'Wat voor engerd?' schreeuw ik in haar oor. 'Hoe zag hij eruit?'

Ze haalt haar schouders op. 'Gewoon. Weet ik veel. Een buitenlander.'

'Wat voor buitenlander?'

'Hoe kan ik dat nou weten? Hij praatte raar. Maar het was geen Marokkaan of zo. Hij droeg zo'n donkerblauwe overall. Ongeschoren type. En, o ja, hij had een piercing in zijn wenkbrauw.' Ze trekt haar arm los. 'Nou goed?'

Ik loop weg. De meiden tikken tegen hun hoofd. Ze is gek, die moeder van Thom. Ik moet frisse lucht hebben. Het zijn de Polen. Ze hebben mijn kind.

Buiten is het inmiddels gaan regenen. De straatklinkers glanzen en rokers verschansen zich onder de luifels van de cafés. Het dorp, waar ik me altijd veilig waande, veiliger dan in de stad, die in mijn ogen vanaf het moment dat Thom geboren was, veranderde in een criminele verkeersjungle. Ik wilde weg met mijn kind, weg van de junks en de dealers en vrachtwagens zonder dodehoekspiegel. Nu ben ik hem kwijt, in dit rustige, pittoreske dorpje waar iedereen elkaar kent en de vergrijsden de dienst uitmaken. De regen deert me niet, ik loop rondjes om de kerk, onophoudelijk bellend naar Thom. Ik moet rustig worden. Er is nog niets aan de hand. Hij is op stap, vermoedelijk met een van de bouwvakkers, en hij neemt zijn telefoon niet op. Misschien zitten ze ergens te blowen. Hebben wij vroeger ook gedaan.

Maar ik voel het. Zoals mijn buik samentrekt, mijn maag

zich omkeert, pijnscheuten in mijn onderrug, zelfs mijn borsten lijken te stuwen. Het is als een omgekeerde bevalling. Mijn kind is in gevaar.

Ik bel Rogier en probeer zo rustig mogelijk te klinken.

'Zeg, ik kan Thom niet bereiken, weet jij waar hij uithangt?'

Hij klinkt slaperig.

'Hij is uit met vrienden en zou rond een uur of twee thuis zijn.'

Er valt een ongemakkelijke stilte. Marzena is bij hem, onder hem, op hem.

'Beetje laat, vind je niet?' zeg ik bits.

'Hij is zestien, Mathilde. Misschien is het een beetje laat dat jij je ermee bemoeit.'

'Je bent niet thuis, hè?'

'Bijna,' zegt hij schor. 'Ik ben bijna thuis.'

Ik schud mijn hoofd. Even overweeg ik mijn mobiel stuk te smijten tegen de kerkmuur. De eikel.

'Je kunt mij niet de les lezen over hoe ik met mijn zoon omga, terwijl jouw lul in een andere vrouw zit. Ik ga nu zijn spullen halen en hij gaat met mij mee. Geen dag laat ik hem meer bij jou.'

Ik hang op en bel meteen daarna Johan. Doorweekt ben ik inmiddels en mijn tanden beginnen te klapperen van de kou.

'Waar zijn je Polen?' schreeuw ik als hij opneemt. Voorbijgangers kijken verwonderd om.

'Jezus pop, wat is er aan de hand?'

'Thom is weg, hij is bij hen en ik moet hem vinden.'

'Allereerst, schoonheid, zijn het niet mijn Polen, maar die van Marzena. Heb je haar geprobeerd?'

'Marzena ligt *as we speak* te neuken met mijn man, Johan. Daar heb jij haar toch voor ingehuurd?'

'Het gaat echt niet goed met je, hè? Je begint al in complotten te denken...'

'Jij bent degene die heeft gezegd dat ik jou moet bellen als er iets raars gebeurt. Jij bent degene die dreigt en waarschuwt en beschermt! Dit is jouw complot en als ze Thom een haar krenken, als er iets met hem gebeurt...'

'Luister pop, ik zal haar bellen, goed? Ga lekker naar huis, neem een glaasje en voor je het weet is die jongen weer thuis. Beloof ik. Die zit gewoon ergens lekker te ploffen, niks aan de hand.'

'Ploffen?'

'Ja, jointje roken. Die Polen hebben bergen van die shit. Vindt zo'n jongen prachtig. *No worries*, komt goed. Ga maar naar huis.'

'Ik heb geen huis.'

'*Whatever*, ik zorg dat die jongen naar je toe komt, goed?'

Ik herinner me een andere keer dat Thom zoek was, lang geleden. Drie was hij toen en ik wandelde met hem in de Bloemendaalse duinen. Rogier was er niet bij, die was er nooit bij in die tijd. Werken of op congres en in de weekenden studeren, dat verkoos hij boven herfstige duinwandelingen met het gezin, hoezeer hij ook op ons gesteld was. Wij waren er vooral als decor, een basis van waaruit hij zijn eigen leven leidde. Ik heb hem ooit horen zeggen tegen een collega dat hij het gelukkigst was als hij werkte, achter zijn bureau, met uitzicht op mij, de was ophangend in de tuin, en Thom, spelend in de zandbak.

Thom en ik gingen zitten op een bankje en terwijl ik in mijn tas zocht naar zijn drinkbeker en koekjes verdween hij. Ik had hem nog geen vijf seconden uit het oog verloren en weg was hij, helemaal uit het zicht. Het prachtige duinlandschap met zijn paarse heidevelden, het zachtgroene helmgras, omzoomd door statige zeedennen, veranderde op slag in een onheilspellende lege vlakte waarin zich ergens het lichaampje van mijn zoon bevond. De paniek die door me heen sloeg toen het tot me doordrong dat hij werkelijk spoorloos was, was als een bosbrand. Ik trok voorbijgangers van hun fiets en smeekte hen me te helpen zoeken en anderen vroeg ik Rogier en de politie te bellen en na anderhalf uur vonden ze hem, niets eens zo ver bij me vandaan en vol striemen van de rozenbottelstruiken waaronder hij zich voor de lol had verstopt. Ik nam zijn lijfje in mijn armen en hij sloeg zijn armpjes om me heen. 'Mama, niet huilen, mama,' brabbelde hij met zijn liefste stemmetje, maar ik bleef snikken, denkend aan alle moeders wier kinderen nooit meer levend terugkwamen. De andere moeders om me heen huilden ook. Allemaal wisten we dat dit de grootste ramp is die ons kan overkomen, zo groot dat we er nooit over na willen denken en het idee alleen al ons totaal van de kaart brengt.

Maar er is een verschil tussen toen en nu. Toen wist ik diep vanbinnen dat ik hem terug zou zien. Dat hij veilig was en ik me ontzettend aanstelde. Ik kon de knop niet omzetten en vertrouwen op die stem, maar nu zegt diezelfde stem iets heel anders. Dat het helemaal fout zit. Niet alleen nu, maar al een hele tijd. Ik heb me in beslag laten nemen door mijn eigen problemen, en daarmee heb ik Thom opnieuw laten dwalen, in een veel onveiliger omgeving dan een verlaten duin. 'Thom heeft geen vrienden,' zei het meisje en mijn hart brak, omdat ik weet dat het waar is, al heb ik dat de afgelopen tijd niet willen zien. Hij is eenzaam en kwetsbaar en de tijd dat hij zich voor de lol verstopte onder een rozenbottelstruik is allang voorbij.

26

Net als ik overweeg [illegible] n Rogier opnieuw uit hun [illegible], precies op het moment d[illegible] eresseren, omdat de angst [illegible] an.

'Ik heb hem,' zegt hi[illegible]

Ik sluit mijn ogen en dank de God in wie ik niet geloof.

'Kan ik hem even spreken?' vraag ik.

'Nou, dat wordt moeilijk. Hij slaapt en ik krijg hem niet wakker. Maar ik ben onderweg, over tien minuten ben ik bij je.'

'Rij maar naar de Spoedeisende Hulp,' roep ik en ik start mijn auto.

'Ik weet niet of dat nou nodig is, pop…'

'Rij naar de Spoedeisende Hulp in de stad, godverdomme! Ik kom eraan.'

Ze herkennen me onmiddellijk als ik binnenstorm door de witte klapdeuren en kijken me verschrikt aan. 'Dokter Van Asselt...' stamelen de verpleegkundigen en ik glimlach automatisch, als ware ik hier nog steeds de specialist. Pas als ik mezelf zie in de spiegeling van een ruit, zie ik waarom ze zo schrikken. Ik zie eruit als een verzopen straatkat. Mijn haren hangen in natte slierten langs mijn gezicht, mijn mascara is uitgelopen, regen druipt van mijn jas en ik ril als een junk in *cold turkey*. Ik heb geluk dat er niemand in de wachtkamer zit.

'Is mijn zoon al hier?' vraag ik en alle drie schudden ze hun hoofd.

'Hij is onderweg. Hij is buiten bewustzijn. Het lijkt me verstandig als jullie dokter Van Ouden alvast oppiepen.'

'Die heeft geen dienst vanavond... Dokter Tanaki heeft dienst.'

'Ik wil Van Ouden. Bel hem. Nú!'

Van Ouden is de beste kinderarts die hier rondloopt, zoals ik de beste plastisch chirurg was. Vandaar dat hij mij vorig jaar vroeg voor de *tummy tuck* van zijn vrouw, nadat ze een tweeling van ieder zeven pond had gebaard. Aangezien niemand van deze ingreep mocht weten, deed ik het in het weekend en dus kan ik nu ook op zijn uiterste discretie rekenen.

Als de klapdeuren [illegible] komt
met mijn Thom in zij[illegible] zijn
veilig. We zijn in het z[illegible] ben
een betere arts dan mo[illegible] over
Johan. Ik sommeer d[illegible] ard te
brengen, en die is er l[illegible] Thom
erop en ik buig me o[illegible] odder
zit. Rond zijn mond zit schuim en opgedroogd braaksel. Ik leg mijn vingers in zijn hals en voel een hartslag. Die is zwak

maar regelmatig. Even aai ik de droge, stoppelige huid van zijn wang. Ik druk een kus op zijn voorhoofd en merk op dat hij naar urine ruikt. De verpleegkundige overhandigt me zwijgend een *penlight* als ik zijn oogleden om beurten opentrek. Ik richt de lichtbundel op zijn pupil en zie dat deze onverminderd verwijd blijft. Zonder iets tegen elkaar te zeggen leggen we Thom op zijn zij. De verpleegkundige gaat met haar vinger in zijn mond en trekt aan zijn tong terwijl ik met al mijn kracht in zijn schouderspier knijp en zijn naam roep. Hij reageert niet. Ik kijk op en tref de bezorgde blik van de verpleegkundige. Ineens herinner ik me haar naam. Juliette. We denken hetzelfde, maar durven het beiden niet hardop te zeggen. Zij niet uit respect voor mij, ik niet uit schaamte.

'Juliette,' zeg ik zacht, 'we moeten zijn maag leegpompen.'

Ze knikt.

'Van Ouden is onderweg,' roept de andere verpleegkundige.

'Is er een ok vrij?' vraag ik en Juliette pakt me bij mijn pols.

'We nemen hem mee. Jij blijft hier,' zegt ze zacht maar dwingend.

Ik schud mijn hoofd en neem Thoms koude hand in de mijne. 'Ik wil bij mijn zoon blijven.' Ik voel een sterke aandrang mezelf op zijn lichaam te werpen, hem door elkaar te schudden en tegen me aan te drukken, zijn koude klamme lijf te verwarmen met het mijne. Ik wil het leven weer in hem voelen.

Juliette grijpt mijn schouders en duwt me zachtjes bij Thom vandaan. De andere verpleegkundigen rijden zijn bed naar de gang richting de ok.

Van Ouden komt door de deur en buigt zich over Thom.

'Intoxicatie,' hoor ik een van de verpleegkundigen zeggen. 'Zeker alcohol, vermoedelijk in combinatie met GHB, gezien de verlammingsverschijnselen.'

Uit mijn mond ontsnapt een wanhopige zucht en Juliette neemt mijn gezicht tussen haar handen. 'Het komt goed,' fluistert ze en dan rent ze weg, achter haar collega's aan, die het uiterste zullen doen om mijn Thom te redden. Als ik me omdraai, zie ik Marzena en Rogier binnenstormen.

Marzena's ogen staan vol tranen en Rogier kijkt hulpeloos. Ik loop naar hem toe en geef hem een duw. Hij houdt zich aan Marzena vast om niet te vallen.

'Nog dronken ook,' zeg ik. 'Het is niet te geloven.'

Ik heb de kracht niet om ruzie te maken. Ik laat me vallen in een van de witte plastic kuipstoeltjes en laat mijn hoofd in mijn handen rusten. Rogier komt naast me zitten en legt een hand op mijn rug.

'Flikker jij toch alsjeblieft op met dat wijf,' sis ik tussen mijn handen door.

'De jongens hebben T [...] of hij me niet heeft gehoorc [...] ın belde ons... Hij lag in d [...] n tuin.'

Ik weiger hem aan te ki [...] mijn handen en staar naa [...] op de vloer.

'Ze liegen,' zeg ik. 'Waar is Johan? Hij heeft Thom hier gebracht.'

'Johan moest weg. Til... Aleksy en Gerik hadden geen auto... Maar wat doet het ertoe? Laat me je troosten, alsjeblieft. Het is onze zoon die daarbinnen ligt. Laten we even al onze problemen opzijzetten...'

Langzaam kom ik overeind. Mijn rug is stram. Ik voel me honderdtien.

'Je hebt alles van me. Alles. Je hebt het huis. Je hebt onze zoon. Met die verbouwing van je heb je ons hele vermogen erdoorheen gedraaid. Je hebt nu zelfs een minnares en nog knikker ik je er niet uit. Maar mijn verdriet krijg je niet. En ik wil ook het jouwe niet. Ik kan het niet dragen. Leg je shit nu maar lekker bij haar neer.'

Ik kijk hem aan. Ik weet dat ik gemeen ben, dat ik hem niet mag buitensluiten nu onze zoon op de ok ligt, ik weet ook dat ik zelf de werkelijke schuldige aan dit hele drama ben. Maar ik kan het niet laten mijn woede op hem te koelen. Rogier staat op en loopt naar Marzena. Ze fluisteren.

Ik zie hoe hij een vluchtige kus op Marzena's weelderige haardos drukt als zij wegloopt. En dan blijven we samen over, Rogier en ik, verder van elkaar verwijderd dan ooit.

'Wil je koffie, of iets anders?' vraagt hij en ik schud mijn hoofd. Hij loopt naar de automaat in de hoek. Ik hoor hoe het bekertje valt, de automaat begint te zoemen en het vocht in het bekertje drupt. Daarna is het stil in de wachtkamer van het ziekenhuis waar we beiden hebben gewerkt toen we nog gelukkig waren, of op z'n minst tevreden. We dachten er niet over na, we deelden onze levens als vanzelfsprekend. Achteraf bezien was dat onze fijnste tijd samen.

Vanuit mijn ooghoeken kijk ik naar Rogier, die ineengedoken aan de andere kant van het vertrek zit, gebogen over zijn kop koffie, en vraag me af waarom het zo vreselijk is mislukt tussen ons. Waarom we elkaar nu zelfs niet kunnen vinden. Ik verlang naar troost, naar armen om me heen, een stevige borstkas waartegen ik mijn hoofd kan leggen en waarom kan hij dat niet bieden, de enige die net zoveel angst en verdriet voelt als ik op dit moment? Een onzichtbare muur van pijn, stille verwijten en woede houdt ons tegen.

'Het duurt lang,' zegt hij, zo zacht dat het lijkt of hij in zichzelf praat.

'Het komt goed,' antwoord ik. 'Hij is in goede handen, en hij is sterk.'

'Wat zei de kinderarts?' vraagt hij.

'Ik heb hem niet gesproken. De verpleegkundigen denken aan intoxicatie. Een combinatie van alcohol en waarschijnlijk GHB. Maar we zijn er op tijd bij. Echt. Van Ouden maakt nooit fouten.'

'Alcohol en GHB. Dat is een dodelijke combinatie... Godverdomme!'

Rogier staat op en slaat zo hard met zijn vlakke hand tegen de koffieautomaat dat er een bekertje uit valt.

'Hoe komt hij aan die troep?' vraagt hij verwijtend, alsof *ík* het hem heb toegediend.

'Volgens mij was hij met een van de Polen op stap. Hij is gezien met een van hen in een coffeeshop in de stad.'

'Welnee. Zij hebben hem gevonden in onze tuin, toen ze terugkwamen van een bezoekje aan vrienden. Thom zei dat hij ging stappen. Met jongens van school.'

'Hij heeft geen vrienden. En hij gaat nooit stappen.'

Als een gekooide tijger loopt Rogier rondjes door de wachtkamer. Ik blijf zitten, vastgeklonken aan mijn stoel.

'Ik ben hem gaan zoeken in het dorp. Hij was niet thuis, ik kon hem niet bereiken... Ik had zo'n afschuwelijk voorgevoel. Alsof hij me nodig had, me riep. Ik voelde dat hij in de problemen zat. In de CoCo sprak ik twee meisjes, eentje zit bij hem op school. Zij hadden hem gezien met een man, die volgens de beschrijving op Aleksy lijkt. En zij vertelden me dat Thom helemaal geen vrienden heeft...'

'Hij liegt dus maar wat, tegen mij, tegen ons?'

Ik bijt op de binnenkant van mijn lip tot het bloed mijn mond in loopt. De blik in Rogiers ogen gaat van woedend naar vragend en dan zie ik op zijn gezicht wat enkele uren geleden tot mij doordrong: het besef dat wij niets weten van het leven van onze zoon, dat we hem ergens onderweg zijn kwijtgeraakt omdat we het te druk hadden met onszelf.

In stilte wachten we op Van Ouden en vragen ons af wat meer pijn doet: de angst voor zijn boodschap of de onmacht elkaar te troosten. Ik blader door hele jaargangen oude *Margrieten* zonder iets te lezen, Rogier beent rond en verdwijnt zo nu en dan naar buiten om een sigaar te roken. Als Van Ouden eindelijk de wachtkamer binnenkomt, lijkt het even of mijn hart stopt met slaan. Hij komt naast me zitten en slaat een arm om mijn schouder

'Hij is stabiel. Nog niet wak
vaar. Als hij uit de verkoever is,

Rogier maakt een dierlijk ge
handen naar elkaar en verstre
zich. Onze zoon is veilig. Hij h

'Luister,' vervolgt Van Oud
stiger. 'Hij kwam hier zwaar
braaksel in zijn longen gekregen, waardoor
zijn. Hij heeft aantoonbaar grote hoeveelheden alcohol tot zich genomen en vermoedelijk ook GHB, gezien het feit dat hij braaksel in zijn longen heeft, wat duidt op het uitvallen van de ademhaling. Maar dat kunnen we niet bewijzen omdat GHB heel snel wordt afgebroken in het lichaam. Het is ernstig, jongens, wat jullie zoon zichzelf heeft aangedaan.'

Ik haal diep adem.

'Hij heeft het niet zelf gedaan,' zeg ik en ik knijp stevig in Rogiers hand.

'Dat zeggen de meeste ouders die ik hier 's nachts in het weekend op de poli zie. Ik denk dat jullie realistisch moeten zijn, alleen daarmee help je die knaap van je.'

'Ik ben realistisch. Hij is er het type niet voor. En al helemaal niet om GHB te nemen.'

Van Ouden schudt zijn hoofd en kijkt me bezorgd aan.

'Ze kunnen dat spul voor een tientje per ampul op internet kopen. Of ze brouwen het thuis zelf, gewoon met wat gootsteenontstopper en oplosmiddel. Dat doen die knapen tegenwoordig, Mathilde, daar moet je je ogen niet voor sluiten.'

Rogier laat mijn hand los. 'Wat wil je nu eigenlijk zeggen?' vraagt hij geërgerd aan mij.

'Ik wil zeggen dat hij gedrogeerd is. Ik weet dat ik fouten heb gemaakt, dat ik niet goed heb opgelet, dat ik als moeder heb gefaald, maar ik weet ook dat Thom nooit zulke zware drugs zou nemen. Een jointje misschien, wat biertjes, alla, een beetje te veel, kan ook allemaal gebeuren, maar GHB? Dat durft hij helemaal niet.'

'En wie zou hem dan gedrogeerd hebben en vooral waarom? Wat is daar de lol van?'

'Vergis je niet, Rogier,' valt Van Ouden me bij. 'Die kinderen doen elkaar voor de lol de vreselijkste dingen aan. Het zou niet de eerste keer zijn dat ik een knaap binnenkrijg die door zijn vrienden is gedrogeerd.'

'GHB is bremzout. Dat proef je wel als ze dat in je drankje gooien.'

'Dat hangt van het drankje af,' vervolgt Van Ouden. 'Ze nemen nogal eens een tequilashot, met zout en citroen. Daarin proef je de GHB niet, hoor. En trouwens, één slok kan genoeg zijn. Zeker in combinatie met alcohol. Ik zal je vertellen dat hier op de weekendpoli GHB en alcoholoverdosis wekelijkse kost zijn.'

'Het zijn Aleksy en Gerik,' zeg ik, waarop Rogier opveert.

'Je kunt het niet laten, hè?' zegt hij met een geïrriteerde zucht. 'Die jongens helpen ons enorm uit de brand, ze werken zich zes dagen per week uit de naad voor ons, waarom zouden zij in hemelsnaam de zoon van hun opdrachtgever drogeren? Waarom zouden ze hun eigen glazen ingooien?'

'Ik weet het niet,' zeg ik. Door mijn hoofd gonst de conversatie die ik vanmiddag nog met Johan had.

Ik bescherm je. Ik weet hoe ik met die lui moet dealen. Als er iets raars gebeurt, moet je me bellen. Al is het midden in de nacht.

Die lui. Ik heb ze binnengehaald en nu zijn ze te dichtbij gekomen.

'Mag ik nu naar mijn zoon?' vraag ik aan Van Ouden.

'Natuurlijk,' zegt hij.

27

Honderden keren ben ik de ic opgelopen in mijn hoedanigheid als specialist en ik heb evenzovele verminkte mensen behandeld, velen daarvan kinderen. Kinderen met brandwonden in het gezicht, snijwonden in hun borst, wier vingers, tenen, handen en armen voor eeuwig gehavend waren door valse honden, kinderen geraakt door auto's of vrachtwagens, frituurpannen of vuurwerk, kinderen die door glazen deuren waren gevallen, fonduepannen van tafel hadden getrokken, die zichzelf hadden gesneden of kokend water over zich heen hadden gekregen. Ik was erin getraind de associatie met mijn eigen kind te vermijden. Niet geraakt te worden door het hartverscheurende gehuil en de bange uilenogen. Hun angst mocht niet op mij overslaan, ik was de arts, ik kwam om hen beter en weer mooi te maken en daarom was het in ieders belang om de verminking los te zien van het feit dat de patiënt peuter, kleuter of puber was. Ik moest ze pijn doen, iedere keer weer, hun tranen en wanhoopskreten negeren. Het is een van de redenen dat ik me heb teruggetrokken uit het ziekenhuisbestaan en een eigen kliniek ben begonnen, waar uitsluitend volwassenen komen die er zelf voor kiezen om in hun lijf te laten snijden.

Nu loop ik als moeder over de voor mij zo bekende verduisterde afdeling, met een gortdroge mond op weg naar mijn eigen kind. Hier is hij veilig, denk ik, totdat ik hem zie, mijn grote jongen die weer zo klein lijkt in het hoge bed. Slangen aan zijn witte, magere lijf vol schaafwonden en blauwe plekken. Ik fluister zijn naam zoals ik vele moeders de naam van hun kind heb horen fluisteren, ontzet en verslagen, en ik buig me over zijn slapende hoofd, begraaf mijn neus in zijn hals, als een dier op zoek naar zijn vertrouwde geur. Ik ruik slechts alcohol en de zure lucht van braaksel en voel dat hij gloeit van de koorts. Tranen stromen over mijn wangen en ik streel zijn klamme voorhoofd, zijn borstelige wenkbrauwen, zijn bonkige, prachtige neus en zijn ruwe, gebarsten lippen. Rogier staat aan de andere kant van het bed. Ik durf niet naar hem te kijken. Hij reikt me een tissue aan terwijl hij zachtjes prevelt: 'O, Tilly, Tilly, onze jongen, hoe kan dat nou? Wat is er met ons gebeurd?'

'Maak hem niet van streek,' zegt Van Ouden en knijpt bemoedigend in mijn arm. Ik snuit mijn neus in de tissue en dep mijn ogen. Hij heeft gelijk. We mogen Thom niet overspoelen met al het verdriet dat we de afgelopen jaren hebben opgebouwd. Ik maak plaats voor hem en kijk toe hoe hij Thoms oogleden een voor een optrekt en zijn pupillen beschijnt met zijn penlight. Daarna tikt hij zachtjes tegen zijn wangen. Thoms oogleden beginnen te trillen en tergend langzaam opent hij zijn ogen.

'Ha Thom, daar ben je weer, knul. Je hebt ons allemaal behoorlijk laten schrikken. Je ligt in het ziekenhuis. Je ouders zijn hier. Als je je straks wat beter voelt, zal ik je vertellen wat er met je aan de hand is. Het belangrijkste is dat je veilig bent en dat je er weer bovenop komt.'

Dan keert Van Ouden zich naar ons. 'Jullie hebben tien minuten. Niet langer. Hij moet rusten.'

'Mam?' zegt Thom schor.

'Ja lieverd, we zijn hier.' Ik pak zijn hand en buig me weer over hem heen. Rogier neemt de andere hand.

'Wat is er gebeurd?'

'Ze hebben je gevonden. In de tuin. Buiten westen. Kennelijk heb je te veel gedronken. Meneer Delver heeft je naar het ziekenhuis gebracht en hier hebben ze je maag leeggepompt.'

Hij sluit zijn ogen weer en kreunt. 'Ik weet het allemaal niet meer. Ik wil slapen,' fluistert hij.

'Ga maar lekker slapen, lieve schat,' zeg ik en ik aai over zijn bol, laat mijn vingers traag over zijn geschoren hoofd gaan, zoals ik vroeger deed als hij niet kon slapen.

'Wij blijven hier, bij jou. Je hoeft nergens bang voor te zijn, het komt allemaal goed.'

'Ik ben helemaal niet bang. Je bent zelf bang,' zegt Thom hijgerig. Hij draait zijn gezicht weg van mijn hand en dan zinkt hij weg in de diepe slaap waarin alleen zieke mensen kunnen vallen.

Rogier drukt beverig een kus op Thoms voorhoofd. Met de rug van zijn hand veegt hij de tranen uit zijn ogen. Samen kijken we naar onze slapende, zieke zoon, die ons altijd aan elkaar geklonken zal houden. Er is nog maar één ding zeker in onze levens en dat is de onvoorwaardelijke liefde voor hem, ons kind. En daarom geef ik Rogier dat wat ik hem al jaren geef, vanaf de dag dat hij depressief werd: troost en geruststelling. Ik sla mijn armen om de vader van mijn zoon en druk hem tegen mijn hart. Ik onderga zijn wanhopige gesnik en strijk mijn handen door zijn haren.

'Het komt goed,' fluister ik in zijn oor. 'Ik beloof het.'

We zitten in de artsenkamer als twee overlevenden van een ramp ineengedoken op een stoel. Omdat ik zo ril slaat Juliette een blauwe deken om me heen.

'Gut, die jongen toch, ik kan me nog zo herinneren hoe hij hier kwam om bloed af te laten nemen als tienjarige krullenbol en hij de hele boel bij elkaar krijste. Wat is hij groot geworden.'

Ik staar voor me uit met mijn hoofd in mijn handen terwijl zij doorratelt, en luister ingespannen naar een andere stem, de beschuldigende stem in mijn hoofd die me vraagt wanneer ik denk een oplossing te hebben gevonden voor alle shit waarin ik mezelf en mijn gezin heb weten te manoeuvreren. De stem die me sommeert ergens een miljoen vandaan te halen, hoe dan ook, om af te komen van Johan en zijn zogenaamde bescherming, zijn Polen, zijn Marzena en zijn opdrachtgevers. Misschien moet je naar de politie gaan, zegt de stem. Misschien moet je vluchten, vannacht nog, man en kind meenemen, wegrijden en nooit meer terugkomen.

'Moeten jullie niet even slapen?' vraagt Juliette en ze wrijft krachtig over mijn rug. Ik haal mijn schouders op. Slapen zal niet lukken, evenmin als warm worden of vluchten voor Johan. Hij zal me weten te vinden.

Rogier staat op en strekt zijn stramme benen. 'Ik denk dat ik wel even ga liggen, kan dat?'

'Natuurlijk,' antwoordt Juliette. 'Ik regel wel ergens een bed voor je. Kom maar mee.' Rogier volgt haar, schuifelend als een oude man.

Ik trek de deken stevig om me heen en kom overeind. Het is halfvier, zie ik op de klok die boven de deur hangt. Ik loop naar het toilet, draai de deur op slot en doe mijn broek naar beneden. Het stinkt er naar urine en ik denk nog dat het een schande is, zo smerig als onze ziekenhuizen tegenwoordig zijn. Dan haal ik mijn mobiel uit mijn tas en zet hem aan. Ik heb twee gemiste oproepen van Johan en een bericht.

LAAT ME WETEN
HOE HET GAAT,
MAAKT NIET UIT
HOE LAAT X J

Een hete golf van angst slaat door me heen.

'Wat had je dan gedacht, Mathilde?' sis ik in mezelf. 'Dat die lul zomaar weer uit je leven verdwijnt?'

Ik ga hem niet bellen. Ik kan zijn stem nu niet horen.

Hij is stabiel, sms ik. Onmiddellijk nadat ik het bericht verzonden heb, gaat mijn mobiel. Ik schrik zo dat ik hem laat vallen, maar dat maakt geen einde aan het riedeltje dat Thom er ooit voor me op heeft gezet. Ik pak hem op en zie op het display dat het Johan is. Ik druk op weigeren. Meteen daarna rinkelt hij weer. Met het zweet in mijn handen zet ik mijn mobiel uit.

Ik hijs mijn broek weer op en was mijn handen. Plens het koude water in mijn gezicht dat ik bestudeer in de spiegel. Het kille licht is meedogenloos. De groeven in mijn wangen lijken zich verdiept te hebben en rond mijn ogen vormen zich nieuwe rimpels. Zelfs mijn frons lijkt terug te komen, ondanks de botox, en de huid rond mijn kaken hangt slap. Afvallen is een ramp voor het gezicht. Het lichaam mag er dan mooier van worden, het hoofd schrompelt ineen en krijgt de aanblik van dat van een resusaapje.

Ik loop de schaars verlichte gang op naar Thoms kamer en als ik binnenkom, staat Juliette over hem heen gebogen. Ze kijkt op en glimlacht geruststellend naar me. Dan haalt ze de thermometer uit zijn oor en kijkt op het display.

'38,5,' fluistert ze. 'De koorts zakt. Ga maar even lekker bij hem zitten.'

Julliette pakt een stoel en zet die bij Thom aan het hoofdeinde.

'Dank je wel,' zeg ik en ik ga voorzichtig naast hem zitten. Zachtjes streel ik zijn voorhoofd.

'Wat is er gebeurd, lieverd, wat is er in godsnaam gebeurd?' vraag ik, meer aan mezelf dan aan hem, maar hij begint te hoesten en opent zijn ogen.

'Mam.'

'Ja, lieverd, ik ben hier, mama is hier.'

Ik leg mijn hoofd naast het zijne op het kussen en aai met mijn vinger de donzen haartjes op zijn oor. Thom legt een hand op mijn haren. Zo liggen we minutenlang, moeder en zoon. Ik denk aan de nacht waarin hij geboren werd en wij ook zo lagen, maar dan andersom. Zijn lijfje zo vanzelfsprekend gevormd naar het mijne, hoe wij samen ademden in hetzelfde ritme. Het kleine, warme, levende mensje dat veilig was bij mij. Die nacht deed ik geen oog dicht van gierende onzekerheid en euforie, maar nu wel, nu sluit ik mijn ogen. Ik voel nog hoe Juliette het dekentje om me heen slaat en val dan in een diepe droomloze slaap, me veilig wanend op de schouder van mijn kind.

'Mathilde! Mathilde!' Ze schudden aan mijn schouder. Tegen mijn zin open ik mijn ogen. Mijn nek is stram en pijnlijk. Ik kom omhoog en kijk recht in de verschrikte ogen van Rogier.

'Hij is weg!'

thom is verdwenen uit het ziekenhuis

Ik kijk naar het bed en voel aan de lakens, die nog warm zijn. Dan hoor ik de fluitende toon van de monitoren waaraan hij gekoppeld was.

'Hoe kan dat, Til? Jij zit hier, bij hem! Hoe kan hij weg zijn? Hoor je die herrie niet?'

Verdwaasd kijk ik om me heen.

'Heel even legde ik mijn hoofd neer... Ik wilde bij hem zijn... Hij was wakker... Hij legde zijn hand op mijn hoofd... Dit kan niet waar zijn...' zeg ik en ik ijsbeer door de kamer, die zich vult met de geur van versgezette koffie, wat me misselijk maakt, omdat het betekent dat de dag weer begonnen is, dat de wereld doordraait terwijl de onze stilstaat.

'Waar is Juliette?' vraag ik, alsof zij ook dit probleem kan oplossen.

'Ze is naar de portier om te vragen of ze hem hebben zien vertrekken. Twee anderen gaan nu het hele ziekenhuis door. Het kan zijn dat hij nog binnen is. Het komt wel vaker voor dat mensen rare dingen doen in hun GHB-coma.'

'Hij was niet in coma, hij heeft toch met ons gesproken? En toen ik binnenkwam, werd hij wakker...'

Ik wankel even en laat me weer in de stoel zakken. Koude angst verlamt me. Ik weet dat hij echt weg is, en niet trippend door de gangen van het ziekenhuis zwalkt. Hij is vertrokken. Uit schaamte misschien, of omdat hij niet wil vertellen wat er precies is gebeurd. Hij is bang. Ik voel het. Hij heeft angst en wil ons er niet mee belasten.

28

Mijn tanden klapperen mijn kaak uit. Ik kan er niet mee ophouden. Het is koud en warm tegelijk, maar ik ben allang blij dat ik weer kan bewegen. Dat ik niet dood ben, zoals ik dacht.

Nu ik hier zit, in een of ander park, weet ik eigenlijk niet meer zo goed waarom ik weggegaan ben. Er was een hele grote drang om te vluchten. Weg van mijn ouders, weg van Gerik en Aleksy, maar waarom, dat moet ik nog uitvogelen. Ik denk dat ik het niet ga trekken mijn ouders te *facen*, en Gerik en Aleksy wil ik al helemaal nooit meer zien. Ik moet nadenken, dat is het. Nadenken over mijn volgende stap, wat ik ga doen. Eerst moet ik kleren regelen, want ik heb het fokking koud. En dan misschien ook een plek waar ik kan slapen. Even, om een plan te kunnen maken. Ik ga niet op straat leven, dat is echt niet mijn ding.

Ik haal mijn mobiel uit mijn zak en zet hem aan. Vijftien oproepen gemist van mam. Tien berichten, waarvan acht van haar. Die hoef ik niet te lezen. Twee van een onbekend nummer. Ik open het eerste bericht.

Hé stakker, je moeder was in de CoCo. Je zit zeker te spacen met die engerd waarmee ik je zag in de Pitbull. Neem voor ons ook wat mee.

Ik weet niet wie dit schrijft, maar het moet iemand van school zijn. Vrijwel zeker onbetrouwbaar. Ik open het volgende.

Thom, gast, als ik iets voor je kan doen, bel je maar. Ik snap jou helemaal. Mazzel, Johan.

Het duurt even voordat tot me doordringt wie Johan is. Is hij niet het opperhoofd van die kut-Polen die mij erin genaaid hebben? Vaag herinner ik me zijn gezicht, of althans, die *übergeföhnde* lok die voor zijn ogen hangt. Leren-jasjestype. Eén keer heb ik hem gezien met Marzena bij het huis. Wat moet hij met mij? Hoe komt hij aan mijn nummer?

Doe niet zo achterlijk, Thom. Hij heeft er natuurlijk belang bij dat ik mijn bek hou over wat Gerik en Aleksy me geflikt hebben. Als ik ga praten, is hij zijn klanten kwijt. En dus bel ik hem, met trillende handen.

29

De politie weigert op zoek te gaan naar Thom. Ze hebben wel vaker met dit bijltje gehakt, zegt de agent op het bureau. Vooral nadat de kids betrapt zijn met drugs, dan durven ze hun ouders niet onder ogen te komen. Meestal zijn ze binnen vierentwintig uur weer thuis, als de maag begint te rammelen en de portemonnee leeg is. Mocht hij morgen om deze tijd nog steeds weg zijn, dan zullen ze in actie komen.

Een kwartier later staan Rogier en ik verdwaasd weer buiten.

'Ik denk dat ze gelijk hebben,' zegt Rogier en hij haalt een grote sigaar uit de binnenzak van zijn corduroy colbert. Ik zwijg, houd mijn armen om mijn middel geslagen en adem de koude buitenlucht diep in. Mijn maag knort van de honger maar ik ben tegelijkertijd zo misselijk dat ik niet moet denken aan eten.

'Hij is bang voor een confrontatie met ons. Hij zit ergens zijn zonden te overdenken en tegen de avond zal hij wel tevoorschijn komen. Echt.'

Hij slaat onhandig een arm om mijn schouders en drukt me even troostend tegen zich aan. Ik weet niets opbeurends terug te zeggen.

'Til, hij is zestien. Hij is slim en sterk... hij redt zich wel...'

Zo stijf als een plank leun ik tegen hem aan, omdat het grof is me nu aan zijn aanraking te onttrekken, maar ik voel de ergernis opborrelen. Hoe kan hij zo laconiek doen over de verdwijning van ons kind?

'Het maakt mij niet uit of hij zes is of zestien, of zestig. Het is mijn kind, dat ergens in deze kou ronddoolt, met nauwelijks kleren aan zijn lijf. Voor mij blijft Thom altijd mijn baby. Zo voelt het, alsof ik mijn baby ergens in een groot, donker bos ben kwijtgeraakt.'

'Ik begrijp het, maar hij is geen baby.'

Hij draait zich om en pakt me bij de bovenarmen. Zijn blik is streng. 'Het beste is nu dat we gewoon aan het werk gaan.'

Ik schud zijn handen van me af en kijk boos terug.

'Hoezo aan het werk?'

'We kunnen niets anders doen.'

'We zouden hem kunnen gaan zoeken.'

'Waar wil je hem gaan zoeken? Daar is geen beginnen aan. Vertrouw me nu maar, hij zit ergens zijn wonden te likken. Hij is veilig. Ik weet het, ik ben ook zestien geweest.'

Rogier trekt gulzig aan zijn sigaar. Ik wend mijn blik af en staar naar de auto's die voorbijrijden, de mensen voor wie het dagelijks leven gewoon weer zijn aanvang neemt.

'Ja, honderd jaar geleden was jij zestien. De tijden zijn veranderd, Rogier! Hij is godverdomme net opgenomen geweest! Ze hebben zijn maag leeggepompt! Jij bent echt zo'n ongelooflijke...'

'Wat? Een ongelooflijke wat? Zeg het maar!'

'Ongelooflijke egocentrische lul!'

Rogier zucht en wrijft in zijn ogen.

'Het zal wel. Ik ben bekaf, de ploeg staat thuis op me te wachten en ik heb vertrouwen in mijn zoon. Hij heeft het moeilijk, wat niet gek is, en dit is zijn manier om een beetje aandacht te vragen. En het is nu jouw beurt, Mathilde, want je kunt mij dan wel een egocentrische zak vinden, als er iemand afgelopen jaren uitsluitend met zichzelf bezig geweest is, ben jij dat wel.'

Mijn bloed kookt. Achter mijn oogkassen bonst een woedende pijn. Ik zet me schrap en neem een hap lucht, klaar om een mitrailleurvuur van verwijten te spuwen. Maar Rogier draait zich om.

'Ik heb hier geen zin meer in,' roept hij en maakt een wegwerpgebaar. Dan loopt hij door met mijn autosleutels in zijn hand. Ik kijk hem na en voel hoe een enorme opluchting zich van me meester maakt. Het is klaar, en eindelijk kan ik het denken zonder schuldgevoel, twijfel of angst. Het is de bevrijding waarop ik zo lang heb gewacht. Ik ben vrij. Vrij van het laatste restje liefde voor hem, het laatste grammetje respect en plichtsbesef. Ik begin in de richting van het station te lopen en pak mijn mobiel uit mijn tas. Ik zet hem aan. Geen berichten. Wel twintig oproepen gemist, vijf van Astrid, de rest van Johan. Eerst toets ik een sms naar Thom.

Lieverd, ik maak me vreselijk veel zorgen om je. Laat me alsjeblieft weten dat je veilig en gezond bent. Kus mam

Ik bel Astrid terug, die onmiddellijk begint te briesen dat ik te laat ben. Mijn eerste patiënt ligt al een uur te wachten en staat op het punt woedend te vertrekken.

'Ik kom eraan,' zeg ik. 'Geef me een halfuurtje.'

Op het station koop ik een flesje verse jus en een stokbroodje brie voor ik in een taxi stap. Net als ik de eerste hap wil nemen, piept mijn mobiel.

Ik ben veilig.
XT

30

'Schiet je op?' klinkt het vanachter de matglazen deur. Astrid staat al klaar met mijn groene broek en jas. Ik spoel de shampoo uit mijn haar en ga met de washand ruw langs mijn oksels, mijn borsten, buik en bovenbenen. Dan zet ik de kraan op koud. Mijn lichaam krimpt ineen en ik kan een kreet niet binnenhouden.

'Gaat het?' vraagt Astrid bezorgd.

'Maak je geen zorgen, ik voel me prima,' antwoord ik op overdreven opgewekte toon en ik zet de kraan uit. Het koude water heeft in ieder geval iets van mijn vermoeidheid verdreven. Ik pak een handdoek en droog me van top tot teen af. Daarna wrijf ik mijn knieën en ellebogen in met Eight Hour Cream en doe wat deodorant onder mijn oksels, dit alles onder toeziend oog van Astrid.

'We hadden het gewoon moeten cancelen,' zegt ze hoofdschuddend. 'Het is onmogelijk om in jouw toestand een facelift uit te voeren... Je kunt het nog afzeggen, weet je? We geven haar wat korting en plannen de operatie over zes weken. Dan is er nog plek. Of we ruilen met iemand anders...'

'Nee, het gaat echt goed met me,' antwoord ik terwijl ik hinkend op mijn linkervoet mijn rechter door de daarvoor bestemde opening in mijn slipje steek. 'Ik ben fris en ik wil graag werken nu. Alles beter dan nadenken.'

Ik trek mijn bh aan, een schoon wit T-shirt en daaroverheen mijn ok-kleding. Dan draai ik me naar haar om en tover een stralende, professionele lach tevoorschijn.

'Op naar mevrouw Zonneveld.'

'Doe dit nou niet,' zegt Astrid.

'Wat?'

'Zo stoer. Zo [illegible] nd mee, en jezelf al helemaa[illegible]

'Ik hoop dat je [illegible] hebt verteld...'

'Natuurlijk nie[illegible] kenhuis ligt, met een zware [illegible]

'Hij is weg, niet [illegible] ge-sms't dat hij veilig is.'

'Ik wil je niet nog meer van streek maken dan je al bent, maar... wie zegt dat hij dat heeft ge-sms't?'

Ze staart me aan met een ernstige blik. Ik weiger terug te kijken.

'Ik,' antwoord ik. 'Ik zeg dat.'

Mevrouw Zonneveld is een dame van begin zestig met sprankelende blauwe ogen en een grote bos grijsblonde krullen. Ze zit op de onderzoekstafel gehuld in het groene operatiehemd en als ze me binnen ziet komen, slaat ze haar handen ineen en zegt: 'Hè hè, het gaat nu eindelijk gebeuren!'

Ik bied mijn verontschuldigingen aan voor de vertraging, maar die wuift ze weg. 'Kind, ik begrijp het helemaal. Die arme jongen. Is hij alweer een beetje opgeknapt?'

Ik knik en pers er mijn meest moederlijke glimlach uit.

'Gelukkig. Nou, ik vind het moedig dat je hier bent. Ik hoop wel dat je een beetje vaste handjes hebt, na zo'n nacht.'

'Dat is ons vak, mevrouw Zonneveld,' antwoord ik. 'Maar laten we het over u hebben. Hebt u zich goed voorbereid op deze ingreep?'

'Ja!' zegt ze enthousiast, alsof we op het punt staan op vakantie te gaan. 'En ik kan niet wachten! Ik ben die ouwe kop zo zat!'

'Gestopt met roken?'

'Mwja. Eentje per dag. Na het eten.'

'Wilt u dat ook laten na de ingreep, tenminste voor twee weken? Roken is heel slecht voor het herstel van de huid, voor de bloedsomloop. En ook die arnicadruppels blijven innemen...'

Ze knikt. 'Laten we beginnen,' zegt ze.

'Oké. U hebt gekozen voor een lichte sedatie, dus u krijgt zo een slaapmiddel, waarna we u plaatselijk verdoven. Dan maak ik een incisie van voor uw oor, over uw slapen, langs de haargrens tot aan uw andere oor.'

Ik doe mijn bril op en zet met mijn markeerstift een stippellijn langs haar gezicht.

'Dan trek ik het onderhuids bind- en spierweefsel aan in de richting van het oor en de haargrens. Deze aangezichtsspieren hecht ik met hechtdraad en daarna snijd ik de overtollige huid weg. Dit wordt spanningsloos gehecht, zodat het litteken niet meer te zien is als het eenmaal is genezen.'

'Het is goed. Mijn vriendin heeft het ook laten doen, dus ik weet wat me te wachten staat.'

Zodra mevrouw Zonneveld wordt weggereden uit de onderzoekskamer, worden al mijn gedachten weer naar de verdwijning van Thom gezogen. Waar is hij? Waarom is hij weg? Is hij in gevaar? Heeft hij soms problemen waar wij niets van weten? Een dubbelleven? Hoe komen we daarachter? Wie kan ik bellen om meer over hem te weten te komen? Na de ingreep zal ik een afspraak maken bij hem op school. En een bezoekje brengen aan de Polen. Maar wat zal me dat opleveren? Niks. De Polen versta ik niet, op school doet hij het goed en leerlingen die goede cijfers halen, worden niet in de gaten gehouden. Ik moet zijn computer kraken, op zijn msn zien te komen of Hyves of weet ik veel hoe dat allemaal heet tegenwoordig.

In de kleedkamer doe ik mijn klompen aan, mutsje op en mondkapje voor. Dan was ik mijn onderarmen grondig met desinfecterende zeep en alcohol terwijl de gedachten doorratelen totdat een strenge stem me tot de orde roept. Alles wat je denkt is belachelijk. Je wéét wat er aan de hand is. Je zoon is in handen van de mensen voor wie Johan je heeft gewaarschuwd. Jij hebt hem in gevaar gebracht. Jij met je hebberigheid. Je hebt je ziel aan de duivel verkocht en dit is de prijs. Je kunt niet meer terug, alleen nog maar vooruit. Er staat je maar één ding te doen. Johan bellen. Je overgeven. Je ziel inruilen voor het leven van je kind.

Ik houd mijn handen als kostbaar glaswerk in de lucht wanneer ik de ok betreed. De ok-assistente schuift me de operatiehandschoenen aan en bindt mijn schort voor. Op tafel, onder het groene laken, ligt een vredig slapende mevrouw Zonneveld. Met het scalpel in de hand weet ik mezelf weer te transformeren in de mechanicus die ik ook ben. Ik zie alleen nog mijn eigen in latex gehulde vingers, de klemmetjes die de oude huid spreiden, waaronder een bloem van spier- en bindweefsel opdoemt, waarvan ik een prachtig borduurwerk maak. Ruim twee uur ben ik bezig met losmaken, ophalen en met muizensteekjes vastzetten. Ik vlucht in mijn concentratie, mijn vak is de keukentafel waaronder ik me verstop.

Helaas komt er een moment dat de laatste hechting is geplaatst. Het liefst had ik mevrouw Zonneveld ook schoongemaakt en ingezwachteld en de strakke band om het hoofd gedaan, maar dat is de taak van de ok-assistentes, en in de hiërarchie van de ok moet je nooit ingrijpen. Ik verlaat de ruimte, was mijn handen opnieuw en voel dan pas mijn ogen branden en mijn slapen kloppen. Ik kijk in de spiegel en wens mezelf een facelift toe, of in ieder geval een sedatie van een paar dagen. Ik gooi mondkapje, handschoenen, schort en mutsje weg, vervang de groene jas en broek voor de witte en diep uit mijn tas mijn mobiel op. Geen oproepen gemist, geen berichten. Ik scrol naar het nummer van Thom en bel hem, wetend dat hij niet op zal nemen. Ik krijg zijn voicemail, waarop de stem van Snoop Dogg ons *motherfuckers* verzoekt een bericht achter te laten.

'Wanneer kom je weer thuis, lieverd, ik maak me vreselijk ongerust. Laat alsjeblieft je stem horen, dan weet ik in ieder geval dat je nog leeft. Daag schat...'

We lunchen met z'n allen in de koffiekamer. Astrid heeft broodjes zalm en roomkaas en bakjes fruitsalade gehaald en twee thermosflessen groene thee gezet. Met zes vrouwen zitten we rond de grote tafel en iedereen kakelt en lacht door elkaar heen. Ze hebben het gezellig. Ze voelen zich vrij en gerespecteerd in elkaars aanwezigheid. Het is precies zoals ik gehoopt had, voordat ik mijn bedrijf uitleverde aan de duivel, waardoor ik me nu een buitenstaander en een verrader voel. Ik nip van mijn thee en eet met kleine hapjes van mijn stokbroodje zalm terwijl de angst in mij een eigen leven leidt. Het zwelt aan als een wee, bereikt zijn paniekerige piek en zet mijn darmen in werking, en ik krijg het gevoel dat ik iets moet dóén, bellen met Thom, met Rogier, met Johan desnoods, die geen van allen opnemen, ik moet hem zoeken, waar is hij en waarom, waarom, waarom? Waarna de wee weer wegebt, mijn ratio weer de overhand krijgt en ik me realiseer dat ik niets kan doen. Thom is zestien en heeft vrijwillig het ziekenhuis verlaten. Hij heeft me laten weten dat hij veilig is. Ik twijfel er niet aan dat hij dat zelf heeft ge-sms't, daar mag ik niet eens over nadenken. Het is goed. Ik ga mijn werk afmaken, het enige wat ik nog heb mag ik niet ook nog in gevaar brengen en vanavond, je zult het zien, duikt hij ineens op. Blozend van schaamte, verontschuldigingen stamelend.

Na de lunch begeef ik me naar de verkoever, waar mevrouw Zonneveld inmiddels is ontwaakt. Haar gezwollen gezicht is bijna geheel ingepakt en om haar hoofd zit een stevige band die de druk van de hechtingen wegneemt. Ik vraag haar hoe ze zich voelt.

'Beroerd,' murmelt ze. Ik schrijf haar pijnstillers voor en controleer haar status. Ze heeft geen verhoging.

'We hebben een drain achtergelaten in de wond om het overtollig wondvocht af te voeren. Dat buisje zit achter uw oren. Het kan niet lekken en morgen tijdens uw eerste controlebezoek zullen we het verwijderen. U mag straks naar huis. Is er iemand die u ophaalt en thuis installeert?'

Mevrouw Zonneveld probeert te knikken. Haar gezicht krimpt ineen van de pijn.

'Mijn vriendin. Zit al in de wachtkamer.'

'Blijft zij bij u vannacht? U kunt de eerste nacht beter niet alleen zijn.'

Ze mompelt bevestigend.

'Vandaag nog maar even niet douchen. Morgen mag het wel, maar u moet de littekens droog zien te houden. Over een week halen we de hechtingen eruit en mag u weer gewoon douchen of een bad nemen. Niet te heet, want dan zwellen de littekens. En probeert u tijdens het slapen druk op het gezicht te vermijden. Op uw rug liggen dus, bij voorkeur met het hoofd iets omhoog. Mijn assistente zal u bij ontslag een aantal formulieren meegeven waar alles wat ik u nu gezegd heb, in staat.'

Ze reikt met beide handen naar de mijne. 'Bedankt.'

'Geen dank. Dit is mijn vak,' antwoord ik. Ik glimlach en knipper met mijn wimpers. Ik ben een wrak, dat na een nacht zonder slaap om alles kan huilen, zelfs om de dankbaarheid van een middelbare vrouw, die meent dat ik haar haar jeugd heb teruggegeven. Hoe hard zal het straks zijn als ze alleen thuiszit, met veel napijn, en erachter komt dat een jonger gezicht de eenzaamheid en de vermoeidheid niet opheft. Dat ze nog steeds oud en stram is.

Verrader, gaat het door mijn hoofd, verrader.

31

De laatste intake is om vier uur. Nog een uurtje en dan ben ik klaar, kan ik me overgeven aan mijn vermoeidheid en gedachten. De man die door Astrid mijn spreekkamer in geleid wordt, met aan zijn arm een hoog geblondeerd armoedig meisje, verspreidt een indringende geur van aftershave en heeft iets weg van een pad. Als ik hem binnenlaat en hij me daarbij ijzig aankijkt, gaat er een lichte rilling over mijn rug. Zijn ogen zijn doorschijnend blauw en zijn huid zit vol kratersporen van de acne die hem als puber geplaagd heeft. Het grijze, getailleerde colbert dat hij draagt, zit strak gespannen om zijn enorme buik en op zijn knobbelige neus leunt een dikke bril, met glazen die zijn arrogante blik uitvergroten.

Ik geef de man en vrouw een hand en stel me voor. De

man noemt zichzelf Eus en zijn vriendin heet Juli.

'Zo, wat brengt u hier?' begin ik, bladerend door de formulieren die zij net in de wachtkamer hebben ingevuld.

'U hebt geen verwijzing van de huisarts, zie ik, dus u bent hier op eigen initiatief.' Ik richt mijn blik op Juli en probeer te raden wat het is dat zij graag gecorrigeerd ziet. Niet zelden zit ik er volledig naast. Vrouwen met een ontsierende moedervlek op hun wang blijken te komen voor een neuscorrectie, mannen met zwaar overhangende oogleden willen iets aan hun onderkin laten doen.

'Nou, Juli hier spreekt geen Nederlands, dus tenzij u Pools spreekt, neem ik het woord,' zegt de man met een West-Fries accent en hij duwt zijn bril omhoog.

'Ik spreek geen Pools, helaas, dus ga uw gang. U vertaalt voor uw vriendin?'

Ik glimlach vriendelijk naar de wezenloze vrouw, alsof de term Pools me niet argwanend maakt.

'Nee hoor, dat is niet nodig. Ik weet wat ze wil, toch, Juli?'

De Poolse vrouw blijft stoïcijns voor zich uit kijken. Het enige dat verraadt dat deze Juli toch wat nerveus is, is het gewiebel van haar voet, gestoken in een hoge, bloedrode lakpump.

'Toch heb ik graag dat u mijn vragen en haar antwoorden vertaalt. Voor een eventuele ingreep hebben we heel wat medische gegevens nodig.'

'Dokter, ik spreek geen Pools. Maar zoals ik al zei, ik weet wat ze wil. Ik zal proberen me duidelijk te maken met gebarentaal, oké? Daar zijn wij héél goed in geworden samen. Kijk, Juli's borsten zijn prima hoor, ik bedoel, ik vind ze prima...'

Hij vormt met zijn handen een paar denkbeeldige borsten en steekt zijn duim op naar Juli. 'Maar zelf zou ze ze graag wat groter hebben, toch?'

Hij kijkt zijn Poolse bruid aan en maakt de denkbeeldige borsten groter. Juli knikt nauwelijks.

'In haar land, nou ja, dat weet u waarschijnlijk wel, zitten niet de meest bekwame chirurgen. Daarom zijn we hier, bij u, want u bent de beste op dit gebied.'

Ik hoor dit iedere dag. Ik ben ook de beste. En een van de weinige vrouwen in dit vak. Daarom verkiezen vele vrouwen mij boven een mannelijke chirurg. Ik vraag me af of Juli en haar vriend weten dat ik geen implantaten plaats groter dan cup C, tenzij in geval van een reconstructie en de patiënt zelf altijd een grotere cup heeft gehad.

'Ik vind dit toch een beetje een moeilijke situatie,' antwoord ik. 'Ik bedoel, dat u het woord voert...'

Eus lacht.

'Dat begrijp ik wel, u denkt dat ik hier ben om haar een beetje op maat te laten maken. Hé Juli... *You want this*, toch?'

Juli kijkt van hem naar mij, haar gezicht wit als een doek en volkomen uitdrukkingsloos.

'*Yes. I need.*'

'Zie je?' grijnst Eus. 'En ze wil ook wat laten wegzuigen hier en daar, toch?'

Hij pakt de vetrol op zijn eigen buik en wijst daarna op zijn kont.

'*Away*,' zegt hij tegen haar en opnieuw knikt ze.

'Laat effe zien. Doe je trui omhoog. *Out*. Zo...'

Hij trekt zijn eigen witte overhemd uit zijn broek, waarop Juli in één gebaar haar witte truitje uittrekt. Dan maakt ze zonder gêne haar huidkleurige kanten bh los. Twee blanke borsten met zachtroze tepels staren me aan. Perfecte borsten. Niet hangend, mooi rond, een flink maatje B. Rond haar middel zit wat vet, maar in het geheel niet storend.

'*You are beautiful. Why do you want implants and lipo? You don't need it.*'

Ik richt me direct tot Juli, die verward naar haar vriend kijkt en iets in het Pools stamelt.

'*She says you are piekny.* Ja, dat is Pools, dokter. Dat woord ken ik wel. Betekent "aardig".'

Juli pakt haar borsten beet en duwt ze omhoog.

'*Better*,' zegt ze.

'*How old are you?*' vraag ik.

'Ze is twintig,' antwoordt Eus. 'Wat gaat het kosten, zo ongeveer?'

'Meneer, u denkt toch niet dat ik zo werk? U komt hier met een prachtig jong meisje dat niets mankeert. Ik zal u eerlijk zeggen, ik begin er niet aan. Ik heb ernstige twijfels of zij dit zelf echt wil.'

Eus' kaken verstrakken. Ik kan zien wat hij denkt. Waar haalt dat wijf het lef vandaan hem te vertellen dat ze ons niet gaat helpen? Dat is toch haar vak? Ze heeft er toch zelf voor gekozen tietendokter te worden? En dan zijn Juli's tieten niet goed genoeg of zo? Hij ademt diep in door zijn neus.

'Ik begrijp het. U wilt niet al te commercieel overkomen, u hebt uw grenzen, dat begrijp ik. Maar u moet me geloven, ik ben hier alleen met Juli om haar te helpen. Ze is helemaal uit Polen gekomen voor u. Ze wil niet naar een of andere slager die twee ballonnen bij haar inbrengt. U maakt de mooiste. Dat zegt iedereen. Dat ze net echt zijn en net echt voelen.'

'Als dat zo is, kan ze terugkomen met een tolk en haar beweegredenen uiteenzetten.'

Hij trommelt met zijn dikke vingers op het bureaublad.

'Dus u bepaalt wie tieten krijgt en wie niet? U bent God of zo?'

'Ik bepaal in wie ik mijn mes zet. Nieuwe borsten kan uw vriendin overal krijgen. Maar wilt u mij als behandelend specialist, dan zal zij me moeten overtuigen van de noodzaak van deze ingreep. En ik ben nog niet overtuigd. Ik weet niet eens zeker of Juli werkelijk twintig is. Bovendien ben ik van mening dat uw vriendin heel mooie borsten heeft. Ze moet er goed over nadenken of dit werkelijk is wat ze wil. Er zijn toch risico's aan verbonden.'

Eus staat op en gebaart Juli zich weer aan te kleden.

'Weet u, als ik bij Kroymans aankom in mijn Porsche en ik zeg daar dat ik graag een Range Rover wil, zegt hij ook niet: nou meneer, u hebt al een mooie auto, daar kunnen we niet aan beginnen!'

Juli pakt zijn hand. Hij trekt zich ruw los.

'We hebben het hier over een lichaam, meneer, en dat is iets anders dan een auto. Dit is precies de reden waarom ik u niet verder help.'

Het is niet voor het eerst dat ik een man in de spreekkamer heb die zijn vrouw wil verbouwen. Ik heb zelfs met grote regelmaat vaders in de spreekkamer van het ziekenhuis gehad die hun dochter voor hun gehaald eindexamen of hun achttiende verjaardag een neuscorrectie of borstvergroting wilden geven. En iedere keer als ik zo'n cliënt afwijs, worden de heren kwaad. Vooral omdat ze worden afgewezen door een vrouw. Daar houden mannen niet van, begrensd te worden door het andere geslacht, zeker niet als ze gewend zijn dat iedereen buigt voor hun portemonnee. Normaal zou ik niet onder de indruk zijn van zulk agressief, manipulatief gedrag, maar deze Eus geeft mij een onbehaaglijk gevoel.

'Wijven die carrière maken, wat een ramp. Kunnen jullie eindelijk lekker de baas spelen, hè?'

'Er speelt hier maar één iemand de baas en dat bent u. Goedemiddag.'

Ik sta op om de deur voor hen te openen. Juli haast zich naar buiten, maar Eus blijft zitten waar hij zit.

'Volgens mij zijn we uitgesproken,' zeg ik.

'Ik dacht het niet,' antwoordt hij.

Ik blijf staan bij de deur en sla mijn armen over elkaar. Hij draait zich om, met stoel en al, en kijkt me grijnzend aan.

'Ik speel niet de baas, ik bén de baas. Wie betaalt, bepaalt, begrijp je?' Zijn kille ogen knijpen samen.

'Nee, ik begrijp het niet,' hoor ik mezelf zeggen.

'Dan ben je toch dommer dan ik dacht. Jouw vriendje Johan heeft mijn centjes in deze toko gestopt. Hij denkt dat er veel geld te verdienen is in deze business. Maar als ik zie hoe jij met potentiële klanten omgaat, geloof ik daar geen ene reet van.'

klant Eus en [illegible] afgewezen door m

Eus blijkt de echte geldschieter te zijn, [illegible]

32

Het is lekker warm bij Johan in de flat. Hij heeft me zijn warmste sweater gegeven en we hebben samen ge-Xboxt. Ik heb hem alles verteld. Ik weet niet waarom, maar ik voel me wel chill bij hem. Hij luistert en maakt goede grappen. Hij snapt me gewoon. Hij weet ook hoe het is om overal buiten te staan, het gevoel te hebben dat je niet meetelt, de spelregels niet begrijpt.

'Dat had ik vroeger ook,' zegt hij. 'Maar ik heb mezelf getraind in hard zijn. Nog harder dan de rest. Al sloegen ze me, ze konden me toch niet raken. Je moet er je voordeel mee doen. Gepest worden leert je je gevoel uit te schakelen en dat komt later heel goed van pas.'

Ik zei tegen hem dat hij wel gevoel heeft, anders kon hij toch niet zo aardig zijn tegen mij en hij zei dat hij zichzelf in mij herkende. Vanaf de eerste keer dat hij mij zag. En dat hij me daarom wil helpen.

Hij snapt het dat ik niet naar huis durf en hij heeft beloofd Gerik en Aleksy zo snel mogelijk op de werkplaats te vervangen.

'Zeg jij maar wat ik met ze moet doen,' zei hij en ik mocht alles zeggen. 'Naar de politie, terugsturen naar Polen, ze eens flink in mekaar timmeren of zorgen dat ze een fataal auto-ongeluk krijgen.' Dat laatste, zei hij, was een grapje. We hebben samen een joint gerookt en nu is hij eieren met spek voor me aan het bakken. Hij heeft zelfs school gebeld en zich voorgedaan als mijn vader. Hij wil ook dat ik mijn ma bel, om haar gerust te stellen, maar ik kan dat niet, hoewel ik ook wel weet dat ze door een hel gaat. Ik schaam me fokking erg en ik wacht hier wel tot de hele shit een beetje is overgewaaid en het huis bijna klaar is. Ik kan gewoon niet meer tegen de troep en de chaos en mijn pa die dat stomme wijf probeert te versieren en mijn ma die alleen maar bezig is met haar werk. Laat ze gewoon gaan scheiden of weer normaal doen. Johan zegt dat het goed is dat ik nu eindelijk voor mezelf kies, dat ik mijn ouders een lesje leer.

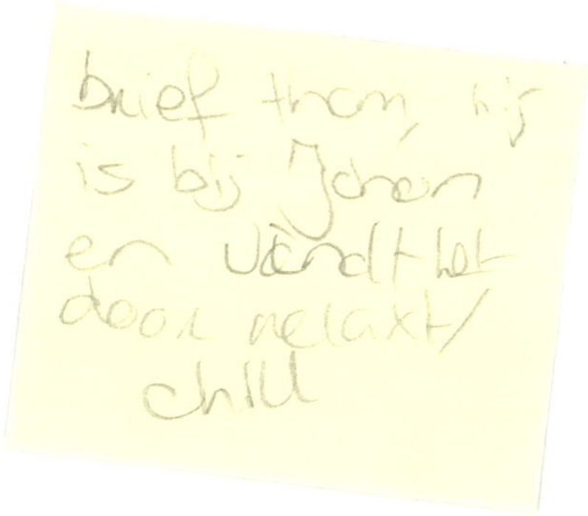

33

Daar is hij dan, de du… …ten ik eronder blijf, wat betekent dat ik op het punt sta me over te geven. Neem me maar, neem alles maar. Ik zal doen wat u zegt, als ik mijn zoon en mijn leven maar terugkrijg en ik een nacht rustig mag slapen.

'Het spijt me als ik u heb beledigd,' zeg ik en ik sluit de deur weer, waarna ik langzaam terugloop naar mijn bureau, me bewust van iedere stap die ik neem. 'Ik houd me alleen maar aan de richtlijnen die mijn collega's en ik hebben opgesteld, ter voorkoming van excessen.'

Ik ga zitten tegenover de man en kijk hem strak aan.

'Dus wij zijn een exces?' vraagt hij. Hij neemt zijn bril af en begint de glazen schoon te wrijven met zijn stropdas.

'Ik moet alert zijn. Het zou zomaar kunnen dat u uw

vriendin dwingt tot een borstvergroting. Het zou niet de eerste keer zijn dat ik zoiets meemaak.'

'Ik wil mijn geld terug,' zegt Eus terwijl hij de glazen van zijn bril bestudeert. 'Zo snel mogelijk.'

Mijn mond is droog als schuurpapier en mijn oren lijken gloeiende kolen. Ik hoor de geluiden op de gang, de doelgerichte voetstappen van mijn verpleegkundigen, het gerinkel van de vuile kopjes die de schoonmaakster ophaalt uit alle ruimtes, het getik van de verwarming, het aanzwellen van de wind buiten.

'En uiteraard met rente.'

Uit zijn binnenzak haalt hij een dikke sigaar, vouwt zijn walrusachtige lippen eromheen en steekt hem aan met een gouden benzineaansteker. Zijn wangen worden hol als hij de rook naarbinnen zuigt en bollen op als hij een flinke wolk laat ontsnappen.

'Dat is vijftig procent over de eerste maand. Tweede maand honderd procent, enzovoorts.'

Vijftig procent. Dat is een half miljoen.

'Wanneer krijg ik dan mijn aandelen terug?' durf ik te vragen, alsof ik ooit in staat zou zijn dit alles terug te betalen.

'Die moet u natuurlijk ook nog terugkopen tegen de dan geldende waarde.'

'Dat zal niet veel zijn, als u wilt dat ik zo snel mogelijk terugbetaal.'

Een sardonische glimlach verschijnt op zijn gezicht.

'Wijffie, ik heb een schijthekel aan inhalige lieden. U hebt die centen in uw zak gestoken op het moment dat u die miezerige hersentjes van u had moeten gebruiken. Nu is het te laat. Eerst denken, dan doen, zo heet dat. Of, ook een mooie: wie zijn billen brandt, moet op de blaren zitten.'

'Johan bood het aan als investering in mijn bedrijf, niet als lening. Hij wilde zaken met me doen…'

'Hebt u niet zelf gezegd dat u er weer vanaf wilde? Hebt u me zojuist niet laten zien dat er aan u geen cent te verdienen valt? Dat u de handel gewoon wegstuurt?'

Hij slaat met zijn vlakke hand op mijn bureau. Ik deins achteruit. Hij buigt zich naar me toe en brengt zijn gezicht vlak voor het mijne.

Dit is een spel, denk ik. Het is allemaal opzet, het hele verhaal. Ze hebben me erop uitgezocht. Vrouw, kwetsbaar, schulden, goede reputatie. Ik weet niet waarom ze mij moeten hebben, maar zeker is dat het nooit anders heeft kunnen gaan dan het nu gaat. Ze hebben mijn zoon, mijn man, ze hebben Hylke uit de weg geruimd, ze hebben mijn bedrijf en mijn huis en nu is het uur van de waarheid gekomen.

'Wat wilt u echt van me?' vraag ik en ik kijk terug, recht in zijn intimiderende ogen.

'Mijn geld terug.'

'U weet dat ik dat nooit binnen drie maanden kan aflossen.'

'Dan gaat u maar dingen doen waardoor u het wel binnen drie maanden kunt aflossen. En anders beginnen we met uw zoon.'

'Hoe bedoelt u?'

'Vannacht was een voorproefje, mevrouw de dokter. Het karwei afmaken is een kleine moeite. Zo'n arme jongen, eenzaam, verwaarloosd door mams die alleen maar werkt en paps die zijn pik achternaloopt... Die gaan nogal eens aan de drugs. Om hun ellende te vergeten. En dat kan zomaar ineens te veel worden.'

Mijn handen klemmen zich om de rand van mijn bureau. Koud zweet sijpelt langs mijn ruggengraat. Ik weiger mijn kwetsbaarheid aan deze walgelijke kerel te tonen. Hij bluft. Hij moet bluffen.

'En welke "dingen" moet ik dan doen? Uw prostituee nieuwe borsten geven?'

Eus wendt zijn blik af en begint zijn jasje dicht te knopen. Daarna steekt hij zijn hand uit, die ik weiger te schudden.

'Dat, om te beginnen.'

Hij dooft zijn sigaar in de vaas met een boeket gekleurde rozen, op de sidetable naast de deur. Zijn hoofd is gehuld in een dikke wolk sigarenrook.

'Ik zal erover nadenken, in hoeverre uw diensten ons van pas kunnen komen. Vanavond ben ik terug. Dan zal ik u een voorstel doen. Goedemiddag.'

En zo verdwijnt hij, om strak [illegible] holst van de nacht, en me echt [illegible]

Als verlamd ga ik weer zitte[illegible] hebben mijn kind. Ik probeer a[illegible]bezetene na te denken, maar ik krijg het niet helder. Mijn hoofd is een grote wollige massa angst. Ik kan dit niet alleen oplossen in de toestand waarin ik verkeer. Ik pak mijn mobiel en bel Rogier.

'Ja?' zegt hij als hij opneemt en ik hoor aan zijn stem dat hij nog steeds boos is. Maar voor boosheid en trots is nu geen tijd.

'Hij is in gevaar,' zeg ik. Ik hap naar adem, maar ik krijg geen controle over mijn longen. Mijn borst doet zeer, alles doet zeer en mijn vingers beginnen te tintelen.

'Mathilde, rustig maar, hij heeft me gebeld.'

'Nee,' piep ik, 'nee, hij is echt in gevaar, ik weet het want ik heb hem in gevaar gebracht, Rogier...'

'Til? Waar ben je?'

Ik kan niet meer praten, alleen nog maar murmelen en ademhalen in gierende stoten.

'Luister. Ga zitten en word even rustig. Adem met mij mee. In...'

Ik zuig lucht naar binnen.

'Adem naar je onderbuik. Heel goed. Nu even vasthouden.'

Waarom belt Thom hem en mij niet? En waarom heeft Rogier me dit niet eerder verteld?

'Rot op met je ademen,' zeg ik. 'Had je me dit niet eerder kunnen zeggen?'

'Heb ik gedaan. Ik heb Astrid gesproken. Jij was in bespreking...'

'Wat zei hij?'

'Hij is oké, hij heeft onderdak, hij is bij een vriend. Hij wil verder nog niet praten over wat er is gebeurd. Hij zegt dat hij deze afstand even nodig heeft en ik geloof ook dat het goed is.'

'Hij is niet oké, Rogier, ik denk dat ze hem dwingen te bellen en dat te zeggen. Ze hebben hem en ze chanteren mij daarmee.'

'Wie zijn "ze"?' Zijn stem klinkt ineens anders. Geïnteresseerd en geduldig.

'De opdrachtgevers van Johan. Ik heb geld van hem aangenomen, Johan wilde beleggen in de kliniek. Nu is zijn baas hier geweest en hij wil het geld terug. Met rente.'

Terwijl ik het zeg, hoor ik zelf hoe belachelijk het klinkt. 'Wie is die vriend, bij wie hij beweert te zitten?'

'Dat wil hij niet zeggen en dat is logisch. Hij weet ook wel dat we dan meteen op de stoep staan.'

'Het is niet toevallig die Aleksy?'

'Nee, die is hier de hele dag aan het werk geweest. Bovendien slaapt hij ook hier. Ze hebben geen vaste verblijfplaats in Nederland.'

Zeggen ze, denk ik.

'Tilly, waar ben je nu?'

'In de kliniek. Ik ben niet gek, Rogier.'

'Dat zeg ik ook helemaal niet. Maar het is niet vreemd dat je een beetje overstuur bent. Het zijn moeilijke tijden waarin we verkeren. Zal ik je komen halen?'

Hij denkt dat ik psychotisch ben. Ik hoor het aan zijn zalvende stem, de stem die hij opzet als psychiater. Er klinkt ook iets van triomf in door. Na al zijn geestelijk lijden is de beurt nu eindelijk aan mij.

'Nee,' zeg ik zo beheerst mogelijk. 'Laat maar.'

'Je moet even rust nemen, lieverd. En de trap staat! Het is prachtig. Nog een paar weekjes en het huis is helemaal klaar.'

'Dat is fijn.'

'Weet je, je klinkt echt helemaal niet goed. Ik kom eraan.'

'Nee, Rogier, alsjeblieft. Laat me. Ik ben heel moe, ik moet me nog door een berg papieren heen werken...'

'Weet je het zeker?'

'Ja. Ik ben niet psychotisch. Vergeet wat ik gezegd heb.'

We zwijgen even, niet wetend wat nog te zeggen. Gespannen stilte, het kenmerk van een slecht huwelijk. Hij wil me niet halen, ik wil niet gehaald worden, hoewel diep in mij ook een meisje zit dat niets liever wil dan een sterke man die haar komt redden.

'Ik geloof dat het wel goed is dat Thom zich een beetje van ons losmaakt, eindelijk een beetje gaat puberen. Maak je geen zorgen. Hij is niet in gevaar. Mocht hij nog een keer bellen, dan zal ik hem zeggen jou ook even te contacten. En jij moet straks goed gaan slapen. Neem een oxazepammetje. Dan voel je je morgen heel anders.'

'Zal ik doen,' zeg ik timide.

'Nog even volhouden, meid, het einde is in zicht.'

'Goed,' antwoord ik en ik hang op.

Het einde waarvan? vraag ik me af.

34

Ik lees Thoms sms opnieuw, alsof er in die paar letters een geheim verborgen zit.

Ik ben veilig.
XT

Misschien ben ik toch gek. Ik heb het berichtje. Rogier heeft hem gesproken. Hij kan niet anders dan veilig zijn, of zich in elk geval veilig wanen. Hij is bij een vriend, maar hij heeft geen vrienden, weet ik van het meisje uit de CoCo.

Ik toets zijn nummer in. De telefoon gaat heel lang over, maar ik blijf hangen, me vastklampend aan elke toon, wetend dat hij die ook hoort en op het schermpje kijkt, waarop 'Mam' staat. Dat is zo afschuwelijk aan deze tijd, dat je kinderen gewoon kunnen besluiten je weg te drukken, uit hun leven met een simpele, achteloze druk op de knop. Ik wacht tot mijn zoon me wegdrukt en dan ineens gebeurt er een wonder. 'Mam?' hoor ik, en hij is het echt.

Ik bijt op mijn lip om niet weer in snikken uit te barsten en ik antwoord met een piepstemmetje: 'Hé Thommie!'

'Ja, eh, heb je pap gesproken?' vraagt hij.

'Ja schat. Maar ik wilde ook even zelf je stem horen.'

'Oké.'

'Waar ben je?'

'Vraag dat nou niet.'

Ik luister geconcentreerd of ik op de achtergrond iets kan horen dat me wat vertelt over zijn verblijfplaats. Heel ver weg hoor ik klokkengebeier. Hij is dus in het centrum van een stad of dorp.

'Hoe voel je je?'

'Beter dan vannacht.'

'Dat is te hopen, ja...' Praten met een puber is als dansen met een boom. Geen beweging in te krijgen.

'Nou mam, ik ga hangen...'

'Wacht, Thom!'

'Ja?'

'Wanneer kom je weer thuis?'

'Weet niet. Misschien als het huis klaar is en ik mijn eigen hok weer in kan. Thuis is het al fokking lang niet meer, namelijk.'

'Weet ik, weet ik lieverd. Maar dat gaat veranderen. Echt, dat beloof ik je. Wil je me alsjeblieft bellen morgen? En niet meer van die rotzooi nemen? En als je problemen hebt, kunnen we erover praten, dat weet je toch? Ik word niet boos, ik kan je helpen, onthoud je dat?'

'Goed. Nou, spreek je. Mazzel!'

En weg is hij, mij achterlatend in een poel van schuldgevoel. Ik kus mijn telefoon en druk hem als een baby tegen mijn borst. Zo leun ik met mijn ogen dicht tegen mijn bureau en ik vraag me af hoe het toch mogelijk is dat ik de controle over mijn leven zo ben kwijtgeraakt. Wanneer en waarom? Niet op het moment dat ik mezelf uitleverde aan Johan. Veel eerder al verloor ik de regie. Was het toen ik gevraagd werd voor de maatschap plastische chirurgie in hetzelfde ziekenhuis dat Rogier later op non-actief stelde? Was het grijpen van die kans de dolksteek voor Rogier? Had ik me over hem moeten ontfermen zoals een goede echtgenote zou doen en genoegen moeten nemen met een parttime baan, zodat ik hem kon bijstaan in zijn strijd tegen de depressie? Zeker is wel dat ik dan niet hier had gezeten, eenzaam en onmachtig, dat ik dan niet alles had verloren, dat onze levens dan niet op het spel hadden gestaan. Ik en ik alleen heb mijn gezin in deze ellende gestort. En ik alleen kan ons er weer uit halen. Maar hoe? Hoe in godsnaam?

Ik pak een pen en een vel papier uit de printer. Ik moet een lijst maken. Dat is wat ik altijd doe als de lijstjes in mijn hoofd me te veel worden.

1.000.000 EURO, schrijf ik op. En 500.000 euro rente. Waar is dat allemaal aan opgegaan? Ik weet het niet. Ik mag dan volwassen zijn, middelbaar zelfs, maar als het op geld aankomt ben ik een kind. Het vliegt door mijn vingers en ik wil niets weten van de problemen die dat veroorzaakt. Ik maak rekeningen niet open, vul mijn debetstanden niet aan, laat bekeuringen oplopen tot astronomische bedragen en ben meester in het ontwijken van deurwaarders. Ik koop op krediet. Sluit dubbele verzekeringen af. Laat alle lichten branden, zet de vaatwasser aan voor één kopje en de wasmachine voor één blouse.

Het is op. Ik heb in een opwelling van enthousiasme mijn personeel een bonus gegeven. De hypermoderne inrichting van de kliniek afbetaald aan de deurwaarder, dat was een flinke som. De verbouwing die finaal uit de hand gelopen is. Ingeschat op honderdduizend, maar ik denk dat we in totaal het vijfvoudige kwijt zijn. Schulden had ik al, maar zoveel? Ik word er misselijk van.

Kan ik terug? Kan ik sober leven? Wone[illegible] huis, naar mijn werk op de fiets, boodschap[illegible] Lidl, in een huishoudboekje alle uitgaven [illegible] bliekelijk mijn falen toegeven door te schei[illegible], het huis en de inboedel van de kliniek te verkopen en maar hopen dat de maatschap me terugneemt? Natuurlijk kan ik dat, ik zal me er met hetzelfde fanatisme op storten als ik altijd doe. Maar het levert me geen anderhalf miljoen op en al helemaal niet op korte termijn.

HUIS EN KLINIEK VERKOPEN, schrijf ik op, maar na aftrek van de hypotheek blijft er misschien twee, drie ton over. Die ik moet delen met Rogier.

Failliet laten verklaren. En dan? Dan zullen ze nog steeds hun geld terug willen. Deze mannen gaan over lijken, zoveel is duidelijk.

LIJKEN, schrijf ik. Als ik ze nu eens mijn lijk geef? Met alle middelen die me ter beschikking staan hier, kan ik mezelf een zachte dood geven. Zouden ze er dan mee ophouden? Of zouden ze besluiten achter Rogier en Thom aan te gaan?

Nee. Ik kan hen niet achterlaten met deze grote schulden en het idee dat ik er op zo'n laffe wijze tussenuit gepiept ben.

Ik teken een cirkel om het woord lijken. Het is voor mij ook niet moeilijk Eus en Johan te doden. Een dormicum in hun wijn en een shot insuline, en weg zijn ze. De vraag is alleen waar ik twee grote lichamen laat. Ik zal hulp nodig hebben om hen naar buiten te krijgen, liefst de zee op, in een bootje. Als ze gevon [illegible] zal de politie er snel genoeg achter komen dat i [illegible], of ik moet Juli, Marzena, Kimmy, Gerik en A [illegible] de weg ruimen.

Ik sta op en loop [illegible] inetkast, waaruit ik een fles rode wijn en een g [illegible] verlang naar verdoving. Het is belachelijk dat het zover met me is gekomen dat ik drinkend in mijn eentje een moord zit te beramen. Ik open de fles, ruik even aan de kurk en schenk dan de volle, robuuste wijn in het glas.

POLITIE, schrijf ik vervolgens op. Dat is natuurlijk wat ik moet doen. Naar de politie gaan en het hele verhaal opbiechten. Mijn verantwoordelijkheid nemen. Wat zal het heerlijk zijn deze enorme last over te hevelen naar de politie, mijn verhaal te kunnen delen en mee te werken aan de ondergang van die twee patjepeeërs. Ik neem een slok wijn en knap een beetje op van de warme gloed die zich in mijn borstkas verspreidt.

Dan schrijf ik met grote letters THOM op het papier. Thom is mijn achilleshiel. En dat weten Eus en Johan. Eerst moet Thom veilig zijn, tot die tijd ben ik aan hen overgeleverd. Ik weet zeker dat hij bij hen is. En dat Thom hoogstwaarschijnlijk geen idee heeft in wat voor gevaar hij zich bevindt. Ze zijn slim, veel slimmer dan ik.

OVERGAVE is het laatste woord dat ik op het papier zet. Ik weet niet hoe lang ik ernaar zit te staren, terwijl ik langzaam mijn glas leegdrink. Dit is waarschijnlijk wat Kimmy heeft gedaan met haar nagelsalon en Marzena met haar bouwbedrijf. Ik denk aan Marzena's man die is vermoord. God weet wie of wat ze Kimmy hebben afgenomen. Ze zoeken ons erop uit. Alles, alles is van tevoren bedacht en uitgestippeld en ik heb ze mezelf en alles wat me lief is op een presenteerblaadje aangereikt.

35

De bel gaat en ik kijk op de klok. Tien uur. Haastig schuif ik het papier met mijn lijstje onder de andere papieren op mijn bureau, waarna ik mijn voeten in mijn pumps wurm en de gang op loop. Ik besef ineens dat ik dit wel heel naïef aanpak. Ik moet mezelf kunnen beschermen tegen Eus, die waarschijnlijk niet alleen is. Ik ren terug naar mijn kantoor en haal met bevende handen de sleutels van de medicijnkast uit het kluisje onder mijn bureau. De bel gaat nogmaals en ik hol de gang weer op, naar de artsenkamer waarachter zich de medicijnkast bevindt. Ik open de kast en pak twee ampullen Diprivan 10 mg en twee injectiespuiten en naalden, die ik vul met het narcosemiddel. Ik schuif de hulsjes weer over de naalden, stop mijn wapens in de zak van een witte jas die aan het rek hangt en trek deze aan. Dan loop ik rustig naar de deur, waarop inmiddels ongeduldig gebonsd wordt. Als ik door het spionnetje kijk, zie ik hoe Johan zijn vuist nogmaals heft, zijn gezicht in een grimas van stress.

'We hebben grote problemen, pop,' zegt hij meteen als hij langs me heen naar binnen stapt. Hij is gespannen als een veer.

'Niet "we" [illegible]. Dankzij jou. Waar is je co[illegible]

Hij kijkt [illegible] 'Hè? We staan aan dezelfd[illegible]

'Dat du[illegible]

Johan ij[illegible] horloge.

'Wat do[illegible] en ik sla mijn armen over elkaar.

'Ik wilde hier zijn voordat hij kwam. Ik zou je beschermen, dat heb ik je toch beloofd?'

'Beschermen? Jij bent degene die me in deze situatie heeft gebracht!'

'Jij hebt het geld aangenomen, pop.'

Ik kijk hem met een koude blik aan en vraag me af of ik het spel tot het einde toe zal meespelen of niet. Ik stop mijn handen in mijn zakken en vouw mijn vingers om de spuiten. Te weten dat ik hen met één beweging kan uitschakelen geeft me een machtig gevoel. Althans, voorlopig.

'Eus en ik komen er wel uit zonder jou. Maar eerst wil ik Thom terug.'

'Wat is er met Thom? Die ligt toch in het ziekenhuis?'

Weer die gespeelde verbazing. Ik kijk hem aan en voel hoe de woede het langzaam wint van mijn angst.

'Jij weet donders goed waar Thom is.'

We schrikken allebei van de schelle bel en kijken beiden naar de ingang. We hebben geen auto horen aankomen, geen lichten zien schijnen. De zenuwen gieren nu echt door mijn lijf. Johan pakt me bij mijn arm en trekt me naar zich toe. Hij knijpt hard en fluistert in mijn oor dat ik tegen Eus maar beter niet zo bijdehand kan doen. Dan duwt hij me van zich af en begeef ik me met stramme benen naar de deur. Ik doe open en neem een flinke teug frisse buitenlucht. Ik zie alleen het silhouet van Eus, die wijdbeens staat, met zijn handen in zijn zakken, en 'Goedenavond' mompelt.

In mijn kantoor gaat Eus op mijn plek zitten, legt zijn voeten, gestoken in dure beige loafers, op het bureau en zijn dikke vingers in zijn nek. Vetkwabben hangen over de boord van zijn witte overhemd.

'Wel lekker om een keertje aan deze kant t
hij en hij pakt mijn glas wijn, brengt het naar
neemt een slok. Dan begint hij te slurpen, stee
het glas en snuift. 'Lekker vol wijntje. Willer
hè, Johan?'

'Zekers,' grinnikt Johan, die in de vensterba
buiten kijkt, alsof hij daar iets in de gaten mo
pak twee glazen uit de kast, schenk de wijn in
zen aan de heren. Het kost me kracht mijn handen niet te laten trillen. Daarna ga ik zitten in de stoel tegenover Eus, die inmiddels een dikke sigaar opgestoken heeft en de rook in kleine wolkjes uitblaast, happend als een vis.

'Je hebt een goeie toko hier, dat moet gezegd worden.'

Hij heft zijn glas en glimlacht zo wreed en zelfingenomen dat ik er misselijk van word.

'Aankijken!' brult hij. 'Kom op! Als je proost, moet je elkaar in de ogen kijken!'

Ik dwing mezelf hem in de ogen te kijken en 'cheers' te zeggen.

'Op onze samenwerking,' zegt hij. 'En op Johan hier, die ons bijeengebracht heeft.'

Johan steekt zijn glas in de lucht. 'Op de samenwerking,' herhaalt hij. We nemen een slok en ik wacht nerveus af wie de gespannen stilte gaat doorbreken. Ik in ieder geval niet. Mijn tong ligt als verlamd in mijn mond. Ook dit gaat voorbij, denk ik. Alles gaat uiteindelijk voorbij.

'Waarom,' begint Eus, 'ben jij eigenlijk plastisch chirurg geworden?'

Ik kijk naar zijn gedrongen beentjes op mijn bureau, het stukje wit, behaard vel dat tevoorschijn komt tussen zijn crèmekleurige sok en zijn grijze broek.

'Het is zo gelopen,' zeg ik zacht. 'Ik was erg goed in het priegelwerk en ik kreeg een mooie opleidingsplaats aangeboden bij plastische chirurgie.'

Eus legt zijn hoofd in zijn nek en sluit zijn ogen. Hij neemt een hijs van zijn sigaar, opent zijn mond en laat de rook er langzaam uit kringelen.

'Is het niet veel bevredigender levens te redden in plaats van verveelde wijven aan nieuwe tieten te helpen?'

Ik probeer te glimlachen en draai het wijnglas tussen mijn handen.

'Er zijn specialisten die levens redden en specialisten die de kwaliteit van leven redden. Het is allebei belangrijk. Ik kan een baby met schisis haar of zijn eigen gezichtje terug geven. Ik kan een vrouw met borstkanker niet van de kanker genezen, maar ik kan haar wel een prachtige borst teruggeven na amputatie.'

'Dus jij zegt: kwaliteit van leven schuilt in het uiterlijk?'

'Niet alleen. Maar met een "normaal" uiterlijk heeft de patiënt meer kans op een comfortabeler, om niet te zeggen gelukkiger bestaan.'

Eus komt overeind en haalt zijn voeten van tafel. Hij buigt zich naar me toe en komt zo dichtbij dat ik zijn sigarenadem ruik.

'En wat vind je van mijn uiterlijk? Normaal genoeg?'

Ik rol mijn stoel iets naar achteren en doe alsof ik zijn gezicht grondig inspecteer. Misschien blijft het hierbij, denk ik. Wil hij een schoonheidsoperatie voor zichzelf en zijn hoerige vriendinnetje. Moet ik zijn gezicht verbouwen zodat hij niet meer herkend wordt door de politie.

'Wat wil je dat ik zeg?' vraag ik. Ik weet uit [illegible] het niet verstandig is als specialist de patiënt zel[illegible] eventuele schoonheidsfoutjes.

'Ben ik volgens jouw standaard normaal?'

'Je bent iets aan de obese kant,' antwoord [illegible] vlaag gêne vertelt me dat dit misschien niet he[illegible] woord is.

'En wat is dat, aan de "obese kant"?'

Het bloed stijgt via mijn hals naar mijn wangen om zich daar vlekkerig te verspreiden over mijn gezicht. 'Beetje te dik,' stamel ik.

Eus begint te bulderen en zijn hele lichaam schudt ervan. 'Laat dat beetje maar weg,' zegt hij lachend. 'Goed gereedschap hangt onder een afdakkie.'

'Nou, dat vet van jou is geen afdakkie meer, maar een hele carport,' zegt Johan grijnzend.

Eus' gezicht betrekt. 'Houd jij je erbuiten, lul met vingers. Laten we ter zake komen. Heb je nog meer van die heerlijke wijn?'

Ik knik en loop naar mijn kabinetkast om een nieuwe fles te pakken. Het gonst een beetje in mijn hoofd. Terwijl ik de kurkentrekker op de hals van de fles zet, neem ik me voor vanavond geen druppel meer te drinken. Ik schenk Eus bij en hij neemt me de fles uit handen.

'Hij krijgt niet meer,' zegt hij, met zijn hoofd knikkend naar Johan. 'Hij moet mij rijden.'

Mijn eigen glas vul ik met kraanwater en ik drink het in

één teug leeg. Dan draai ik me om en ga recht voor Eus staan.

'Ik doe niets, maar dan ook niets voor je als mijn zoon hier niet morgenochtend om negen uur gezond en wel op de stoep staat,' zeg ik.

'Kijk,' zegt Eus, 'daar hou ik van. Ware moederliefde.'

Hij knoopt zijn colbert open en haalt een donker, leren mapje uit zijn binnenzak, opent het en pulkt er een foto uit, die hij aan mij geeft. Op de foto staat een meisje van een jaar of twee met heel bolle wangen en een gelige, ongezonde gelaatskleur, haar gezicht omlijst door een dikke bos donkerblonde krullen. Met grote blauwe ogen kijkt ze in de lens, haar mondje halfopen.

'De moeder van Cindy [illegible] h-
tertje straks weer gezond [illegible] gt
hij. 'Alleen die kans is nie[illegible] ij-
king en wacht al een jaar [illegible] iet
de dag wordt ze zieker.'

'Is ze familie van je?' vr[illegible]

'Doet er niet toe. Hier, [illegible] we
foto, deze keer van een magere donkere jongen die verschrikt als een konijn in de lens kijkt.

'Daniel, achttien jaar, wacht al zijn halve leven op een nieuwe nier. Moet twee keer per week aan de dialyse en het ziet ernaar uit dat hij niet oud zal worden.'

Ik leg de foto's voor me op het bureau en staar naar de wanhopige, smekende ogen van zowel Cindy als Daniel.

'Als je aan mij wilt vragen of ik hun nieuwe organen kan bezorgen, moet ik je helaas teleurstellen,' zeg ik zacht.

'Dat wil ik helemaal niet vragen.' Hij slaat de askegel van zijn sigaar en steekt die opnieuw aan. Dan neemt hij een diepe trek.

'Die heb ik in feite al.' Zijn stem klinkt gedempt. Ik merk

dat mijn knieën beginnen te trillen.

'Mijn meisjes willen allemaal wel wat. Nieuwe borsten, meer billen, minder billen, schaamlippen innemen, buik leegzuigen, *whatever*. Als je toch bezig bent...'

Langzaam laat ik mezelf zakken in de stoel. Ik kijk naar Eus en dan naar Johan, die zijn hoofd wegdraait.

'Dit is een grapje...' stamel ik.

'Het enige wat jij hoeft te doen, is het gewenste orgaan verwijderen. Wat er verder mee gebeurt, regelen wij.'

'Het enige? Weet je wel wat je vraagt? Je wilt dat ik bij argeloze vrouwen die komen voor een cosmetische ingreep, ook even hun nier of een deel van hun lever weghaal? Weten zij welke risico's ze lopen? Weten jullie dat dit levens kan kosten? Even los van het volstrekt onethische karakter van deze vraag, moeten donoren grondig gescreend worden! En na de ingreep zullen ze dagen of misschien wel weken intensieve zorg nodig hebben... Ze moeten hun levensstijl aanpassen!'

Mijn stem slaat over en ik leg mijn hand op mijn borst om mijn hart tot rust te manen.

'Dit is orgaanroof,' fluister ik. 'Orgaanroof.'

Eus slurpt de wijn naar binnen.

'Vind je niet dat je een beetje overdrijft?' vraagt hij. 'Is het niet net zo onethisch om die mensen maar te laten creperen, terwijl anderen zich druk maken over hun tieten en hun kont en de vorm van hun doos?'

Ik staar naar de foto's op tafel en sla mijn handen voor mijn mond.

Ik maak geen misbruik van mijn medische kennis, ook niet onder druk. Ik zal zo het beroep van arts in ere houden.

Dat beloof ik.

Zo klonk de eed die ik ooit aflegde.

Ik schud mijn hoofd en mompel dat ik dit niet kan doen. In de stilte die volgt krimp ik ineen van schaamte. Dat zij van mij hadden gedacht dat ik tot zoiets in staat ben. Dat ik mensen in mijn leven heb toegelaten die hiertoe in staat zijn.

'Neem mijn leven maar, neem mijn organen desnoods, maar ik ga dit niet voor jullie uitvoeren. Niet. Nooit.'

Ik hoor hoe Eus zijn benen weer van mijn bureau haalt, een hijs van zijn sigaar neemt en met kracht uitblaast.

'Pop,' zegt Johan zacht. Hij komt overeind en gaat achter me staan. Zijn handen legt hij op mijn schouders. Ik huiver.

'Het is niet zo dat die meiden het niet weten,' vervolgt hij. 'De meesten vinden het niet erg. Zij redden iemands leven en hebben daarmee zelf een kans op een mooi nieuw leven, hier in Nederland of in de VS. Je moest eens weten uit welke ellendige armoede ze vandaan komen.'

Ik probeer onder zijn handen uit te komen, maar zijn grip wordt steeds dwingender.

'Orgaanhandel is crimineel. Ik word uit mijn ambt ontzet als ik me hiermee inlaat... Er zijn wetten, wachtlijsten, een heel protocol. Laat de dames zich maar registreren als vrijwillige donor als ze zo graag iemands leven willen redden.'

Johans vingers boren zich in mijn schouders. Het is al lang geen vriendelijk gebaar meer.

'Luister. Jullie laten goedkope Polen je huis verbouwen. Seks kun je kopen, sperma, eicellen, zelfs baby's... Wat maakt een orgaan zo uitzonderlijk?'

'Dat hoef ik jullie toch niet uit te leggen? Een orgaan is een vitaal onderdeel van het menselijk lichaam. Niet een of ander ding dat je kunt verhandelen. Een leven kan totaal veranderen door donatie, of zelfs ophouden... En dan nog, hoe komen jullie erbij dat ik dat zou kunnen? Ik heb er de apparatuur, de faciliteiten en de kennis niet voor. Deze transplantaties worden uitgevoerd door gespecialiseerde chirurgen, in gespecialiseerde ziekenhuizen. De donor moet uitgebreid gescreend worden op gezondheid, die procedure duurt weken.'

'Vijftigduizend euro betalen ze voor een nier. Vijfenzeventigduizend voor een deel van de lever,' zegt Eus.

Johan pakt de foto van Cindy van tafel en houdt hem vlak voor mijn neus.

'Kijk nog maar eens goed naar dat kind. Waarom moet zij zo lang wachten, waarom moet zij misschien wel sterven terwijl er mensen bereid zijn een orgaan te doneren mits hun levensomstandigheden er iets op vooruitgaan?'

'Het is kannibalisme, wat jullie willen. Ik kan daar niet aan meewerken.'

Eus zucht.

'Cindy is mijn nichtje...' zegt hij zacht.

Voor het eerst zie ik iets van emotie op zijn gezicht. Zijn nichtje. Ook dat nog.

Johan geeft een slinger aan mijn stoel en pakt dan mijn kaak tussen zijn duim en wijsvinger. 'Hij wil zijn nichtje redden, en jij gaat dat doen.'

Hij laat eindelijk zijn masker vallen. Woedend kijkt hij me aan.

'Als ik het al zou doen, is Juli bij mij niet in de beste handen. Ik weet niet eens goed welk deel van de lever ik weg moet halen,' mompel ik.

'Daar kom jij toch zo achter? Het enige wat jij moet doen, is Juli openmaken, het geschikte stuk lever verwijderen, dat in een koelbox douwen en aan een van mijn jongens meegeven. Wij zorgen voor Cindy,' zegt Eus.

'En waar is Cindy dan, als ik vragen mag?'

den. Haar hele leven al, eigenlijk. Ziekenhuis in, ziekenhuis uit. In de drie jaar dat ze leeft, heeft ze zevenentwintig operaties ondergaan.'

'En hebben jullie je al afgevraagd of Juli's bloedgroep matcht?'

'Cindy heeft de zeldzame bloedgroep AB negatief. Juli ook.' Eus grijpt de fles rode wijn, vult zijn glas en drinkt het in één teug leeg.

'Hoe weet je dat?' fluister ik.

Hij haalt zijn schouders op. 'Kwestie van zoeken.'

'Je laat alle vrouwen die voor je werken een bloedtest afnemen.'

'Juli heeft de hele shit, die screening al doorlopen. Compleet gezond. Maar ze is geweigerd als donor voor Cindy omdat ze "ernstig twijfelen aan haar motieven",' zegt Eus, het laatste met een aanstellerig stemmetje. 'Verder gaat het je niet aan. Jij gaat het leven van mijn nichtje redden. Als de ingreep slaagt, hebben we een deal. Vijftigduizend euro per orgaan betalen we. Met een stu[illegible] moet je er wel zijn.'

Ik leg mijn koud[illegible]ijn gesloten ogen.

'Nee,' zeg ik. 'Nee. [illegible]agen. Het spijt me verschri[illegible] helpen met het zoeken n[illegible] dit niet doen.'

'Ik dacht dat jij je zo[illegible] terug wilde zien...' zegt Johan. Zijn stem klinkt hard van gespeelde woede.

'Wat zou zijn nier waard zijn, denk je?' vraagt Eus.

'Nou, zijn lever niet zoveel meer, na gisternacht.'

Beide mannen lachen opgefokt hard.

'Jouw jongen, lieve Mathilde, eet uit mijn hand,' zegt Johan en hij brengt zijn gezicht tegen het mijne aan. 'Helemaal uit zichzelf komt hij naar mij toe. En maar praten over hoe klote hij het thuis heeft. Leuk om te weten, toch?'

Ik bijt hard op de binnenkant van mijn onderlip. Niet gaan huilen nu. Ik wurm mijn handen in mijn zakken om de spuiten. Mijn blik is gericht op zijn kloppende halsslagader. We zwijgen en staren voor ons uit, zij wachtend op mijn overgave, ik op een gedachte, een plan, een manier om hieruit te komen, maar er gebeurt niets in mijn hoofd, omdat ik volstrekt ongeschikt ben hiervoor. Ik kan opereren, maar niet moedwillig iemand om het leven brengen. Ik hap naar adem en spring in het diepe, hopend dat me onderweg iets invalt.

'Zo'n operatie kan ik onmogelijk alleen uitvoeren,' zeg ik en ik kijk Johan strak aan. 'Maar aan mijn eigen personeel ga ik dit niet vragen.'

Een lichte glundering flikkert in zijn ogen.

'Je roept maar. Wat heb je nodig?'

'Twee assistenten.'

'Kan geregeld worden. Als jij ze kunt aansturen.'

'Ik wil Kimmy en Marzena.'

'Waarom hen, in hemelsnaam?'

'Omdat ik hen kan verstaan en Kimmy gewend is op de millimeter te werken.'

Het is een wilde gok. Maar ik heb niets meer te verliezen.

'Wordt geregeld. Meer?'

'Ja, heel veel meer. Waar bevindt zich de ontvanger van het orgaan? Een nier of een deel van de lever heeft een houdbaarheid van slechts enkele uren, mits gekoeld bewaard. En ik wil een verklaring van de donor dat ze instemt met de transplantatie.'

Johan kijkt naar Eus, die knikt.

'Die verklaring regelen we. Cindy is slechts drie uur rijden hiervandaan.'

‘Het kan haar leven kosten...’ zeg ik zo ernstig mogelijk.

‘Dan betaal jij,’ antwoordt Eus. ‘Met het leven van Thom.’

36

Mijn ogen branden zowat mijn kop uit. Te lang ge-Xboxt en het is hier ook benauwd. Soort warmte die vroeger ook bij mijn oma hing, daar kreeg ik altijd knallende koppijn. Johan is al de hele middag weg, hij heeft beloofd thuis te komen vanavond, maar hij is er nog steeds niet. Ik wil eigenlijk wel weg, naar huis, maar dan denk ik weer: o ja, we hebben geen huis, maar een krot. Het is een heel raar gevoel, een soort heimwee naar iets waarvan je weet dat het niet meer bestaat, naar vroeger misschien wel. En dan denk ik daaraan en dan word ik boos en krijg ik zin iets te slopen. Daarom is Xboxen zo lekker. Iedereen omver maaien, zelfs ouwe wijven en moeders met kinderwagens. Zo cool.

Maar nu ben ik wel even klaar. Mijn hersenen dreunen en ik zie lichtflitsjes, heel irritant. Ik ga op zoek naar iets te eten en te drinken. De keuken is een teringbende. Vuile vaat staat opgestapeld naast de spoelbak, die ook vol staat met lege glazen en asbakken. Ik open de ijskast en pak er een in doorzichtig plastic verpakte cheeseburger uit en een fles cola. Of doe toch maar een flesje bier. *What the fuck*.

De cheeseburger stop ik in de magnetron. Ik kijk rond voor een opener, maar zie die nergens. Ik trek lades open, lades vol rotzooi, pakjes shag en vloei, zakdoeken, aluminiumfolie en dat soort troep, maar een opener ho maar. Ik probeer het met een mes, maar dat lukt niet. Met een aansteker, zoals ik die bouwfuckers zie doen, maar dat gaat ook niet. Ik zoek in de kamer, want ik ben *obsessed* inmiddels, ik moet en zal dat koude biertje. Niks. Het wekkertje van de magnetron gaat af, de cheeseburger is klaar, maar eerst moet dit flesje open. In Johans werkkamer misschien. Ik kijk op zijn bureau, dat bezaaid ligt met papieren. Trek een la open, hoewel me dit wel een erg onlogische plek lijkt. Ik wil de la meteen weer dichtdoen, maar dan valt mijn blik op een gele map, zo'n plastic mapje dat wij ook voor school gebruiken, en mijn blik valt erop omdat ik de naam van mijn moeder zie staan. Ver weg klinkt nog steeds het belletje van de magnetron, als een soort alarm. Ik ben ineens heel gefokt. Ik sla de map open. Zie een krantenfoto van ma, met een klein interview. Ik heb het thuis ook voorbij zien komen, maar het interesseert me eigenlijk geen reet dit soort dingen, ze doet maar. Ze staat er heel streng op, helemaal niet zoals ik haar ken. Het interview gaat over de kliniek. Ik blader door de rest van de papieren. Allemaal knipsels, interviewtjes en overzichten van een of andere bank of zo, met geldbedragen erop en allemaal informatie over de kliniek. Woorden als risicoprofiel en kredietlimiet. Wat moet Johan hiermee?

Op het laatste blad staat in een priegelig handschrift van alles geschreven. Adressen, telefoonnummers, mobiele nummers. Ook van mij. Mijn Facebookpagina. En van Hylke. Die dood is. Huisadres. Daarachter een kladblaadje waarop een route getekend staat. Ik staar ernaar. Fokking hel. Het is de weg die Hylke dagelijks aflegde van en naar ons huis. Fokking hel.

37

De wind giert om mijn hoofd als ik het duin op loop. Ik open mijn mond, sluit mijn ogen en spreid mijn armen zoals ik vroeger deed, samen met Thom, als we tegen de wind probeerden te leunen. Nu zou ik willen dat de wind me optilde en meenam, dat er een orkaan kwam die alles optilde. Het is vreemd, hoe hard je werkt om bezit te vergaren, een huis, twee auto's, een eigen bedrijf, hoe je jezelf als een kerstboom optuigt met symbolen van je succes en hoe het je, als het er uiteindelijk op aankomt, geen ene moer interesseert. Mijn koninkrijk voor mijn zoon. Alles mogen ze hebben. Het verlangen naar hem is zo groot dat alles pijn doet, dat ik zijn naam moet schreeuwen tegen de wind. Ik loop omhoog door het mulle zand, mijn beenspieren branden onder mijn huid. Zo denken de ouders van Cindy er ook over. Hun kind. Drie jaar oud en geketend aan pijn. Ik zou ook tot alles in staat zijn om mijn kind ervan te verlossen.

Maar ik kan hen niet helpen, al ben ik chirurg. Ik ben van de buitenkant, precies zoals Rogier me altijd inwrijft.

Ik zuig mijn longen vol zilte zeelucht en kijk naar de maan die in de lucht hangt te stralen alsof er niets aan de hand is. Even lijkt het alsof alles wat er net is gebeurd niet echt is. Misschien ben ik gek aan het worden, zoals Rogier suggereerde. Omdat ik alles kwijt ben. Man, kind, huis en werk. Misschien ben ik het niet eens kwijt. Niets is meer zeker, terwijl nog niet eens zo lang geleden alles zeker leek. Toen ik nog leefde zonder ergens aan te twijfelen, toen het nog leek alsof Rogier en ik altijd tevreden naast elkaar zouden bestaan en Thom altijd tien zou blijven. Er waren geen pieken en geen dalen, we waren gewoon samen. 's Nachts kroop ik tegen Rogier aan, draaide mijn billen tegen zijn warme buik en ik voelde me veilig als hij zijn arm om me heen legde. We vreeën of we vreeën niet, het was nooit onderwerp van gesprek. Leven ging vanzelf. Waarom konden we dat niet vasthouden? Wie is er begonnen met twijfelen aan de ander? Ik weet het niet meer. Maar ik wil ernaar terug. Terug naar de vanzelfsprekendheid.

Ik loop weer naar de kliniek, stamp voor de deur het zand van mijn schoenen en ga naar binnen. Ik doe de luchtzuiveringsinstallatie aan om mijn kantoor te ontdoen van de sigarenlucht en zet de ramen wijd open. Ik bel Thom en krijg voor de honderdste keer zijn voicemail. De lege glazen en flessen breng ik naar de keuken, waarna ik de gang op loop. Dit is echt, denk ik. Dit is mijn bedrijf. Dit heb ik opgebouwd. Er komen mensen van heinde en verre om door mij geholpen te worden. Het mag dan alleen buitenkant zijn, en ik red geen levens, maar ik maak het leven een stukje mooier en soms gelukkiger voor mijn klanten.

In de wachtkamer zet ik de flatscreen en de dvd aan, nestel me in de zachte fauteuil en kijk naar de foto's op het scherm. Een eindeloze rits gezichten die onbewogen in de camera kijken. Eerst met rimpels, hangwangen, kraaienpootjes, overhangende oogleden, walzakken, flaporen, haakneuzen, fronzen, moedervlekken en onderkinnen, en daarna zonder ontsieringen. Het verschil is maar klein, de gezichten worden hooguit zachter, vrolijker, milder door een ingreep. Dat is wat ik doe. Ik haal de scherpe kantjes van de ouderdom, verwijder de tekenen van teleurstelling en verdriet.

Borsten glijden voorbij. Grote, kleine, hangende. Ik staar ernaar en denk aan Thom als baby, eindeloos lurkend, dag en nacht wilde hij in de nabijheid van mijn troostende borsten zijn. Net zoals Rogier. En op een gegeven moment ben je het zat, die hunkerende afhankelijkheid.

38

Ik sla de map dicht, gris hem uit de la en stop hem onder mijn sweater. Dan ga ik de cheeseburger eten, anders raak ik van mijn padje af. Laat het biertje maar zitten. Iets knettert in mijn hoofd. Ik krijg de verbanden niet gelegd. Woedend word ik ervan. Ik gooi mijn bord stuk op de tegelvloer en schop tegen de scherven. Wat moet ik? Wat moet ik? Wat moet ik?

Weg. Dat is wat ik moet. Ik trek mijn sneakers aan en een leren jas die ik aan de kapstok vind. Ik word ineens heel beverig. Straks komt Johan thuis. Ik haast me door de achterdeur naar buiten en kom op een binnenplaats vol rotzooi. Lege dozen, lege flessen, kratten bier, emmers verf, fietsen. Ik pak er een. Die is niet op slot. Ik loop naar het groene poortje. Dat is wel op slot. Ik heb geen tijd, ik trap tegen het halfvergane hout. Drie, vier keer en dan vliegt het open. Ik wil op de fiets springen als ik ineens gekeeld word. Iemand slaat zijn arm om mijn nek. Ik schreeuw en voel hoe zijn spieren zich aanspannen tegen mijn huig. Ik word opgetild. Spartel in de lucht. Met mijn ellebogen probeer ik de man in zijn maag te raken, maar hij lijkt van beton. De map glijdt onder mijn trui uit op de grond. Terwijl ik steeds duizeliger word en kokhals schop ik naar achteren tegen zijn schenen, ik probeer hem hoger te raken, zijn kruis moet ik hebben, maar mijn bewegingen verliezen kracht en langzaam wordt het zwart voor mijn ogen. Ver weg hoor ik een stem.

Hij roept iets over politie. Ik wurm een geluid door mijn strot. Heel even verslapt zijn grip.

Het is mijn moment.

Ik zet me af. Iets scherps snijdt in mijn enkel.

Ik draai me om met alle power die ik nog heb en stoot mijn schedel tegen zijn neus. Het kraakt. Een misselijkmakend geluid. Nu is het zijn beurt om te schreeuwen. Hij stinkt naar knoflook en bier. In een reflex laat hij me los en grijpt naar zijn gezicht. Mijn knie schiet uit naar zijn ballen en raakt hem vol. Hij krimpt ineen, de motherfucker, en ik wil hem nog een keer schoppen, en nog een keer, ik wil zijn hoofd als een meloen op de keien uiteen zien pletten, ik wil met mijn voet op zijn enkel stampen tot hij in duizend stukjes breekt.

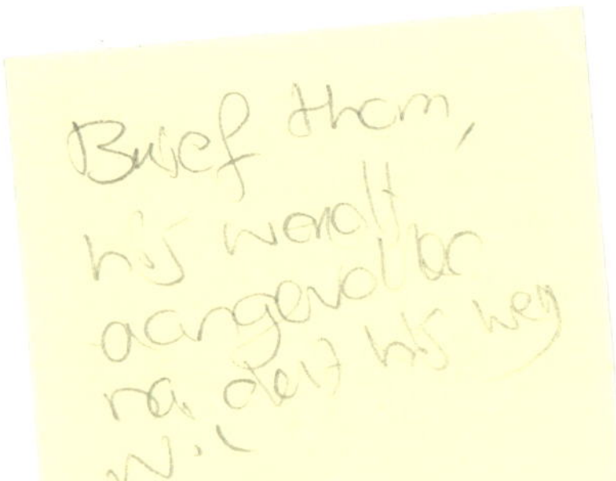

39

Ik ben aan het uitstellen. Ik weet wat ik moet doen, maar ik zie er vreselijk tegenop. Het kan natuurlijk ook anders. Ik kan de politie bellen en hun alles vertellen. Alleen lever ik daarmee niet alleen Eus en Johan uit, maar ook mezelf. Misschien dat ik daarna een baantje kan krijgen bij een collega, maar ik zal besmet zijn voor de rest van mijn leven. En Thom, waarom denk ik niet als eerste aan Thom? Ze houden hem natuurlijk als gijzelaar tot na de transplantatie. Waarschijnlijk zelfs tot blijkt dat het deel van Juli's lever is aangeslagen. Wat nooit zal gebeuren. Het is een horrorscenario waarin hij en ik zijn terechtgekomen en er is maar één manier om hieruit te komen. Ik zal het spel moeten meespelen.

Haar kaartje zit in mijn portemonnee. Ik dwing mezelf overeind en loop naar kantoor, waar mijn tas ligt. Met bevende vingers toets ik haar nummer in. Ik weiger te denken aan de grote risico's die ik neem. Bluffen moet ik, bluffen zoals Johan dat doet. Angst en wantrouwen zaaien. Haar telefoon lijkt eindeloos over te gaan en iets in mij hoopt dat ze niet opneemt. Dan hoor ik haar slaperige stem.

'Hallo?'

Vermoedelijk ligt ze in de armen van mijn man. In mijn huis. 'Je bent in gevaar,' zeg ik. 'Ik moet je spreken.'

'Wie is dit?' vraagt ze schor.

'Je weet donders goed wie ik ben. Kun je hierheen komen? En je mond houden tegen Rogier?'

Ik hoor gestommel. Een mannenstem. Het snijdt door mijn ziel. Al is ons huwelijk kapot, al draag ik daar zelf schuld voor, al ben ik degene die hoopte dat een ander hem gelukkig zou maken en mij van hem zou bevrijden, het doet vreselijk pijn.

'Sorry,' hoor ik haar zeggen. 'Ik ben zo terug.'

Ik zie het voor me. Hoe ze iets aanschiet, hoe Rogier kijkt, bang en achterdochtig. Ze loopt de trap af, op zoek naar een plek waar ze zeker weet dat hij niet kan meeluisteren. Ik hoor een deur dichtgaan.

'Je bent echt gek geworden, geloof ik,' zegt ze.

'Marzena, ik meen het serieus. Ik wil heel graag met je praten. *Face to face*.'

Ze zwijgt.

'Johan heeft je echtgenoot vermoord, dat weet je toch?'

'Je moet geen grappen uithalen met die man,' fluistert ze.

'Onze levens zijn in gevaar,' probeer ik nogmaals.

Ze zwijgt. Ik hoor haar snuivend ademhalen.

'Waar kunnen we elkaar zien? Niet hier, niet bij jou, niet bij mij,' zegt ze zacht.

'Hertenkamp,' zeg ik, de eerste plek die bij me opkomt.

'Goed. Geef me een kwartier.'

40

De woede lijkt me te overspoelen en ik vind het heerlijk, net zoiets als masturberen. Ik ben sterk, zo sterk dat deze beer van een gast nu kermend van de pijn op zijn knieën zit. Ik trap tegen zijn schouder en scheld hem uit, tot ik me realiseer dat ik weg moet nu ik de kans heb. De map, denk ik, de map. Bewijsmateriaal. De man beweegt en murmelt in het Pools. Ik kijk snel om me heen en zie de gele map liggen tussen de spaken van de fiets. Ik pak hem, stop hem weer onder mijn trui, klem hem in de band van mijn trainingsbroek en pak de fiets van de grond.

Achter me hoor ik een vreemd geklik. Ik zwaai mijn been over het zadel en ga op de trappers staan. Ik rijd hijgend door de steeg, net zo bevend en trillend als de rammelende fiets met zijn platte banden. Er klinkt een harde knal, zo hard als het ontploffen van een betonstrijker, en ik duik ineen. Mijn oren suizen. Er is op me geschoten. De kogel heeft gemist. Een nieuwe klap. Ik hoor buurtbewoners, ramen die piepend opengaan.

Ik ben weg. Ik leef. Mijn hart gaat als een idioot tekeer. Ik sla een hoek om en weet nu zeker dat de man mij niet meer kan raken. Ik trap en trap en trap en trap, mijn tong tussen mijn tanden geklemd. Mijn hand tast in mijn jaszak. Ik moet mam bellen. Haar waarschuwen. Mijn mobiel zit er niet in. Ik voel aan de andere kant. Geen mobiel. Kut. Die is uit mijn zak gevallen.

41

De laatste keer dat ik hier was, is meer dan tien jaar geleden, met Thom die tot zijn vijfde jaar dagelijks brood wilde brengen naar de bambi's, tot een vriendje van school hem zei dat het kinderachtig was de herten te voeren. Daarna wilde hij er nooit meer heen, want het laatste wat Thom wilde zijn, was kinderachtig. En nu zit ik hier, op een bankje in het holst van de nacht te geeuwen en te rillen van de slaap, wachtend op iemand van wie ik niet weet of ze te vertrouwen is. Het is een vermoeden, intuïtie of pure paniek die zegt dat zij net zozeer slachtoffer is van Johans afperspraktijken. Johan creëert met omkoping en chantage een netwerk van bedrijven die hem en Eus van pas komen bij hun mensenhandel. De Polen via Marzena, de Vietnamezen en de Thai via Kimmy. Mij hebben ze nodig voor de verbouwing van de meisjes en hun volgende mensonterende handeltje in organen. Dit is denk ik wat er aan de hand is, in een notendop.

Waar ik mijn hoop op baseer, is de tragische blik in Marzena's ogen op de begrafenis van Hylke. De blik van een gekooid, angstig dier. Maar ik kan me vergissen.

'Hoi,' klinkt het naast me en ik schrik op, alsof ik heb zitten slapen. Ik kijk om en zie Marzena, gehuld in een zwarte lange jas met een brede ceintuur, onberispelijk gekleed als altijd.

'Laten we lopen,' zegt ze, terwijl ze schichtig om zich heen kijkt. Ik sta op en volg haar, zoekend naar de juiste woorden, en ik negeer de gloeiende, jaloerse woede die in me smeult.

'Marzena,' begin ik, 'Johan en zijn opdrachtgever Eus zijn met een heel smerig zaakje bezig. Weet jij ervan?'

'Ze zijn altijd met smerige zaakjes bezig. Maar het is beter daarover te zwijgen,' antwoordt ze, mijn blik ontwijkend.

'Ook als het om mensenlevens gaat?'

'Ook dan.'

'Ik ben arts. Ik kan dat niet. En wat ze mij vragen te doen...'

'Je kunt het maar beter doen. Je overgeven. Als je eenmaal met hen in zee bent gegaan, is er geen weg meer terug. En ze doen wat ze zeggen. Kijk wat ze met mijn man hebben gedaan.'

Ik herinner me het verhaal dat Rogier vertelde. Marzena's man is met messteken om het leven gebracht, daarna hebben ze zijn lichaam in een auto gezet, die ze vervolgens in de fik hebben gestoken.

'Waarom hebben ze hem vermoord?' vraag ik.

'Hij praatte te veel. Met de politie en met de meisjes.'

'De meisjes?'

'Ja, de meisjes die Eus in zijn pandjes zet. In Polen is het leven voor veel vrouwen moeilijk. Armoede, geweld, veel alcoholproblemen. Ze willen allemaal weg. En ik kon dat via mijn man regelen, die in Nederland werkte met Poolse bouwvakkers. Ik zocht werk voor die Poolse meisjes. Via mij konden ze model worden, of danseres en een goede echtgenoot vinden. Ik kende Johan en Eus nog niet. Pas later, toen ik hierheen kwam, zag ik wat Eus en Johan werkelijk met deze meisjes deden.'

We lopen langzaam, met gelijke tred, en zwijgen even. Ik heb zoveel vragen, maar ik moet voorzichtig zijn. Ze mag me niet ontglippen.

'En de politie, is die niet achter hen aan gegaan, na de moord?'

Ze kijkt me aan. In haar grote bruine ogen ligt een verslagen, doffe blik.

'Ik wil niet meer praten. Het maakt me bang.'

'Heb je kinderen?' vraag ik na een korte stilte.

Ze verstart, stopt met lopen en wendt zich van me af. Samen staren we naar het veldje.

'Daarom,' zegt ze na enkele minuten.

'Daarom wat?'

'Daarom moeten we ons overgeven en zwijgen. Voor onze kinderen.'

Ik schud mijn hoofd.

'Nee, Marzena, integendeel, daarom moeten we ingrijpen. Om hen te beschermen.'

Ze opent haar tas en graait erin rond tot ze haar pakje Marlboro gevonden heeft. Nerveus steekt ze een sigaret tussen haar lippen en zoekt naar een aansteker. Pas als ze die gevonden heeft, haar sigaret heeft aangestoken en de rook diep inhaleert, begint ze bij het uitblazen ervan weer te spreken.

'Voor jou is het anders. Mijn Cindy is klein en ziek. Er is heel veel geld nodig om haar beter te maken.'

'Zei je Cindy?'

Ze knikt. 'Mijn dochtertje. Ze is geboren met galgangatresie. In Polen zou ze dood gaan. De gezondheidszorg... Alle goede artsen en specialisten vertrekken naar Duitsland of Amerika. Om haar te redden was geld nodig. Heel veel geld. Om haar naar Duitsland te krijgen. Ik doe alles voor mijn kind. Alles heb ik ervoor over. Mijn lichaam, mijn bezit, mijn ziel, alles...'

Ik denk aan het kleine meisje op de foto die Eus me heeft laten zien. Haar grote, bange ogen. Cindy. Marzena's Cindy.

'Johan heeft haar leven gered en mijn man het leven ontnomen. Dat is heel erg, maar mijn man...' Ze knippert met haar ogen en slikt een paar keer. 'Mijn man heeft haar leven ook op het spel gezet.'

'Nee,' zeg ik, harder dan de bedoeling is en ik zie aan haar ogen dat ze schrikt. 'Sorry, ik wil je niet bang maken of onder druk zetten, maar ik denk dat je man juist bezig was je dochtertje te redden. Eus en Johan zetten haar leven op het spel. Ze gebruiken haar als proefkonijn.'

'Hoezo?'

'Eus heeft me vanavond een foto laten zien van Cindy. Hij beweerde dat het zijn nichtje was.'

'Dat is een leugen.'

'Ze hebben een Pools meisje gevonden met dezelfde bloedgroep en morgenavond moet ik een stuk van haar lever transplanteren. Voor Cindy.'

Ze kijkt me onderzoekend aan en glimlacht voorzichtig.

'Ik begrijp het niet. Dat is toch goed nieuws? Weet je hoe lang we al wachten op een nieuwe lever?'

'Wat zij willen is onmogelijk. Ik ben geen transplantatiechirurg. Ik heb er de faciliteiten niet voor. Ik weet niet of die Juli een geschikte donor is, nog afgezien van haar bloedgroep, en als het mij lukt om een deel van haar lever te verwijderen zonder haar leven in gevaar te brengen, is het maar de vraag of het aan zal slaan bij je dochter. Het is een experiment. Een gevaarlijk, illegaal experiment en ze geven niets om jouw dochter of de donor. Mocht het lukken, dan is het voor hen slechts nieuwe handel. En ons zullen ze blijven manipuleren, met het leven van onze kinderen.'

Marzena zucht en neemt een laatste trek van haar sigaret.

'Hebben ze Thom?' vraagt ze, terwijl ze haar peuk op de grond uitstampt met haar zwarte laars.

'Ja,' zeg ik.

'Daar was ik al bang voor.'

We zijn weer terug bij het bankje.

'Ik weet niet wat ik moet doen,' mompelt ze.

'Ik ook niet,' zeg ik.

'Mijn dochter moet blijven leven. Dat gaat boven alles. Sorry.'

'Als dit doorgaat, zal Juli zo goed als zeker sterven. En op termijn je dochter ook. Ze heeft alleen een kans in het beste ziekenhuis, dat gespecialiseerd is in transplantaties, met een lever van een goed gescreende donor.'

'Ze ligt in een heel goede privékliniek. Ik heb haar arts ontmoet. Ik vertrouw hem.'

'Je kunt hem niet vertrouwen, je kunt mij niet vertrouwen, wij kunnen het niet en degene die het wel kan, zal hier nooit aan meewerken.'

'Ik wilde met haar naar China,' prevelt ze. 'Daar is het heel makkelijk. Levers, nieren, alles is er gewoon te koop. Maar het kan niet. Ze is te zwak voor de reis.'

'Wat er in China gebeurt, dat willen Johan en Eus hier opzetten. Handel in organen.'

'En waarom niet? Als het levens redt?'

'Omdat het ook levens kost en het ene leven niet meer waard mag zijn dan het andere.'

Marzena steekt met trillende vingers een nieuwe sigaret op. Haar ogen zijn vochtig.

'Weet je zeker dat dit Cindy het leven kost?' vraagt ze.

'Ja,' zeg ik en ik onderdruk mijn twijfels. 'Ze is in de verkeerde handen. Ik kan ervoor zorgen dat ze in goede handen komt. Als je me helpt.'

'Ik ben niet verzekerd.'

'Maakt niet uit. Ik help je, ook financieel. En Rogier helpt je. Dan heeft ze meer kansen dan nu.'

Zwijgend lopen we nog een rondje om het hertenkamp. Mijn handen zijn nat van het zweet. Halverwege draait ze zich om en pakt me bij mijn armen.

'Wat moet ik dan doen?' vraagt ze en mijn hart maakt een klein sprongetje. 'Als je meeloopt naar mijn auto, zal ik je dat vertellen,' zeg ik.

42

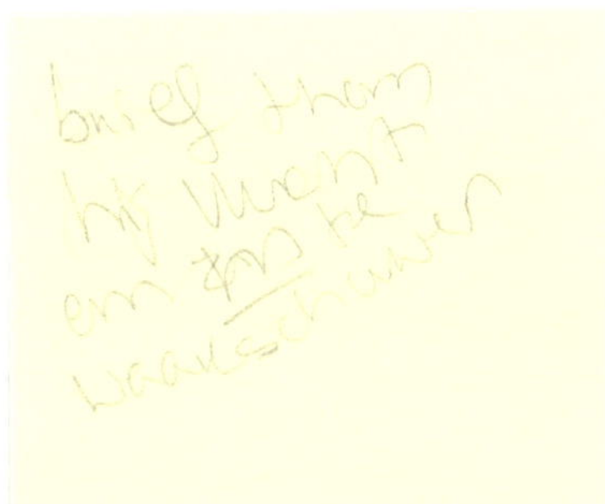

Ik fiets maar door, om me heen kijkend of ik iets herken. Ik kom langs een politiebureau. Moet ik naar binnen gaan, met de map? Vertellen wat mij is overkomen? De buren kunnen getuigen dat er geschoten is, maar waar? Ik weet niet eens waar ik precies heb gezeten. Nee. Ik moet eerst ma waarschuwen. Maar ik kan niet bellen want ik heb geen telefoon en geen geld. En ik weet haar nummer niet. Ze heeft altijd gezegd, leer het uit je hoofd, ze heeft het me voorgedaan, er een soort liedje van gemaakt, maar wie onthoudt dat nou? Dus ik trap door, hoewel ik niet eens weet waar ik ben. Het kan niet ver van huis zijn. Ergens in de stad. Maar ik kom bijna nooit in de stad.

Ik rij eerst langs donkere, oude huizen, een vijver met grote treurige bomen ernaast. Dan door een brede straat met chique panden. Ik zie het ziekenhuis en dat herken ik; aan het einde van deze straat is het oude voetbalstadion waar ik vroeger weleens met pap heen ging. Toen hij nog gewoon was en vrolijk.

Ik hijg de longen uit mijn lijf. Mijn voet begint vreselijk pijn te doen. Mijn rechterbroekspijp is ook drijfnat van het bloed. Maakt niet uit, ik moet door. Ik voel me alsof ik in een film speel of in GTA. Net echt. Suizend door de stad.

Ik fiets door een tunnel onder de snelweg door en ruik klei en mest vermengd met zeelucht. Tegenwind. Mijn vingers vriezen er zowat af. De map snijdt tegen mijn buik. Ik moet harder trappen om het weer warm te krijgen. En ik fiets door open land. Ze kunnen me zien hier, in iedere auto kan Johan zitten, of zijn pitbulls Gerik en Aleksy. Ik trek mijn capuchon over mijn hoofd en buig me over het stuur. De banden ratelen over het asfalt. Ik kan geen kant op, denk ik bij iedere auto die voorbijrijdt. Eentje mindert vaart en zet groot licht op. Ik gooi mijn stuur om. Ze zijn het. Ik weet het zeker. Met fiets en al beland ik in het brakke water van een greppel, maar het boeit me niks. Ik klauter de andere kant op, met mijn hand op mijn trui en de map, die ik niet mag verliezen. Ik ren het zompige weiland in, in de richting van de bomen. In de verte hoor ik de auto stationair ronken. De klei trekt aan mijn voeten, is te zwaar om vaart te maken. Mijn rechtersneaker blijft hangen, maar ik trek mijn gewonde voet eruit en ga door, de pijnlijke steken negerend.

Pas als ik bij de bomen ben, draai ik me om. Mijn mond hangt open, ik hijg als een hond. Het is ijskoud en stil. Ik zie de auto niet meer. Er is ook niemand achter me aan gekomen. Maar ze weten waar ik naartoe ga.

43

Loslaten, daar ben ik slecht in. Ik wil de controle behouden, al kost het me mijn eigen geluk. Daarom kan ik niet weg bij Rogier, al vertelt elke vezel van mijn lichaam me dat het voor mij het beste is, daarom verzamel ik tassen en laarzen en sieraden om de pijn te dempen, daarom zoek ik houvast in mijn werk en mijn jeugd, daarom leef ik een leven dat totaal failliet is. En nu moet ik Marzena loslaten, erop vertrouwen dat ze doet wat we hebben afgesproken en dat het lukt. Het is een grillige gok, die net zo goed averechts kan uitpakken. Een gok gebaseerd op intuïtie, niets anders. Maar Marzena wist zeker dat het ging lukken. Haar opklarende gezicht toen ik mijn idee ontvouwde, sprak boekdelen.

'Het is zo simpel. Dat ik daar nooit aan heb gedacht. Zie je, daar moet je met z'n tweeën voor zijn,' zei ze en ze gaf me zowaar een zoen.

Als het niet lukt, kost het me mijn leven, zo simpel is het. Mij rest niets anders dan me over te geven aan haar, aan het lot, en maar afwachten of het me eindelijk gunstig gezind is.

Rusteloos ijsbeer ik door mijn kantoor, gespannen als een veer. Ik moet slapen, al heeft het bijna geen zin meer. Hoe dan ook zal over enkele uren de kliniek weer draaien en niemand mag iets vermoeden. Ik blader door mijn agenda en zie twee lipo's en een buikwandcorrectie staan. Dat is makkelijk. Doe ik op routine. Om vier uur werkoverleg, dat wordt moeilijker. Dat zal ik proberen te verplaatsen naar overmorgen. Als die komt.

Ik rol mijn bed uit de kast en klap het open. Loop met mijn toilettas naar de wastafel, ontdoe me van mijn make-up en poets mijn tanden. Van slapen zal niks komen, mijn hersenen draaien op volle toeren. Ik bel nogmaals naar Thom, maar krijg zoals verwacht zijn voicemail. Met mijn mobiel in mijn handen stap ik in het koude, klamme bed en prevel in mezelf dat het bijna voorbij is. Mijn voeten zijn ijsklompen, net als mijn handen en het puntje van mijn neus. Ik trek mijn dekbed nog dichter om mijn schouders en oren.

Denk aan iets goeds. Niet aan het breekbare bleke jongenslijf van je zoon, zijn doorschijnende gezicht, de blauwe lippen. Thom in angst, kermend van pijn. Thom, mijn baby, die alleen maar sliep op mijn borst, veilig bij de oerbron. Alsof het gisteren was zie ik zijn verfrommelde gezichtje voor me, de gebalde knuistjes. Ik ruik hem, ik voel hem, het is fantoompijn van de ergste soort.

Er klinkt getik op de ramen. Ik duik dieper onder mijn dekbed, want ik wil bij dit beeld blijven, mijn lieve zoon als onschuldig klein wezen over wie ik me uren kon verwonderen. Er is geen verliefdheid zo mooi en vervullend als de liefde voor je kind en daarom is het zo vreemd dat ik die uiteindelijk toch heb verwaarloosd. Zijn aanwezigheid in mijn leven als iets vanzelfsprekends zag. Misschien is dat wat Marzena en ik in elkaar herkenden: het besef dat je kind je zomaar ineens ontnomen kan worden.

Het getik houdt aan. Vast een tak die door de wind tegen het raam slaat. Ik wil slapen. Ik moet slapen, om morgen iets waard te kunnen zijn. En het verlangen naar een paar uur niets voelen is groot. Ik doe mijn best niet te luisteren, me niet op te winden over het irritante geluid, totdat het gebons wordt en ik me realiseer dat de stem in de verte zich daarbuiten bevindt en dat het werkelijk mijn kind is, dat mij roept.

Ik open mijn raam en trek hem naar binnen, naar me toe, zoals ik hem naar me toe trok na zijn geboorte, dichtbij wil ik hem, dwars door zijn stoerheid heen, ik druk hem aan mijn borst, mijn jongen die ruim een kop groter is dan ik. Hij huilt.

'Mam, mam,' zegt hij bibberend en draden speeksel kleven aan zijn bevende lippen.

'Jongen toch, mijn kindje, mijn baby, ach kleine lieverd.'

Hij is nat en zo koud dat hij blauw ziet. Ik sla het dekbed om zijn schouders en wieg hem in mijn armen.

'Waar was je, lieverd? Ik ben zo ongerust geweest... Jezus, wat is er met je gebeurd?'

Mijn lippen strijken langs zijn korte natte haren. Ik wrijf over zijn rug.

'Ik zet je onder een hete douche, en dan ga ik thee voor je zetten, of wil je soep?'

'Nee,' zegt hij. 'Wacht...' Hij wurmt zich los uit mijn moederlijke greep en haalt iets onder zijn sweater vandaan. Bevend geeft hij me de gele map.

'Dit vond ik bij Johan.'

Ik neem hem aan en sla hem open.

'Je zat bij Johan?'

'Ik dacht dat hij een goeie gast was...'

Wat ik zie in de map verbaast me niets. Hij heeft research gedaan. Mij uitgezocht voor zijn walgelijke missie omdat hij wist hoe kwetsbaar ik was.

Verdient hij het leven? Die vraag zou ik enkele maanden geleden met 'ja' beantwoord hebben. Zelfs hij, zelfs mensen die anderen het leven hebben benomen, zelfs degenen die een gevaar voor de samenleving vormen, hebben het recht te bestaan, omdat ze ooit geboren zijn. Het leven is hun niet door ons gegeven en daarom mogen we het ze ook niet afnemen. Maar alles is anders nu. Het is oorlog. Het is hij of alles wat mij lief is. Het is zelfverdediging.

'Misschien moeten we naar de politie,' zegt Thom. Zijn stem is schor en zwak. Onder zijn ogen staan dieppaarse kringen. Ik neem zijn gezicht in mijn handen en druk een kus op zijn koude voorhoofd.

'Maak jij je nou maar geen zorgen. Mama regelt het. Het belangrijkste is dat je hier bent, veilig bij mij en dat je weer warm wordt. Daarna moet je slapen. Niet nadenken kereltje van me.'

'Ik haat het als je zo doet,' zegt hij en met de rug van zijn hand veegt hij de sporen van mijn kus weg. 'Ik ben geen kind meer. Je moet gewoon eerlijk tegen me zijn. En warm worden en slapen, daar is geen tijd voor. Die gasten weten heus wel dat ik hier zit. Ze zijn me gevolgd... Wat is er aan de hand, mam?'

'Ze komen maar. Ik maak ze af.'

'Ja hoor, mam. Je weet niet waarover je het hebt. Hij heeft op mij geschoten.'

'Johan?'

'Nee, een van zijn matties.'

Mijn hart versteent. Geschoten op mijn kind.

'Hebben ze je pijn gedaan?'

Hij wijst op zijn enkel. Dan zie ik dat zijn broekspijp doordrenkt is van bloed. Ik til zijn been op mijn schoot. 'Mag ik je broek uittrekken?'

Hij knikt. Voorzichtig maak ik zijn riem los en doe zijn broek naar beneden. Harige spierwitte mannenbenen. Als ik de broek over zijn enkel haal, kermt hij van de pijn. Het bloed gulpt nog steeds uit de wond aan de binnenkant van zijn enkel.

'Ik moet het schoonmaken en hechten. En die enkel lijkt ernstig gekneusd, misschien wel gebroken. Daar moet een foto van gemaakt worden, en dat kan hier niet...'

'Vertel me gewoon wat er aan de hand is. En waarom je niet naar de politie wilt.'

'Straks,' zeg ik. 'Straks. Eerst ga ik wat aan die wond doen. Ik ben zo terug.'

Als ik opsta, pakt Thom mijn arm.

'Ik wil niet alleen zijn.'

'Ik ben binnen één minuut terug.'

'Nee mam.'

'Oké, dan gaan we samen.'

Ik sla mijn arm om zijn magere middel en de zijne om mijn nek. Trek hem omhoog. Enorm is hij, en zo klein tegelijkertijd. Zo strompelen we naar de patiëntendouche. Ik draai de kraan open, zet de thermostaat op vijfendertig graden en klap het plastic zitje dat aan de douchewand zit naar beneden. Help Thom zijn trui uit te trekken.

'Die houd ik aan,' zegt hij met beide handen aan het elastiek van zijn Björn Borg.

Zijn hoofd hangt op zijn borst. Het warme water klettert in zijn nek. Ik pak een spons en spuit er desinfecterende zeep op. Dan was ik het lichaam van mijn kind en hij laat het gebeuren.

‘Ik ben zo blij dat ik je terug heb,’ zeg ik terwijl ik zachtjes zijn rug boen.

‘Wat is er met jou en Johan, mam? Zeg het me.’

‘Ik zal het je vertellen, maar niet nu. Ik kan je daar niet mee belasten. Dat kan ons nog meer in gevaar brengen. Ik kan je alleen zeggen dat hij heel gevaarlijk is. Dat je niets moet geloven van wat hij zegt.’

‘En waarom kunnen we niet naar de politie gaan?’

Voorzichtig neem ik zijn gewonde onderbeen in mijn handen en laat het water de wond schoonspoelen. Die is dieper dan ik dacht. Ik kan het bot van de *talus* zien.

‘Als we dat doen, brengen we onszelf nog veel meer in gevaar. Johan zal hoe dan ook wraak nemen.’

‘En kunnen we niet pleite gaan? We halen pap op en smeren ’m. Weet ik veel, naar Spanje of nog verder. Australië of zo.’

‘Ja, dat zou mooi zijn. Maar ik denk niet dat dat kan.’

‘Wat kan niet? Pap ophalen of ’m smeren?’

‘Weggaan. Ze zullen ons vinden. En een leven lang op de vlucht zijn lijkt me ook geen goed idee.’

Hij heft zijn hoofd en kijkt me aan. ‘En je wilt pap niet meer.’

Ik ontwijk zijn blik. ‘Het gaat niet zo goed tussen ons, nee.’

‘Niet zo goed? Hij fuckt die Marzena! En jij ligt hier op een kutbedje! En dat boeit me allemaal geen flikker, maar ik vind het wel ruk dat jullie tegen mij doen alsof er niets aan de hand is.’

‘Hé, let een beetje op je woorden.’

‘Let zelf maar een beetje op.’

Ik glimlach, in de hoop daarmee zijn woede te doorbreken, en streel zijn wang.

‘Je hebt gelijk. Maar het probleem is dat ik het zelf niet zo goed weet. Het belangrijkste is dat wij elkaar weer gevonden hebben. De rest komt later.'

'Pap zal zich ook wel ongerust maken over mij.'

'Dat denk ik ook. Daarom moet je hem straks maar bellen.'

Ik droog hem af en geef hem een papieren operatieslip aan, aangezien zijn Björn Borg doorweekt is, evenals mijn zwarte trainingspak. We lachen om zijn idiote outfit als ik in de verte mijn mobiel hoor. Een sms. Onmiddellijk is mijn lichaam weer in staat van paniek.

'Johan,' fluistert Thom, zijn ogen groot en angstig.

'Hij is hier. Ik weet het. Ik voel het.'

44

We zitten in de keuken van de kliniek. Ik doe water in de koker en hang een theezakje in de pot. Zet twee mokken klaar. Snijd een paar plakken ontbijtkoek en besmeer ze met margarine. Alledaagse handelingen. Thom mag absoluut niet merken dat ik bang ben en niet weet wat ik moet doen.

Je hebt je zoon terug, maar dat betekent niet dat hij veilig is. Morgenavond gaat door en als er ook maar iets anders loopt dan afgesproken, krijgt hij als eerste een Colombiaanse stropdas.
J.

Colomb[illegible] uit een ver verleden, toe[illegible]aar zaten en giebelend de meest [illegible] moorden die we kenden uitwisselden.

Keel doorsnijden en de tong door het ontstane gat naar buiten trekken. Zo rekent de Colombiaanse drugsmaffia af met verraders.

Het is misschien het beste om toch naar de politie te stappen. Ik heb bewijzen. Mijn bedrijf, mijn geld, mijn reputatie, het interesseert me allemaal niets meer. Ik wil nog maar één ding en dat is veilig en vrij leven met Thom.

Ze kunnen ons in een *safe house* zetten, dag en nacht beveiligen. Dan zijn we misschien veilig maar niet vrij, en op een dag mogen we gaan en ik ken Johan, die zal wraak nemen al kost het hem de rest van zijn leven.

Gek word ik van de gedachten die door mijn hoofd malen, steeds dezelfde, telkens opnieuw, alsof ik verdwaald ben in een doolhof. Ik kan me zelfs niet concentreren op het afschuwelijke verhaal dat Thom vertelt over de drugs in zijn drankje, het gevoel dat hij had vlak voor hij in coma wegzonk en over de vechtpartij bij Johans huis. Ik wil hem oppakken als een baby en vluchten, vluchten, vluchten, maar ook dat maakt ons niet vrij.

'Ik moet papa nog bellen,' hoor ik Thom zeggen.

'Misschien kun je dat beter morgenochtend doen. Hij slaapt nu.'

We doen net of het niet midden in de nacht is. Of ons leven niet op het spel staat. Zo luchtig mogelijk, maar ook zijn stem trilt van nervositeit en op zijn wangen tekenen zich vuurrode vlekken af.

Ik druk het bericht weg en vraag Thom niets aan papa te vertellen.

'Hoe minder hij weet, hoe beter. Echt, het is voor zijn eigen veiligheid. Je kent hem, als hij hoort wat er aan de hand is, gaat hij door het lint en dat kunnen we nu niet gebruiken.'

'Ik weet het mam, *don't worry*,' antwoordt hij.

De manier waarop hij 'mam' zegt ontroert me. Zijn ernstige toon. Het is zo zonde dat er kennelijk eerst een drama moest gebeuren om elkaar weer te vinden.

Hij gaapt.

'Misschien moeten we hierna proberen wat te slapen,' opper ik.

'Goed plan,' zegt hij en hij wrijft in zijn ogen.

We drinken zwijgend onze thee en veren op van schrik als mijn mobiel overgaat. Het is Marzena. Ik loop met mijn telefoon de gang op. Ik mompel een schietgebedje. *Alstublieft laat het doorgaan, alstublieft God, ik weet dat het volstrekt verwerpelijk is, maar het gaat om onze kinderen. Alstublieft.*

Ik neem op. Mijn handen zijn zo klam dat mijn telefoon er bijna uit glijdt.

'Het gaat gebeuren,' zegt

'O god, godzijdank,' flui

'Maar wij weten van niks

is. Ik zie je morgenavond.'

'Hoe?' vraag ik. 'Hoe heb je dit voor elkaar gekregen?'

'Wij Polen hebben nog wel iets van trots. Meer wil ik er nu niet over kwijt.'

'Oké...'

'En het kan nog misgaan, Mathilde... zoals bij mijn man.'

'Daar gaan we niet van uit.'

'We moeten op alles voorbereid zijn.'

'Dank je,' zeg ik, maar ze heeft al opgehangen.

Thom en ik liggen naast elkaar, ik op mijn wankele logeerbed, hij op een matras. Ik heb een berg dekens over hem heen gelegd en hij viel vrijwel onmiddellijk in een diepe slaap, iets wat alleen pubers kunnen. Ik kijk naar zijn gezicht dat belicht wordt door de halfvolle maan, zijn openhangende mond en gesloten ogen, zijn ledematen die zo nu en dan schokken, waarna hij zich woest omdraait en de dekens dicht om zich heen trekt.

Ooit waren we allemaal zo. Jong, vol dromen en idealen. Diep konden we slapen, vertrouwend op de veiligheid die onze ouders ons boden, nooit denkend aan de eindigheid van het leven. Pubers wanen zich onsterfelijk. Zelfs nu, zelfs Thom, die vannacht aan de dood is ontsnapt. Hij slaapt gewoon, naast zijn moeder die alles zal oplossen.

Voorzichtig kus ik zijn ruwe lippen en nestel me onder het dekbed, dat nog klam is van Thom. Ik heb het koud en er is niets wat me kan verwarmen. Pas wanneer alles voorbij is, zal mijn bloed weer stromen, maar nu staat het als bevroren stil.

De slaap komt niet. Ik lig met mijn ogen wijd open, mijn lichaam voortdurend huiverend. Het lijkt alsof ik mijn hart hoor kloppen, zoals het tikken van een klok. De nacht verstrijkt tergend langzaam en mijn gedachten martelen me onafgebroken. Ik kruip tegen mijn zoon aan, mijn kind in een mannenlichaam en vraag me af of dit de laatste keer is, dat ik zo dichtbij hem ben.

45

Ik weet niet hoe ik me door het staartje van de nacht en deze dag heb heen geslagen, maar het is me gelukt. In een zombieachtige toestand heb ik twee lipo's gedaan, een buik ingenomen, het werkoverleg geleid en zelfs nog een gezellige vrijdagmiddagborrel gehad met al mijn dierbare collega's. Thom heeft tot halftwee 's middags geslapen als een os en ervoor gezorgd dat mijn kantoor nu ruikt als een jongenskamer. De rest van de middag heeft hij zich vermaakt met televisiekijken en internetten op mijn pc en nu werken we ons samen door een bak afhaalbami heen. Ik krijg nauwelijks een hap door mijn keel, tot grote vreugde van Thom, die met gemak ook mijn deel naar binnen schept.

'Thommy, vanavond moet jij in het kantoor blijven. Liefst met de deur op slot,' zeg ik.

'Waarom?'

'Omdat ik het zeg. Het is niet dat ik het je niet wil vertellen, maar liever morgen. Als alles voorbij is.'

'Denk je nou echt dat dit zomaar voorbij kan gaan? Dat jij iets kunt doen tegen die gasten?'

'Dat zal ik wel moeten denken, ja.'

'Kan ik iets doen?'

'Nee.'

'En wat nou... als het niet goed gaat?'

'Dan hou je je gedeisd in mijn kantoor en bel je de politie.'

'Maar ik heb niks. Geen wapen, niks. Als ze me vinden...'

'Ik geef je twee injectienaalden. Met de inhoud kun je binnen een paar minuten een olifant omleggen.'

'Thuis heb ik een Glock...'

'Een Glock, wat is dat?'

'Een pistool. Gekocht van Aleksy. Zal ik dat halen?'

Mijn mond valt open. Ik staar hem aan en weet even niet wat te zeggen.

'Laat mij het halen. Dan kan ik ons verdedigen.'

Verdedigen. Hij weet niet waarover hij praat.

'Nee! Je blijft hier,' zeg ik.

'Ja, lekker is dat...' zegt hij mopperig en hij propt nog een hap bami in zijn mond.

'Thom, zover zal het niet komen.'

Ik sta op en ren naar het toilet. Daar braak ik het beetje Chinees dat mijn maag heeft weten te bereiken, weer uit. Daarna spoel ik mijn mond en was mijn handen. Snuif de geur van lavendel op. Dan de confrontatie in de spiegel. Ik zie een vreemd, uitgeput gezicht en herken niets meer van wie ik ooit was.

Marzena arriveert om klokslag zeven uur. Ondanks haar onberispelijke make-up heeft ze de gelaatskleur van een lijk.

We schudden elkaar de hand. Ik zie in haar ogen dat ze net zo bang is als ik. Ze vraagt of ze van het toilet gebruik mag maken. Natuurlijk. Ik wijs haar de weg. Ze wenkt met haar hoofd en ik ga haar voor. In de kleine wasruimte voor het toilet trekt ze haar rok omhoog. Op haar buik en aan de binnenkant van haar dij heeft ze met tape twee wapens geplakt. Haastig wikkelen we de tape rond haar been los. Ik neem kleine hapjes lucht en word licht in mijn hoofd.

'Niet bang zijn,' fluistert Marzena. 'Angst is je grootste vijand.'

Het is waar. Angst hee[illegible]. Angst hield me bij Rogier. [illegible] met Johan. Angst om alles te v[illegible], om alleen te zijn en afgewezen t[illegible] angst om oud te worden en angst voor het schuldgevoel dat mij opvrat. Uit angst ging ik lijmen en pleasen. Angst is altijd mijn grootste vijand geweest.

'Hier.'

Marzena drukt me een zwart, kunststof wapen in handen. Het is lichter dan ik dacht.

'Voor het geval dat.'

'Ik weet niet eens hoe ik hiermee om moet gaan.'

'Deze bovenste schuif naar je toe halen en dan gewoon de trekker overhalen. Wel richten uiteraard.'

'Ik kan dat niet. Een pistool in de operatiezaal...'

Marzena kijkt me boos aan. Haar kaakspieren spannen zich. 'Ik móét dit overleven. Zonder mij heeft mijn dochter niemand meer en sterft ze zeker. Jij hebt mij overgehaald...'

'Jij overleeft dit. Het gaat goed. Zoals je zelf al zei, niet bang zijn.'

Ze laat het wapen op haar buik zitten en doet haar rok weer omlaag.

'We zijn één iemand vergeten,' fluister ik en mijn wangen

kleuren van schaamte. Dat ik niet eerder aan hem gedacht heb. 'Rogier.'

'Rogier is drie dagen op cursus op de Veluwe. Ecopsychologie. Hij wil weer aan het werk.'

Ik staar haar aan en zie het in haar blik.

'Sorry,' zegt ze zacht.

'Je houdt echt van hem...' fluister ik.

Het wapen geef ik aan Thom.

'Cool!' zegt hij.

'Het is geen Xboxspel, Thom. Alleen in nood gebruik je het. Zelfverdediging. En zorg ervoor dat niemand je ziet of hoort.'

Dat ik mijn kind een wapen geef. Hoe ziek kun je zijn.

'Hé mam,' roept Thom als ik de deur weer achter me dicht wil trekken. 'Ik vind je wel stoer. Echt.' Hij lacht naar me, een stralende, opgewonden lach die me doet gloeien van warmte en trots. Ik loop weg en op een merkwaardige manier voel ik hoe de angst uit me vloeit en plaatsmaakt voor een robotachtige, emotieloze toestand, alsof ik naast mezelf loop en van een afstand toekijk hoe ik de operatiekamer klaarmaak, de benodigde apparatuur aanzet, de scalpels, klemmen en scharen uit de sterilisator haal en op het tafeltje klaarleg.

Kimmy komt binnen, giebelend van de zenuwen en springerig als een stuiterbal. Ik kijk op de klok en sommeer de dames zich om te kleden. In de kleedkamer leg ik uit wat ze moeten doen, namelijk hun kop houden en precies uitvoeren wat ik hun vraag. Kimmy assisteert mij, Marzena houdt de machinerie in de gaten. Zelf zal ik chirurg en anesthesist tegelijk zijn.

De bel gaat. Kimmy schiet omhoog als een springveer en barst opnieuw uit in een giechelbui.

'Ik krijg de zenuwen van jou, hou ermee op,' zeg ik tegen haar voor ik naar de deur loop, en ze zwijgt abrupt.

Tussen Gerik en Aleksy in staat Juli, bevend en bleek als een afkickende junk. Het drietal stapt naar binnen en we wisselen onhandig een paar Duitse woorden. De mannen weigeren me aan te kijken. Ik ontferm me over het arme kind dat dacht in Nederland het geluk te vinden en nu bereid is een orgaan af te staan voor een paar rotcenten, of misschien voor haar vrijheid. Ik voel een sterke drang om mijn armen om haar heen te slaan en haar toe te fluisteren dat ook voor haar de nachtmerrie bijna voorbij is. Misschien. Als deze twee horken van kerels met hun haaienogen en misprijzende monden zich aan de afspraak houden.

'*Johan und Eus sind unterwegs*,' stamelt Aleksy met zijn eentonige stem.

'*Ich soll draussen warten. Gerik bleibt bei euch.*'

'*Gut*,' zeg ik en ik steek mijn hand uit naar Juli. '*Wir fangen gleich an.*'

Het is alsof ik uit mezelf ben getreden, alsof ik toekijk bij mijn eigen ondergang. Ik leid Juli door de gang naar de onderzoekskamer, waar ik haar op het bed laat zitten en haar vraag haar kleren uit te trekken. Een mager, getergd lijf met prachtige jonge borsten en gladde ronde billen. Op haar linkerarm zie ik een kleine tattoo met de naam Alek in een hartje.

'*Ihr Freund?*' hoor ik mezelf vragen.

'*Syn*,' zegt ze en ze glimlacht zwakjes.

'*Mein*,' ze wijst op haar buik en zoekt naar het juiste woord.

'Kind...'

'*Ach... Ich auch Syn*,' zeg ik en klop met mijn hand op

mijn borst, om haar gerust te stellen.

Voorzichtig betasten mijn vingers de melkwitte huid van haar borsten.

'*Wie gross?*' vraag ik en ik zie hoe tranen over haar wangen glijden.

'*Bojazliwy…*' stamelt ze.

Ik leg mijn hand langs haar klamme wang en zeg gewoon in het Nederlands dat ze echt niet bang hoeft te zijn, dat ze in goede handen is, en dan vlijt ze haar naakte bovenlichaam tegen me aan en begint hevig te snikken. Ik streel haar rug en laat haar even begaan, voor ik door mijn knieën ga en haar gezicht in mijn handen neem.

'*No worries. Keine Sorgen. I take care of you.*'

Met mijn duimen veeg ik haar tranen weg.

'*Tak… tak…*' zegt ze sniffend en ze hervindt zich.

Ze tilt haar borsten op om te laten zien wat voor decolleté ze wenst, of waarvan ze denkt dat haar klanten dit wensen, en ik begin ze af te tekenen.

Ze brabbelt in het Pools en ik versta haar niet, maar ik denk te weten waar ze het over heeft. Haar zoontje. Hoe ze hem mist. Dat ze het geld nodig heeft om zo snel mogelijk weer naar hem toe te kunnen. Hem daar een beter leven te geven. Of liever nog hier. Maar daarvoor is nog meer geld nodig. En een goede man.

Als ik klaar ben met het aftekenen, trek ik haar een groen operatieschort aan en doe het papieren kapje om haar hoofd. Daarna geef ik haar een glas water en een oxazepam, die ze zonder spoor van twijfel inneemt, waarna ze weer gaat liggen. Ik dek haar toe, de deken tot aan haar spitse kin, en ze staart voor zich uit met grote bange ogen.

'*Wir gehen,*' zeg ik en ik rol het bed door de klapdeuren.

46

Marzena [illegible] de kleedkamer. Ik laat ze zi[illegible]n ellebogen moeten wassen. Zo giebelig en nerveus als Kimmy net was, zo ernstig kijkt ze nu. Ik vermoed dat zij niet beter weet dan dat ook haar leven van deze operatie afhangt. We stappen volledig gedesinfecteerd de ok in, waar Juli doezelig ligt te wachten. Ik pak haar hand en knipoog.

'*Jetzt gehst du schlafen*,' zeg ik met mijn ogen op de hartslagmeter gericht. Bloeddruk, hartslag, alles is in orde. Ze knikt en sluit haar ogen ten teken van volledige overgave. Ik schuif een rubberen band om haar rechterarm en trek die aan tot haar bovenarmader goed zichtbaar is, steek de injectienaald er zo voorzichtig mogelijk in en injecteer de Diprivan-10. Daarna maak ik de band weer los. Nog geen twintig seconden later is Juli volledig buiten bewustzijn en kan ik beginnen met het plaatselijk verdoven van haar borstweefsel.

Ik vraag Marzena de cd-speler aan te zetten. Chopins 'Nocturne in C Mineur' vult de ruimte en mijn hart als ik het scalpel in Juli's borst zet, zo traag mogelijk, want we hebben tijd nodig. Ik hoor de gespannen ademhaling van Kimmy en Marzena en hoop maar dat ze niet flauwvallen.

Terwijl ik een halve cirkel snijd in Juli's borstaanzet en Kimmy op mijn instructie het bloed dept, kijk ik even om, naar de klapdeuren van de ok. Gerik houdt ons onbewogen in de gaten. Mijn hart schiet in een hogere versnelling. Marzena en ik kijken elkaar aan en zij knipoogt en klopt met haar hand op haar middel. Het wapen, godzijdank hebben we het wapen.

Als de incisie groot genoeg is, steek ik mijn hand in de wond om een pocket te maken voor het implantaat.

'O, ik word misselijk,' zegt Kimmy met een zucht.

'Diep ademhalen,' zeg ik streng.

'Maar ik ruik het. Bloed...'

'Bijt maar heel hard op je tong. Je mag niet afhaken. Kom op.'

Mijn oren zijn gespitst. Het moet nu ieder moment gebeuren. Als het gebeurt. Als we niet verraden zijn. Ik denk aan Thom in het kantoor, hoe kwetsbaar hij daar eigenlijk is, hoe kwetsbaar wij allemaal zijn en ineens vind ik het een belachelijke onderneming, gedoemd te mislukken.

Ik duw het implantaat in de pocket en Kimmy zucht.

'Mooi...' fluistert ze en ze staart naar de borst die nu fier omhoog priemt.

Ze geeft me de naald en het hechtdraad aan.

'Moet ze eigenlijk niet aan een infuus? En beademing? Dat moet toch, bij een levertransplantatie?' vraagt ze en ik antwoord dat we dat straks doen, na de borsten. Ik loop om het bed heen en begin aan de andere borst. Ik snijd alsof ik gehypnotiseerd ben. Niets bestaat meer echt, Marzena niet, Kimmy niet, ik niet, dit hele gebouw niet, wij zweven in een andere, zwarte wereld, wachtend, smekend om verlossing. Laat het beginnen. Het maakt niet meer uit. Dan maar dood, als het maar ophoudt, dit wachten, dit pijnlijke bewustzijn, deze geestelijke marteling.

'Het klopt niet wat je doet.'

Kimmy's stem komt van heel ver weg.

'Je gaat het helemaal niet doen.'

Ik snijd door, een prachtige halvemaan waaruit dieprood, schitterend bloed gulpt. Kimmy grijpt mijn pols.

'Wat is er aan de hand? Je kunt dit niet maken. Hij maakt ons af. Ik stop hier.'

'Je kunt niet stoppen,' zegt Marzena en daarna hoor ik een vreemde klik.

Het lijkt alsof we daar uren staan, kijkend van de een naar de ander, alle drie verstijfd. Marzena houdt het wapen onzeker op Kimmy gericht. Ik sta met het scalpel in de hand. Kimmy kijkt met een van angst verwrongen gezicht.

'Dit wordt onze dood... Ik wil niet dood... Nee... Alsjeblieft. Je kent hem niet...'

Ik kijk om, naar Gerik. Hij staat er niet meer.

'Kimmy, rustig. Je bent veilig bij ons. Vertrouw me. Als je nu wegloopt, ga je er zeker aan. We gaan door, Mathilde. Kom op.'

Marzena draait de muziek harder, haar wapen nog steeds gericht op Kimmy.

Mijn handen beginnen te trillen. Ik zuig zoveel mogelijk zuurstof in mijn longen en sluit even mijn ogen. Concentreer me op de muziek. Vecht tegen de gedachte dat dit een hopeloze zaak is en wij zullen eindigen in een kofferbak.

Mijn handen. Ik ben alleen mijn handen.

Ik open mijn ogen weer en kijk naar de opengesneden borst. Wat een wreed gezicht, eigenlijk. Kimmy doet een poging het bloed te deppen, maar ze beeft zo hevig dat haar kleine handjes alle kanten op gaan. Ze bijt op haar lip terwijl de tranen over haar wangen stromen en zwarte sporen mascara achterlaten.

Met zachte bewegingen snijd ik de pocket.

'Implantaat,' commandeer ik en Kimmy pakt het doorzichtige zakje siliconen. En dan breekt het uit. De oorlog.

47

Er klinkt een luide knal. Ik herken het geluid. Het is buiten. Meteen daarop volgt een nieuw schot en ik ren naar het raam. Ik hoor Pools geschreeuw.

Ik kan niets zien. Leg mijn hand op het pistool dat ik van mam heb gekregen. Getver, ik zweet als een gek. Hier blijven, zei ze. Wacht tot ik je kom halen. Gebruik dit alleen als je echt in gevaar bent. Ja doei. En zij dan?

Ik schuif het raam open en stap naar buiten. Mijn enkel doet fokking zeer. Ik ril. Het is donker. Mijn oren suizen van een nieuwe knal. Die lijkt vanaf het parkeerterrein te komen.

Het pistool houd ik met twee handen vast. Ik schuif met mijn rug langs de muur, de bocht om. Vanaf hier zie ik voor de deur van de kliniek een lichaam liggen. Shit. Dit is echt.

Mijn benen lijken honderd kilo te wegen. Voorzichtig sluip ik naar de deur. Ik wil zien wie daar ligt. Er kruipt een man achter het halfhoge muurtje naast de ingang. Het is zo angstaanjagend stil, dat ik zijn gehijg kan horen. Dan de klap van een autoportier. Ik kijk op en zie een man staan. Hij lijkt dronken. Ik kan niet zien wie het is. Hij heft zijn arm. Ik zie een wapen in zijn hand. Hij schreeuwt. De man voor me richt zijn wapen. Hij heeft niet door dat ik hier zit en hem zo in zijn rug kan knallen. Ik doe een klein stapje naar hem toe. Hij kijkt om. Ik kijk recht in de bange ogen van Gerik. Ik had het kunnen weten.

Hij schudt zijn hoofd. Legt zijn vinger tegen zijn lippen. Ik richt mijn pistool. Die motherfucker. Maar mijn handen trillen te erg. Ik kan het niet.

Gerik gebaart dat ik mijn wapen moet laten zakken en wijst op de man die over het parkeerterrein zwalkt. De man komt dichterbij. Ik voel me verlamd, als in een droom. Ik wil terug, maar blijf zitten en zie hoe Gerik zijn pistool heft en schiet. Ik knijp mijn ogen dicht. De knal doet pijn aan mijn oren.

48

We horen schoten. Schreeuwen vol doodsangst. Marzena geeft nog een draai aan de volumeknop. Chopin maakt het een bizarre opera waarin we ons bevinden. Het is ondoenlijk met vaste handen de wond te hechten. We jammeren alle drie.

'Het spijt me,' zegt Kimmy. Ze drukt haar handen tegen haar oren en kruipt sidderend in een hoek.

Al speelt de veldslag zich buiten af, zeker honderd meter hiervandaan, het lijkt alsof ze naast ons staan en wij ook elk moment geraakt kunnen worden. Met alcohol reinig ik de wond. Met de doek streel ik Juli's schitterende wond alsof er niets anders op de wereld is dan die lelieblanke gehavende welving. Dan druk ik een kus op haar bleke lippen.

'Ik breng haar weg,' roep ik en razendsnel koppel ik Juli

los van de hartbewaking. Marzena staat met haar rug tegen de betegelde muur en prevelt in het Pools. Het hangt nu allemaal van mij af. Ik rijd het bed door de klapdeuren de ok uit, haast me naar de verkoever en bedek het slapende lichaam met badstoffen dekens.

49

De man staat nog. Gerik heeft hem gemist. Ik kruip dichterbij. We kijken elkaar aan. Zijn ogen zijn wijd opengesperd en alles in zijn gezicht trilt. Met het pistool voor zich uit rent hij gebogen langs het muurtje. De man op het parkeerterrein is inmiddels bij de deur. Ik kan hem nu goed zien.

Het is Johan. Hij loopt naar binnen. Als hij ons voorbij is, zet Gerik het op een lopen, naar de auto. Ik weet niet wat ik moet doen. Ik wil naar mijn moeder.

Gerik springt in de auto, die onmiddellijk wegrijdt. Ik loop naar de andere auto, waarvan beide portieren openstaan. Op de passagiersstoel zit een grote, dikke man, zijn hoofd achterover, zijn mond hangt open als van een vis op het droge. Ik hoor Johan vanuit de kliniek.

50

Ik heb het zo koud en ik beef zo hevig, dat het tot drie keer toe fout gaat. De vierde keer lukt het me de meest eenvoudige en in het hoofd gehamerde cijfers in te toetsen: 112. Een vrouw neemt vrijwel direct op en vraagt me welke hulpverlening ik nodig heb.

'Bij mij op het parkeerterrein zijn ze aan het schieten,' antwoord ik gejaagd.

'Kunt u mij de locatie aangeven waar u zich bevindt?' vraagt de vrouw alsof dit dagelijkse kost is.

Ik geef haar het adres.

'Met hoeveel personen bent u daar?'

'Ik ben binnen, in mijn kliniek... met mijn zoon. En een patiënt op nachtverpleging.'

'Er zijn wagens onderweg. Blijft u binnen en verschanst u

zich op een plek die u kunt afsluiten.'

Ik hoor glasgerinkel. Mijn hart staat stil. Er klinkt hoog en schril gegil. Ze zijn binnen. Een vreemde, ijzige kalmte overvalt me. Misschien is dit het. Het zal ook rust geven. Ik vind het afschuwelijk voor de anderen, maar voor mezelf maakt het me ineens niets meer uit. Ik zal vrede vinden in de dood. Geen zorgen meer. Geen kwellende gedachten. Slapen zonder dromen. Nooit meer wakker worden met een bonzend hart van de stress en een knagend gevoel van eenzaamheid. Alleen Thom. Thom moet leven.

'Mevrouw, alstublieft, de schutters lijken een van mijn ruiten geraakt te hebben...'

'Binnen enkele minuten moet de politie en de ambulance er zijn. Wilt u dat ik aan de lijn blijf?'

Er klinkt een oorverdovend schot. Het trilt na in mijn buik. Ik moet naar Thom.

'Mijn zoon...' zeg ik en ik hang op.

51

We staan oog in oog in de operatiezaal. Een Aziatische vrouw zit in haar eigen taal te prevelen in een hoekje, Marzena staat als aan de grond genageld achter de operatietafel. Haar wapen ligt op de grond.

Ik heb hem onder schot. Hij mij. Zijn ene schouder hangt er vreemd bij. Zijn witte overhemd zit vol bloed. Nog nooit heb ik een levend iemand zo bleek en doods gezien. De hand waarin hij zijn pistool heeft, zwaait een beetje heen en weer. Ik voel hoe ik in mijn broek plas. Ik moet het doen. Nu sterk zijn. Het is de enige manier. Een natuurwet. Het is hij of ik en mama.

52

De stilte die volgt is oorverdovend en boezemt me nog meer angst in. Het enige wat ik hoor is mijn eigen paniekerige gehijg. Mijn knieën voelen slap als pudding. Ik moet naar Thom. Ik haast me naar mijn kantoor en zie dat de deur openstaat. Nee! Hij is weg. Ik draai me om en zet het op een lopen, hopend dat hij niet naar buiten gegaan is, dat hij niet zo stom is geweest om zich te bemoeien met wat daar is gebeurd.

Ik ren, het lijkt een eeuwigheid, alsof ik me voortbeweeg door zware drek, al het bloed trekt uit mijn hoofd en ik word bang van mijn eigen angstige gekreun. Voor de deuren van de ok aarzel ik want ik weet dat het daarbinnen een hel zou kunnen zijn. Ik luister. Het gegons is het opgewonden suizen van mijn eigen bloed. Daarbovenuit klinkt zacht gefluister en gesnik.

Ik open de deur langzaam. Ik hoor hetzelfde vreemde geklik als toen Marzena haar wapen op Kimmy richtte. Als vanzelf steek ik mijn handen in de lucht. Het maakt me niet meer uit wat er met mij gebeurt.

'Ik ben het,' zeg ik en ik stap naar binnen, klaar voor de kogel. Alle spieren in mijn lichaam lijken zich over te geven aan het einde. Ik sta naast mezelf zonder angst, zonder verwachtingen, zonder vermoeidheid of kou, zonder alle emoties die me de afgelopen jaren zo eenzaam en ongelukkig gemaakt hebben. Het maakt niet meer uit. Dit is de bodem. En de bodem is ook prima.

Kimmy zit nog steeds in dezelfde hoek, haar gezicht verstard, alsof ze bezeten is. Marzena staat bij de spoelbak, met haar rug naar de deur. Beiden hebben hun gewone kleren weer aan. Het lijkt erop dat Marzena alle sporen van de operatie heeft opgeruimd. En op de grond, te midden van een grote plas bloed, zit mijn zoon te rillen en te stamelen dat het wel moest, mam, het kon niet anders, hij was gek, totaal gek, mam, echt, ik weet wel dat ik weg moest blijven van jou, maar ik hoorde hem schreeuwen, mam, kom maar niet dichterbij, mam en ik had jou ook bijna neergeschoten, mam, ik was zo bang, ik dacht, mam, dat er nog een rondliep...

Het wapen heeft hij nog in zijn hand en naast hem ligt Johan op zijn buik, zijn benen in een vreemde kronkel, zijn ene arm onder hem, in zijn andere hand een wapen.

'Heb je gebeld?' vraagt Marzena. Ze houdt een wit doekje onder de kraan.

'Ja,' zeg ik zacht. Ik ben niet in staat om te bewegen.

'Geef me je wapen,' zegt ze tegen Thom en snikkend overhandigt hij het. Met de natte doek veegt ze het zwarte pistool schoon en geeft het weer terug, met de doek eromheen.

'Gooi het weg buiten, en zorg dat je geen sporen achterlaat,' zegt ze.

Thom pakt het wapen bevend aan en stopt het in de band van zijn broek.

'We hebben heel weinig tijd. Ze kunnen hier elk moment zijn.'

Ik knik.

'Thom, Kimmy, alles hangt hiervan af.'

Ze staan op en lijken me te begrijpen. Ik pak zijn ene voet, Kimmy de andere en Thom zijn beide armen. Hij is zwaarder dan ik dacht. We haasten ons in ganzenpas de gang door, terwijl het bloed op de vloer drupt, en leggen hem buiten neer, half in de struiken. Met een ferme slinger gooit Thom het pistool de duinen in.

Als we terugkomen, heeft Marzena de ok-vloer helemaal schoon gemaakt.

Ik geef Thom een operatiedoek en wijs naar de gang.

In de verte horen we sirenes.

'Snel.'

'Wij moeten weg,' zegt Marzena tegen Kimmy, die haar als verdoofd aanstaart.

'Kom.'

Ze pakt haar bij de hand en ik wijs hun de nooduitgang.

Ik kus hen, waarna ze verdwijnen in een wolkeloze nacht.

53

'We waren televisie aan het kijken, mam en ik. Ineens hoorden we een verschrikkelijk lawaai. Ik dacht nog dat het vuurwerk was...'

De twee agenten die tegenover ons zitten in de artsenkamer, schrijven alles op wat we zeggen.

'Dit is een afgelegen plek,' vul ik aan. 'Er staan hier wel vaker auto's 's nachts, ik weet niet wat die mensen allemaal uitspoken. Dat vind ik heel bedreigend ja, zo vlak bij mijn kliniek. Ik heb daar ook regelmatig melding van gemaakt bij de politie, maar denk maar niet dat hier ooit iemand een keer poolshoogte komt nemen.'

Thom wrijft over mijn rug. Ik heb een grote mok hete thee in mijn handen. De agent vraagt of we iets hebben gezien.

'Nee, we durfden niet te gaan kijken. We hebben meteen jullie gebeld.'

'Er zijn drie lichamen gevonden...' zegt hij, 'en een van hen is een bekende van u, mevrouw Van Asselt...'

Ik probeer zo geschokt mogelijk te kijken.

'Een bekende? Wie dan? Ik ken geen criminelen.'

'De heer Johan Delver.'

Ik hoor Thom slikken.

'Johan...' stamel ik. 'Is Johan... dood?'

De agent knikt en ik sla mijn handen voor mijn gezicht.

'Hij is toch aandeelhouder in uw bedrijf?'

'Dat klopt...' zeg ik en ik veeg met mijn vingers langs mijn gezwollen ogen.

De agent leunt voorover. Ik kan ruiken dat hij iets met knoflook heeft gegeten. Zijn bruine kraalogen kijken me indringend aan. Ik kijk terug. Even ben ik bang dat ik in mijn broek zal plassen.

'Maar hij is toch geen crimineel?' vraag ik.

'Ik kan me nauwelijks voorstellen dat een vrouw van uw statuur in zaken gaat met een figuur als de heer Delver. Waarom heeft u dat gedaan, als ik vragen mag?'

'Ik ben een plastisch chirurg, geen ondernemer. Het opzetten van de kliniek heeft me meer gekost dan ik van tevoren had ingeschat en dus had ik een investeerder nodig.'

'En dan controleert u niet zijn achtergrond, zijn verleden? Of hij wel een betrouwbare investeerder is?'

'Meneer, ik ben bezig met mijn vak. Daarnaast zit ik midden in een verbouwing. Ik heb een kind op te voeden... Het klinkt naïef, maar nee, ik heb hem niet gecheckt. Ik kende hem van vroeger, heb met hem op het gymnasium gezeten. Hij leek me solide en bij de notaris is alles goed vastgelegd. Verder had ik weinig met hem te maken.'

Thom gaapt luidruchtig. Ik sla mijn arm om hem heen en

trek hem tegen me aan. Kus zijn ruwe wangen. 'Vindt u het heel erg om dit gesprek morgen voort te zetten? Mijn zoon is helemaal kapot. Het is ook nogal wat om mee te maken op je zestiende, het leek wel oorlog...'

De agent klapt zijn notitieblok dicht.

'Prima. Als u zich morgen op ons bureau wilt melden.'

Ik steek mijn hand uit.

'Ik zal er zijn.'

Bij de deur draait hij zich nog een keer om.

'Wat heb jij aan je enkel?' vraagt hij aan Thom. Ik zie Thoms hals rood worden, gevolgd door zijn wangen. 'Van de fiets gevallen. Een stom ongelukje.'

'Ik zou er maar een nieuw verbandje om doen, moeders, want het bloed komt erdoorheen,' zegt de agent en nu is het mijn beurt om te blozen.

'Kende u trouwens ook zijn handlanger Eugene Krijgsman?' vraagt hij, met zijn hand al op de deurklink.

Ik schud mijn hoofd.

'Nee, nooit van gehoord.'

'Eus, noemen ze hem.'

'Sorry, ik ken hem niet.'

'Dat hoeft u niet te spijten, hoor. U weet niet half hoeveel geluk u hebt gehad dat deze twee figuren uit uw leven verdwenen zijn.'

'En wie was de derde dode?' vraag ik.

'Zijn Poolse bodyguard,' antwoordt de agent en dan eindelijk steekt hij zijn hand op en wenst hij ons sterkte voor de nacht.

54

Het huis, het staat, [illegible] im anderhalf jaar lang was het van de bouwvakkers, een periode waarin het huis zich van me vervreemdde, een blok aan mijn been werd, een symbool van mijn falende huwelijk en naderende faillissement, van onze totale mislukking.

Maar nu is het leeg en klaar en helemaal van mij. Rogier heeft gisteren zijn spullen verhuisd en is bij Marzena ingetrokken en ik neem vandaag weer bezit van het huis dat hij aan mij heeft gelaten. Waar schuldgevoel al niet goed voor is.

Ik parkeer mijn auto voor de deur en kijk alsof ik het voor het eerst zie. De grote glazen pui, de grijs gelakte kozijnen, de doorkijk naar het weiland en de bloeiende appelbomen. Het is prachtig. Dat heb ik altijd gevonden vanaf de dag dat ik het voor het eerst zag. Nooit geweten dat je een plek zo kunt liefhebben, zo kunt missen. Maar nu voelt het alsof ik een oude, verloren gewaande liefde weer hervind. Ik loop over het pad naar de deur en snuif de frisse lentelucht diep in. De vogels kwetteren. Het is een warme ochtend, de zon prikt aangenaam in mijn nek vanuit een hemelsblauwe lucht. Ik ben vrij. Vrij van schulden en vrij van mijn huwelijk. Aan mijn voeten ligt een onbepaalde toekomst.

Mijn handen strijken langs de fris geschilderde muren. Dan hoor ik een auto stoppen. De deur dichtslaan. Ik kijk om en daar komt Marzena aangelopen op haar eeuwige hoge hakken. Ze glimlacht en wuift naar me, met mijn huissleutels in haar hand. Ik heb haar sinds die nacht niet meer gezien. Het leek ons beter contact zoveel mogelijk te vermijden. Maar nu het onderzoek naar de moord op Johan, Eus en hun Poolse bodyguard Ludwik M. is afgerond, kan zij mij met gerust hart de sleutel overhandigen. We zijn beiden stevig ondervraagd over onze relatie met Johan, maar nooit als verdachten. Van het begin af aan was duidelijk dat de politie de moordpartij zag als een afrekening en de dader zocht in het Poolse circuit. Marzena en ik werden gezien als argeloze slachtoffers van een stelletje afpersers en mensenhandelaren, maar er werd niets gevonden waaruit onze medeplichtigheid aan illegale activiteiten of witwasserij bleek, zelfs niet uit onze boekhouding. Alle transacties die op papier waren gedaan, waren volkomen legaal.

Als Marzena het terras op stapt, kijken we elkaar even onwennig aan. 'Nou,' zegt ze. 'Eindelijk is het zover.'

Ze steekt haar hand uit en legt de sleutelbos in de mijne.

'Ga je gang. Open je huis.'

Ik steek de sleutel in het slot en open de voordeur. De geur van teakolie, verf en schoonmaakmiddelen komt me tegemoet.

We stappen naar binnen, door de hal naar de open keuken, en ik kijk rond met open mond, als een kind in Disneyland. Hoewel ik mijn huis al tien jaar ken en zowel de onttakeling als een deel van de wederopstanding heb meegemaakt, is het alsof ik er voor het eerst ben.

‘Het is schitterend,’ stamel ik, dwalend door de grote, lichte ruimte met in het midden, onder bestoft plastic, mijn meubels die ik ruim een jaar niet meer heb gezien. ‘De bedden hebben we al geplaatst, maar ik weet niet waar je deze spullen hebben wilt, dus als je dat aangeeft, kunnen mijn mannen het voor je neerzetten.’

‘Dat hoeft niet,’ zeg ik. ‘Ik doe het liever zelf. Met Thom.’

‘O. Oké… Nou, dan zal ik je nu maar feliciteren, hè? Met je huis…’

Ze geeft me drie zoenen. Ik ruik haar zoete parfum.

‘En jij bedankt. Voor alles. Ik ben je zoveel verschuldigd…’ fluister ik.

Ik loop naar het grote hardstenen aanrecht, waarop mijn huishoudelijke apparatuur al staat uitgestald. ‘Wil je koffie?’ vraag ik.

‘Graag,’ zegt Marzena.

Ik pak twee kopjes uit de doos vol keukenspullen die op het kookeiland staat, en twee Nespresso-cupjes. Van mij, denk ik bij alles wat ik aanraak. Mijn leven is weer van mij. De koffiemachine zoemt en de heerlijke geur voegt zich bij alle andere nieuwe, huiselijke geuren.

‘Ik ben zo blij,’ zeg ik tegen Marzena, die twee stoelen onder het bouwplastic vandaan heeft gehaald en nu de deuren naar de tuin openzet.

‘Vind je het niet moeilijk?’ vraagt Marzena. ‘Je hebt hier tenslotte zo lang gewoond met Rogier…’

‘Met Rogier heb ik een hele mooie tijd gehad. En daarna een hele moeilijke tijd. Allemaal in dit huis. Maar nu is het bevrijd van die zware, beklemmende deken van zijn depressie en van de spanningen tussen ons...'

Er valt een stilte. Het is niet makkelijk met de nieuwe vriendin van je ex-man over je mislukte huwelijk te praten en kennelijk heb ik al te veel gezegd.

'Rogier is nu een andere man,' zegt Marzena na een tijdje. Ik reik haar een espresso aan. Wat ze zegt raakt me. Ik heb hem niet kunnen helpen. Zij blijkbaar wel.

'Dat is mooi,' zeg ik. 'Ik hoop dat jullie gelukkig worden. Echt.'

'Dat hopen wij ook voor jou,' zegt ze zacht en ze neemt een klein slokje koffie.

We zwijgen en staren naar buiten, naar de bleekgroene grassprietjes die door de modderige aarde piepen.

'Gaan we het er nooit meer over hebben?' vraag ik. Ze draait zich naar me toe en kijkt me indringend aan.

'Het is beter van niet.'

Ik neem een flinke slok van mijn sterke koffie en vraag het toch. 'Hoe heb je Gerik en Aleksy zover gekregen?' Ik wil het weten. Marzena rommelt in haar tas en haalt er een pakje sigaretten uit.

'Mag ik?' vraagt ze en ik knik. Dit is een huis waarin alles mag. Ze steekt haar sigaret aan en inhaleert diep. 'Het lukt me niet te stoppen,' zegt ze. 'Twee dagen hou ik het vol zonder, maar dan word ik zo nerveus en chagrijnig...'

'Marzena, alsjeblieft.'

Ze kijkt me recht aan en fronst. 'Wij Polen hebben nog wel een paar principes over,' zegt ze en haar stem trilt van ingehouden woede. 'Wat door God is gegeven, daar moeten ze van afblijven. Onze kinderen. Onze organen. Ik heb ze gezegd dat ook zij gevaar liepen. En hun kinderen. Hoe arm we in Polen ook zijn, we zijn geen beesten, of slaven. We zijn mensen. Met moeders en vaders en liefdes en kinderen. En we willen alleen maar dat zij het allemaal goed hebben. Daarom doen wij hier alles waar jullie geen zin in hebben, voor een inkomen waar jullie je neus voor ophalen. Daarom verhuren wij onze lichamen. Maar we verkopen het niet. Daar ligt de grens.'

Ze knippert met haar ogen en neemt nog een driftige haal van haar sigaret.

'Waar zijn ze nu?' vraag ik.

'Waar ze horen te zijn. Bij hun geliefden. De politie gaat hen niet vinden.'

Ik sta op, loop naar mijn tas en pak er twee witte enveloppen uit.

'Deze is voor hen,' zeg ik en overhandig haar de eerste. 'En deze is voor jou. Zoals ik je beloofd had. Hij is de beste transplantatiearts in Europa. Ik heb contact met hem gehad, hij heeft Cindy hoog op de wachtlijst gekregen en een donor gevonden, hij is er helemaal klaar voor.'

Marzena kijkt me aan met grote verbaasde ogen en pakt mijn handen. Haar grote bruine ogen schieten vol. Ze bijt op haar lip.

'Jezus,' fluistert ze. '*Dzięki Bogu*... Godzijdank...'

'Ik heb het je beloofd... Ik zou mijn best doen...'

'Maar, dit is allemaal wel legaal?' vraagt ze.

'Voor het leven van onze kinderen moeten we soms uitzonderingen maken op de regels,' zeg ik. Marzena murmelt en knikt. Op haar gezicht breekt een lach door en ik lach ook. Ik lach naar de stralende zon en naar mijn zoon die het pad oprijdt met zijn grote, onhandige lijf. Hij zwaait en ik zwaai en ben dankbaar, zo dankbaar dat we elkaar weer gevonden hebben.